Den Letzten beißt das Schwein

MICHAEL BRESSER betreibt eine Schweinezucht in Hannover. Sein Eber Guido wird sich in Kürze bei Germany's Next Top Animal einer breiten Öffentlichkeit präsentieren.
MARTIN SPRINGENBERG hat die Profifußballerkarriere ad acta gelegt. Momentan veranstaltet er in Dülmen illegale Kaninchenrennen.

MICHAEL BRESSER / MARTIN SPRINGENBERG

Den Letzten beißt das Schwein

MÜNSTERLAND KRIMI

Der fünfte Nannen-Krimi

emons:

Bibliografische Information der Deutschen Bibliothek
Die Deutsche Bibliothek verzeichnet diese Publikation in der Deutschen Nationalbibliografie; detaillierte bibliografische Daten sind im Internet über http://dnb.d-nb.de abrufbar.

MIX
Papier aus verantwortungsvollen Quellen
FSC® C083411

Umschlagmotiv: photocase.de/Mella
Umschlaggestaltung: Tobias Doetsch
Satz: César Satz & Grafik GmbH, Köln
Druck und Bindung: CPI – Clausen & Bosse, Leck
Printed in Germany 2013
ISBN 978-3-95451-059-7
Münsterland Krimi
Originalausgabe

»Mein Leben fühlt sich an wie gejagte Wale
Wie ein Pferdeschemel voller Zucht und Randale
Ich packe meinen Kopf in das Maul des Löwen
Leg mich in den Wind und flieg mit den Möwen
Wenn es eine Lektion gibt, habe ich sie gelernt
Das Leben ist wie Feuer, es brennt und es wärmt«

aus: Thees Uhlmann,
Zum Laichen und Sterben ziehen die Lachse den Fluss hinauf

Michael dankt Steffi, du bist das Beste in meinem Leben. Joy Lohmann für Inseln des Glücks, Wolfram Hänel für leuchtende Kinderaugen und Northern Lite für euren sphärischen Pop 'n' Roll. Ihr lasst mich an eine bessere Welt glauben.

Martin dankt allen Nannen-Freaks für deren Treue und Support (ihr da draußen wisst, wen ich meine) sowie Chickenfoot für deren Mucke.

Geld spielt keine Rolex

Blut, Blut, nichts als Blut. Ich hätte nie gedacht, dass ein solch kleiner Körper so viel roten Saft produzieren könnte. Dazu ein gammeliger Zettel, auf den »DU BIST DER NÄCHSTE, REXFORTH!« geschmiert war.

Ratlos standen Bauer Günter Rexforth, mein Kumpel Stefan Jahnknecht und ich, Dieter R. Nannen, am Tatort.

»Wer macht so was?«, fragte Günter angeekelt.

»Keine Ahnung«, gab ich zu.

»Das war George, der kommende Star am Kaninchenfirmament. Ein Musterexemplar. Dazu ein einwandfreier Charakter und pflegeleicht, wie ein Karnickel nur sein kann. Aber das dürfte dem Mörder egal gewesen sein. Für mich ist das kein Mensch«, schnaubte der Landwirt.

»Hast du Feinde, Günter?«

Achselzucken.

»Bauer Rexforth sein super Chef«, übersetzte Stefan die nonverbale Kommunikation des Landwirts. Der Knecht war ein Freund von mir, liebte mich wie seinen großen Bruder, war aber mental äußerst übersichtlich strukturiert.

»Dieter, ich erteile dir den Auftrag, den Mörder zu fangen.«

»Ich darf nicht, Günter. Mir sind die Hände gebunden. Leider«, wehrte ich halbherzig ab.

»Hab dich nicht so. Geld spielt keine Rolex. Das Schwein muss gefasst werden.«

»Na gut. Ich schaue mich um. Aber nur inoffiziell.«

Und das hatte folgenden Grund: Es war ein regnerischer Samstag vor zwei Wochen gewesen. Der Himmel spie Strickwolle über das südliche Münsterland aus und verwandelte die Äcker rund um meinen alten Kotten in morastige Tümpel. Da die Auftragsbücher der Ein-Mann-Detektei Nannen leerer als die Staatskasse waren, wälzte ich mich länger als üblich im Bett und träumte von sonnigen Gefilden, wo strahlende Schönheiten kühle Getränke am Pool servierten. Hmm. Just als der dritte Cuba Libre meine Lippen befeuchtete, klingelte es an der Tür. Missmutig zog ich die Decke über den Kopf, was die Schelle jedoch nicht zum Verstummen brachte. Wütend sprang ich aus der Kiste, hüllte meinen Edelkörper in einen Bademantel und öffnete.

»Guten Morgen, mein Sohn. Wir waren gerade in der Gegend und dachten, schauen wir mal bei Dieter vorbei.«

Bevor ich etwas erwidern konnte, preschte mein alter Herr an mir vorüber, schnieke wie eh und je im dunkelblauen Zweireiher. Mitte sechzig, militärisch gestutztes Haar und unifarbene Armani-Krawatte. Nicht, dass ich einen Binder vom anderen unterscheiden konnte, doch vertrat Vater die These, dass teure Kleidung unterm Strich Geld sparen würde. Deshalb nur Armani.

Im Schlepptau meine Mutter, drei Jahre jünger als er und mit ihrem weißen Ballkleid zwar passend gekleidet für den Wiener Opernball, jedoch nicht für die raue westfälische Luft. Sie zitterte vor Kälte und spurtete sofort zur Heizung. Für eine erlesene Optik hatte Mama schon immer gern gelitten.

Meine Eltern waren mir seit einer knappen Dekade nicht unter die Augen getreten. Vermisst hatte ich sie nicht. Mutter konzentrierte sich seit Menschengedenken ausschließlich auf Männerbekanntschaften und den Lebensstil der Hautevolee. Dieter war ihr wumpe, ich hatte die diversen Kindermädchen Mama genannt. Während meiner ersten Schultage war ich überrascht, dass andere Kinder nur eine Mutter hatten.

Angesichts der Kontaktanzeige meines Vaters war das Drama vorgezeichnet. Eine halbe Seite in der FAZ mit folgendem Text, der alles über meine Familie aussagt:

»Vorstandsvorsitzender einer börsennotierten Bank, Mitte 30, 1,80 m, mit herrlichem Anwesen am Meer und einer Farm in Kanada, sucht Frau fürs Leben. Planen Sie die Zukunft mit diesem interessanten, attraktiven und charmanten Gentleman, der auf der Sonnenseite des Lebens steht. Geschäftstüchtig, innovativ, klar in Lösungen denkend, blickt er auf eine einzigartige Karriere, pflegt allerbeste Beziehungen zu den Großen der Wirtschaft und führt privat ein Leben auf hohem Niveau. Er ist Liebhaber edler Dinge, exzellenter Hobbykoch, Pianist, Kunstsammler, Sportler und Familienmensch. Er sucht eine anspruchsvolle, selbstbewusste Frau, die an die Liebe glaubt, für spätere Familiengründung.«

Der Inhalt der Annonce mochte im Großen und Ganzen stimmen, aber welche vernünftige Frau meldete sich auf derartige Angebereien? Korrekt, keine. Jedenfalls keine, mit der ein Mann Pferde stehlen kann und noch bei der Baumwollhochzeit im Honeymoon schwebt.

Letztendlich war das meinem Dad auch egal, denn er war mit seiner Bank verheiratet. Die Farm in Kanada haben weder Mutter noch ich jemals gesehen.

Als der Alte herausbekam, dass Mutter sich durch diverse Frankfurter Betten schlief, reichte er die Scheidung ein. Konnte ich nachvollziehen. Nicht jedoch, dass Sohnemann ihm genauso schnuppe war. Wäre ich nicht dank einer glücklichen Fügung des Himmels psychisch stabil gewesen, hätte ich von diesem herzallerliebsten Familienleben bleibende Schäden davongetragen.

Nach seiner Pensionierung war Vater auf die schöne Insel Mallorca gezogen, die abgeschmackten Weihnachtskarten – das einzige jährliche Lebenszeichen – hatte ich nie beantwortet. Von Mum hörte ich noch weniger, sie war für derartige Zuneigungsbekundungen zu beschäftigt.

»Didi, was bist du groß geworden!« Sie hauchte mir zwei Küsschen auf die Wange. »Ich kann nicht sagen, wie sehr ich dich vermisst habe.«

Wer sollte das denn glauben?

»So wohnst du also«, stellte mein Vater mit missbilligendem Unterton fest.

»Und zwar überaus gut«, plusterte ich mich auf. Wenn es einen Vorteil hatte, dass sich die Eltern einen Dreck um einen scherten, war es der, dem obligatorischen Generationskonflikt zu entgehen. Schien aber, als stünde mir dieses Erlebnis heute bevor.

»Darüber sprechen wir noch.« Paps lockerte seine Krawatte.

»Klaus, du mutest mir zu viel zu. Das Haus ist absolut primitiv eingerichtet. Hier werde ich niemals wohnen«, keifte meine Mutter urplötzlich los.

»Sei still, Isolde, das klären wir gleich«, zischte er, dann drehte sich sein Kopf wieder in meine Richtung: »Willst du deinen Eltern nichts zu trinken anbieten?«

»Darf es Kaffee sein, oder ist das nicht fein genug? Wie war das mit dem Wohnen?«

»Kaffee ist gut. Mit Milch und Zucker. Isolde, für dich mit zwei Süßstofftabletten, richtig?«

Meine Mutter nickte geistesabwesend.

Während ich dem unerwünschten Besuch zähneknirschend die Brühe zubereitete, studierte Klaus Nannen meine Bücherregale. »Du liebst immer noch die Literatur, wie ich sehe. Sehr löblich. Was treibst du sonst? Bist du noch Prokurist bei dieser Essener Firma?«

Ich hasste Verhöre, es sei denn, ich stellte die Fragen.

»Nein. Das war mir zu langweilig. Ich arbeite als Privatdetektiv, und das überaus erfolgreich. Ich habe schon mehrere Morde aufgeklärt und bin mittlerweile die Nummer eins im Münsterland.«

»Das ist kein Job für dich, Junge. Nein, nicht für Klaus Nannens Sohn. Immer im Abfall der Gesellschaft herumzuschnüffeln. Inakzeptabel, oder was meinst du, Isolde?«

»Du sagst es, inakzeptabel.« Meine Mutter nippte angeekelt am Kaffee, als hätte ich Jauche serviert. Mir wurde wieder bewusst, warum ich den familiären Kontakt unter Sparflammenniveau gehalten hatte.

»Ich verstehe nicht, wie Dieter uns so was antun kann.« Sie stellte die Tasse ab.

»Zischt ab! Ich habe euch zehn Jahre nicht gesehen und freue mich schon auf die nächsten zehn.«

»Piano, piano, mein Sohn. Wenn ich den Zustand deiner Wohnung betrachte, scheinst du nicht in festen Händen zu sein.

Deine Umgebung ist alles andere als ordentlich.« Klaus hielt mit spitzen Fingern eine Musikzeitschrift in die Höhe.

»Bin zurzeit solo.« Ich war selbst überrascht, dass ich dieses Gespräch fortsetzte. Schien ein kindlicher Reflex zu sein. »Ich habe jedoch ein Auge auf eine attraktive Geschäftsfrau geworfen, also macht euch keine Sorgen.«

»Machen wir aber, nicht wahr, Isolde?«

»Der Junge ist über dreißig, da muss eine Frau ins Haus.« Sie dozierte über mein Leben, als wäre ich nicht anwesend.

»Ernährst du dich gesund? Und wie sieht es mit Alkohol und Drogen aus? Müssen wir uns darum auch kümmern, oder denkst du wenigstens in diesem Bereich an deine Eltern?«

»Das reicht. Dürfte ich euch bitten, meine Wohnung zu verlassen? Ihr seid hier nicht willkommen.«

»Die Alkoholvorräte sind im Rahmen.« Meine Mutter hatte ohne Erlaubnis die Küche inspiziert. »Aber er raucht! Überall stehen Aschenbecher.«

»Mein Gott!« Klaus schlug die Hände über dem Kopf zusammen. »Wie kann jemand nur so dumm sein, sich freiwillig die Gesundheit zu ruinieren?«

»Raus! Aber zügig!« Wütend stand ich auf und öffnete die Haustür.

»Piano, piano, mein Sohn. Setz dich und spitz die Ohren.«

Auf elterliche Anweisungen konditioniert wie ein pawlowscher Köter, ließ ich mich wieder auf dem Sofa nieder.

»Du ebenfalls, Isolde. Ich habe schlechte Nachrichten«, wurde Klaus plötzlich ernst, während seine Exfrau ein seidenes Taschentuch hervorholte. »Ich bin todkrank, Bauchspeicheldrüsenkrebs.«

»Das tut mir leid, ich –«

»Keine Sentimentalitäten«, winkte Vater ab, während Mutter wie ein Schlosshund heulte. »Die Ärzte geben mir sechs Monate, maximal. Noch geht es mir gut, aber das wird sich bald ändern. Innerhalb weniger Wochen werde ich zum Skelett abmagern. Durch die Chemo werden meine Haare ausfallen. Das wird nicht lustig für deinen Vater.«

»Was soll ich dazu sagen? Ich bin sehr –« Auch diesen Satz brachte ich nicht zu Ende.

»Musst du nicht. That's life. Aber wenn einem der Sensenmann ins Gesicht lacht, denkt man über sein Leben nach, und ich möchte vor meinem Abgang alles in Ordnung bringen. Letztendlich seid ihr beiden die einzigen Menschen, an denen mir etwas liegt.«

Das hatte er bisher aber gut verborgen.

»Machen wir's kurz: Du, Dieter, wirst ein erkleckliches Sümmchen erben.« Er machte eine Kunstpause. War schon immer ein Fan theatralischer Auftritte gewesen. »Eine Million Euro.«

Boing, mir wurde ganz schummrig. Ich sah mich in Geld baden und dicke Feten schmeißen, doch dann musste ich an meinen Vater denken, was die geplante Fete zu einer Trauerveranstaltung mutieren ließ.

»Ich fühle mich geehrt und –«

»Stopp, nicht so voreilig. Eben habe ich einen Einblick in deinen Lebenswandel bekommen. Was ich gesehen habe, gefällt mir überhaupt nicht. Deswegen sind einige Bedingungen an das Erbe geknüpft.«

Der berühmt-berüchtigte Haken, na klar.

»Schluss mit dem Lotterleben. Als Erstes verlange ich einen gesunden Lebensstil. Mit dem Rauchen ist ab sofort Schluss, und du treibst mindestens dreimal die Woche Sport.«

Ein Einschnitt in die freie Entfaltung meiner Persönlichkeit. Ich hasste ihn dafür. Aber für eine Million?

»In Ordnung«, quetschte ich zwischen den Zähnen hervor.

»Zum Zweiten erwarte ich, dass du eine feste Beziehung eingehst und dich innerhalb des nächsten halben Jahres verlobst.«

Ziemlich ambitioniert, aber irgendwas würde mir schon einfallen. Für eine Million.

»Okay.«

»Und last but not least: Detektiv, oder wie du dich schimpfst, ist kein Beruf für einen Nannen. Wir sind Manager, Juristen, oder wenn es dafür nicht langt, zumindest Arzt. Du suchst dir sofort eine adäquate Stelle.«

»Ausgeschlossen. Du kannst mir nicht vorschreiben, was ich zu tun habe. Ich liebe meinen Beruf!« Nun geriet mein Blut doch in Wallung.

»Das kann ich nicht, du hast recht. Ich kann aber entscheiden, was ich mit der Million mache. Also: Gesundheit, Frau und vernünftiger Job, sonst siehst du keinen Cent. Und damit du uns nicht an der Nase herumführst, wird Isolde bei dir einziehen. Drei Monate lang.«

Ich verfluchte ihn innerlich, denn das war schlimmer als alle drei Bedingungen zusammen. Er musste mich wirklich hassen.

»Ich bin mir sicher, dass Mama Besseres zu tun hat, als auf mich aufzupassen.«

»Hat sie nicht. Sie bekommt nämlich ihren Teil vom Erbe nur, wenn sie hier wohnt und deine Fortschritte kontrolliert. Solltest du scheitern, was ich nicht hoffe, fällt ihr dein Anteil zu. Sie bekommt dann zwei Milliönchen.«

Da hatte er sich was Schönes ausgedacht. Meine eigene Mutter sollte mich ausspionieren wie eine Stasimitarbeiterin.

»Bist du schon auf die Idee gekommen, dass Mom durchaus ein Interesse daran haben könnte, mich scheitern zu lassen? Wenn sie dir irgendeinen Bockmist erzählt, kann ich –«

»Hältst du mich für so dumm?«, wurde ich vom Senior unterbrochen. »Sie muss natürlich Beweise liefern.«

»Wir werden uns schon verstehen, Jungchen.« Isolde tätschelte meinen Kopf. »Wir haben nun genug Zeit, Versäumtes nachzuholen und unserer Mutter-Kind-Liebe wieder Nahrung zu geben. Ich freue mich so auf unser Zusammenleben, das kannst du dir nicht vorstellen.«

Mir schossen tausend Gedanken durch den Kopf. Sollte ich das Angebot annehmen, stand mir eine schwere Zeit bevor. Andererseits musste ich für eine Million Taler ziemlich lange durch Schlüssellöcher spannen oder Blaumacher verfolgen. Was sollte es? Schließlich hatte ich schon schwierigere Krisen gemeistert.

»Wenn es dein Wunsch ist, Papa, akzeptiere ich.«

»Ich wusste, dass ein echter Nannen immer auf den Pfad der Tugend zurückkehrt. Das wird mir meinen Leidensweg erleichtern. So, mein Flieger hebt in exakt acht Stunden ab. Bis dahin machen wir es deiner Mutter hier richtig gemütlich.«

Er fischte das Handy aus seiner Jackettasche, tätigte einen Anruf, und eine Zigarettenlänge später rollte ein Lieferwagen auf den Hof. Es war alles von langer Hand geplant gewesen: Zwei Monteure schleppten ein Himmelbett ins Haus, gefolgt von zwanzig Kisten mit Porzellanhunden, chinesischen Vasen und Modemagazinen. Ohne den Kram fühlte Mama sich einfach nicht wohl. Aschenbecher und Kippen wurden entsorgt, dann durfte ich mich auf Jobsuche begeben.

Von meinem Kumpel Stefan Jahnknecht wusste ich, dass Bauer Rexforth in Merfeld einen Buchhalter suchte. Das akzeptierte Vater als Stelle mit Aussicht auf Aufstieg ins Management. Mit Mama und Papa im Rücken vereinbarte ich einen Vorstellungstermin, dann ließ sich Klaus vom Taxi-Express Dülmen zum Düsseldorfer Flughafen chauffieren.

Am nächsten Tag erhielt ich den Job bei Günter Rexforth. Noch stand ich zwar nicht auf der Sonnenseite des Lebens, aber zumindest hatte ich zum ersten Mal eine Ahnung, wo die liegen konnte. Das wollte ich zumindest glauben. Naiver Nannen.

Ein echter Nannen

»Deine Arme und Beine werden schwerer und schwerer.«

Ja.

»Ein wohlig-warmes Gefühl umhüllt deinen Körper, der sich immer tiefer entspannt.«

Yep.

»Du wirst von nun an nicht mehr rauchen. Zigaretten sind ungesund und verursachen schwere Krankheiten. Du ziehst Sport und Frischluft dem ungesunden Rauch einer Zigarette vor.«

Nein. Ich stand kerzengerade auf Mutters rotem Ledersofa. Was wollte Gisela Cane mir da erzählen?

Karin Schumann, meine heiß und innig geliebte Nachbarin, hatte meine Wandlung insbesondere im Hinblick aufs Rauchen sehr wohlwollend aufgenommen, um es mal vorsichtig auszudrücken. Spätestens Silvester hätte sie mir sowieso das Versprechen auf den Stäbchenverzicht abgenommen, behauptete sie. Meine Lunge würde schräger pfeifen als der Blasebalg der Bulderner Domorgel, behauptete sie. Alles Lüge.

Fortan wurden mir in regelmäßigen Abständen Carrs »Endlich Nichtraucher« und diverse Hypnose-Scheiben zugesteckt. Carr hatte ich nach drei Kapiteln dem Altpapier anvertraut. Ab und an, wie zum Beispiel an diesem wunderschönen Aprilmorgen, haute ich mich mit Hypnotiseur Ramses, Peter Black oder Tante Elsbeth aufs Sofa und hielt ein Nickerchen unter Laberberieselung. War zwar ganz nett, die Füße hochzulegen und die Augen zu schließen, aber das eigentliche Ziel, mir die Wandlung zum überzeugten Nichtraucher zu erleichtern, wurde verfehlt. Karin sollte besser die eBay-Gebühren sparen und der Kraft meines Willens vertrauen.

Kaum zu glauben, aber ich hatte seit dem erfrischenden Familientreffen tatsächlich keine Kippe mehr angerührt, auch wenn der Verzicht alles andere als einfach war. Das auferlegte

Fitnessprogramm lief dagegen wie geschmiert: Ich hatte einen Halbjahresvertrag bei der Dülmener Muckibude »MusclExplosion« abgeschlossen. Dem Inhaber, Chuck Kaschnitzki, hatte ich in meinem Schnüfflerleben das gestohlene Motorrad wiederbeschafft. Marvin Bunge, ein Dülmener Gymnasiast, hatte sich das Teil geborgt, um zu einem Casting für »Deutschland sucht den Superdeppen« nach Köln zu brettern. Ich hatte ihn in einer Kneipe in Domnähe erwischt, wo er mit Hilfe von Tequila den Frust runtergespült hatte. Die Jury habe ihm das Talent einer Amöbe attestiert, dabei habe er in Dülmener Kneipen drei Karaoke-Wettbewerbe gewonnen. Sein Traum sei zerstört, hatte er mir die Ohren vollgeheult. Marvin musste den Hobel wieder zurückbringen, mit der Zahnbürste säubern und fünf Tankfüllungen berappen. Dafür verzichtete Chuck auf eine Anzeige.

Ebendieser Typ stellte mir pro Woche drei Scheine aus, auf denen bestätigt wurde, dass ich zwei Stunden trainiert hätte, als wollte ich an der Mister-Universum-Kür teilnehmen. Den Vertrag und die ersten fünf Anwesenheitsurkunden hatte ich bereits meinem Vater zugemailt. Meiner Mutter traute ich nämlich keinen Millimeter über den Weg.

Jetzt fehlte eigentlich nur noch die Frau an meiner Seite, aber man sollte nichts überstürzen.

Ich wechselte von der Couch an den Küchentisch und frühstückte ausgiebig. Eines musste man meiner Mitbewohnerin lassen: Seitdem Isolde die Nannen-Villa bezogen hatte, war der Kühlschrank prall gefüllt, und zwar nicht mit irgendwelchem Lidl-Mist, sondern mit extra aus Münster eingeflogener Feinkost. Und tatsächlich: Mortadella für fünf Euro die Scheibe schmeckte besser als die Discounter-Variante.

Nachdem ich die letzte mit Trüffelleberwurst bestrichene Brötchenhälfte verdrückt hatte, leierte ich dem Kaffeevollautomaten einen Cappuccino aus dem Kreuz, zückte mein Handy und drückte eine mallorquinische Nummer in die Tasten.

»Sohn, ich spiele gleich Polo. Sport verlängert mein Leben, meint mein Arzt. Mach es kurz.«

»Ich möchte von meinen Fortschritten berichten. Vielleicht trägt das zu deiner Genesung bei«, erwiderte ich.

»Du kriegst das schon hin. Weiterhin gutes Gelingen.« Wieder mal plättete mich das väterliche Desinteresse.

»Rauchen ade, Sport satt, und im Job läuft es auch super. Allerdings ist da so viel los, dass ich sogar zu Hause arbeiten muss«, log ich, »und deshalb benötige ich dringend einen Laptop. Und da mein Auto morgen ein Date mit dem TÜV hat und die Zeichen eindeutig auf Scheidung stehen, muss ein anderer fahrbarer Untersatz her. Ansonsten sehe ich schwarz für meine berufliche Zukunft.«

»Ich bin dein Vater, keine Kuh, die permanent gemolken werden kann«, drang es genervt an meine Lauscher. »Reicht es nicht, dass du nach meinem Tod in Geld schwimmst?«

»Ihr habt mich doch zu dieser Arbeit gezwungen. Ohne Auto und Rechner kann ich die knicken. Sag dann nicht, ich hätte mich nicht bemüht.«

»Eigentlich solltest du für dich selbst sorgen können, aber gut, ich lasse dich nicht hängen. An was für ein Auto hast du gedacht?«

»Im Dülmener Autohaus Köhler gibt es einen preiswerten VW-Eos-Jahreswagen. Keine Extras, Top-Zustand und vom Preis her fast geschenkt. Als Rechner reicht mir ein Standard-Laptop. Ich will ja nicht daddeln, sondern arbeiten.«

»Okay. Deine Wünsche lassen sich erfüllen.«

»Vielen Dank. Die Rechnungen schicke ich nach Mallorca, okay?«

»Nichts gegen deinen Eifer, das zeigt den Nannen in dir. Aber du brauchst dich um nichts zu kümmern. Auto und Rechner werden innerhalb der nächsten Stunden geliefert.«

Das lief wie geschmiert. Ich rieb meine vor Freude schwitzigen Hände.

»Vielen Dank, Papa. Ich werde mich deines Vertrauensvorschusses würdig erweisen.« Zum ersten Mal fühlte ich mich meinem Erzeuger verbunden.

»Ohne Notebook werde ich rausgeschmissen«, drückte ich

noch mal auf Vaters nicht vorhandene Tränendrüse. Ich hatte nämlich gestern kurz über den Kaninchenmord nachgedacht und war zu der Erkenntnis gelangt, dass eine Internetrecherche über weitere Langohrtötungen in dieser Gegend ein geschmeidiger Einstieg in den Fall wäre. Mittlerweile gab es zu jedem Thema irgendwas im World Wide Web, und falls es sich bei dem Karnickelmörder um einen Serientäter handelte, musste es schon mit dem Teufel zugehen, wenn ich nichts finden würde.

»Du hast bereits mein Go, also spar dir die Mühe. Was macht Isolde?«

»Sie hat sich bestens eingelebt und möchte am liebsten –«

»Ich muss los.« Meine Mutter lag ihm offensichtlich noch mehr am Herzen als sein Stammhalter. »Bis dann, der Gegner wartet, danach die Ärzte.«

»Viel Glück«, sagte ich noch, dann war's vorbei mit der deutsch-spanischen Verbindung.

Ich linste auf die Armbanduhr: halb neun. Schichtbeginn. Nach einem kurzen Anruf wusste mein Arbeitgeber, dass ich später kommen würde. Das Fest der Lieferung meines funkelnagelneuen Eos und Laptops wollte ich mir nicht entgehen lassen. Da Mutter sich mit einem Taxi nach Münster hatte kutschieren lassen, um eine Astrologin zu konsultieren, gehörte mein Kotten ausnahmsweise mir allein. Ich öffnete eine Schampusflasche und stieß mit mir auf meinen Vermögenszuwachs an.

Anderthalb Stunden später klingelte es: Freddy Köhler. Der Juniorchef hatte vor wenigen Monaten seine Lehre als Kfz-Mechaniker beendet und durfte erste Erfahrungen im Verkauf sammeln. Mit seinem sommerbesprossten Gesicht und den fuchsroten Haaren erinnerte er stark an den jungen Boris Becker. Allerdings spielte er Handball in der Bezirksliga und nicht Tennis in Wimbledon.

»Kann mich dein Vater nicht adoptieren? Mensch, wenn mein Alter so großzügig wäre.« Neid schimmerte in seinen Augen. »Du hast dir ein tolles Auto ausgesucht. Und der Golf soll zum Schrott?«

Grinsend händigte ich ihm Papiere und Schlüssel aus. »Weg damit, aber flott.«

Freddy drückte dem vor der Tür wartenden Azubi die Schlüssel in die Hand, und zwei Minuten später fuhr die Klapperkiste vom Hof und aus meinem Leben.

»Nun zeig ihn mir schon, dann kannst du mir auch gleich die ganze Technik erklären. Aber wahrscheinlich muss man Informatik studiert haben, um mit dem Wagen zurechtzukommen, oder?«

Freddy überlegte kurz: »Ich denke nicht. Ist kein Hexenwerk. Komm, wir haben das Schätzchen hinter dem Haus geparkt.«

Ich schmiss eine Lederjacke über, dann stiefelten wir zur königlichen Kutsche. Als wir um die Ecke bogen, fielen mir fast die Augen aus dem Kopf.

»Was ist das denn?« Meine Stimmung sank in Lichtgeschwindigkeit.

»Dein neuer Capri. Ein echtes Sammlerstück. Die Sekretärin deines Vaters fragte nach einem besonderen Auto, und da haben wir sofort an den Ford gedacht. Ein echtes Schmuckstück von 1971.«

»Da war ich noch nicht mal geboren«, stöhnte ich verzweifelt.

»Zugegeben, einige Macken hat er schon. Manchmal läuft er in den Kurven nicht rund. Aber hundertachtzig Pferdchen unter der Haube plus Sportauspuff. Mann, das war damals ein echter Hingucker.«

»Ich mag es nicht so protzig. Können wir den Wagen nicht tauschen, zum Beispiel gegen den Eos?« Ich sah mich im Geiste an jeder Kreuzung mit dem ADAC telefonieren.

»Ausgeschlossen. Du solltest stolz sein, solch einen Oldtimer fahren zu dürfen. Die Sekretärin deines Vaters hat mir unmissverständlich zu erkennen gegeben, dass der Deal nur für den Capri gilt. Der ist schließlich auch deutlich günstiger. Zumindest in der Anschaffung. Wegen der Tankkosten musst du dir natürlich was einfallen lassen, aber das machst du schon.« Er händigte mir Papiere und Schlüssel aus. »Viel Spaß damit!«

Einen gewissen Schick hatte die Karre ja, das musste ich eingestehen. Hoffentlich fuhr sie auch.

Als Freddy von dannen brauste, kam ein Lieferwagen der örtlichen Computerbude »Dütech« auf den Hof. Allesamt Studienabbrecher, die aber einen Superjob machten und daher für die Wartung sämtlicher Server von Billerbeck bis Nottuln zuständig waren.

Ein hochgewachsener Endzwanziger mit Stoppelfrisur und Nickelbrille entstieg dem verbeulten Kleinlaster. Igor.

»Alter, was geht ab?«, begrüßte er mich gewollt jugendlich, als hätte er just ein Praktikum an der Rütlischule absolviert.

»Und selbst?«, erwiderte ich gekonnt, wobei ich nicht ernsthaft eine Antwort erwartete.

»›Nannen International‹ hat heute einen Call zu ›Dütech‹ abgesetzt. Voll die Checker, sag ich dir. Finde ich megageil, dass du auch auf Hightech umsattelst. Via Internet bist du worldwide connected. Giga«, kauderwelschte er.

»Leg die Drähte und ab die Post«, versuchte ich mich auf seinem Sprachlevel auszudrücken.

»Digga. Hätte nie gedacht, dass du den musealen Trip fährst.« Er schaute mich fragend an. Anscheinend stand mir die nächste Überraschung ins Haus.

»Wie bitte?«

»Na, heute kannst du für tausend Steine ein Multimedia-Notebook mit allem Zipp und Zapp schießen. Die Sekretärin von deinem Alten meinte aber, dass du auf historische Modelle stehst. Na ja, über Geschmack lässt sich bekanntlich nicht streiten.«

»Was bekomme ich?« Ich konnte es mir fast denken.

»Einen 486er mit Modem und Nadeldrucker wie in der ›Geschichte der Informationstechnologie‹. Die erste Lok, die von Nürnberg nach Fürth juckelte, ist schließlich auch heiß. Aber damit in Urlaub fahren? Nee, das muss selbst bei meinem Geschichtsfaible nicht sein«, grinste Igor.

»Besteht die Chance, den Rechner gegen ein zeitgenössischeres Modell umzutauschen?«

»Klar, aber das komplette Paket kostet fünfzig Euro inklusive Anfahrt. Wenn du die Differenz bezahlst …«, überlegte der Techniker laut.

Das gab mein Geldbeutel nicht her.

»Installier den Oldie«, antwortete ich daher gefrustet.

Igor baute den Turm in meinem Büro auf und verlegte die zwanzig Meter lange Modemleitung zur Telefonbuchse. Besser als nichts, versuchte ich mich zu trösten.

Nach getaner Arbeit fuhr der Computerfreak zum nächsten Kunden und ich zum Hagenhof. Als ich dem Capri die Sporen gab, röhrte er wie ein getunter GTI. Mit Tempo siebzig düste ich vom Hof, allerdings stotterte der Motor bereits an der nächsten Kurve. Also langsamer. Auf der Fahrt nach Merfeld testete ich sämtliche Geschwindigkeiten und stellte fest, dass der Wagen bei fünfzig am reibungslosesten lief. Leider musste ich bereits jetzt tanken, obwohl der Tank vor Fahrtbeginn halb voll gewesen war. Ein Wahnsinnsgeschenk.

Auf dem Hagenhof angekommen, wählte ich die bekannte mallorquinische Nummer.

»Dieter, ich muss gleich zum Arzt. Mach schnell.«

»Danke für deine rasche Hilfe.« Meine Stimme troff vor Sarkasmus. »Es hätte aber durchaus ein zeitgenössisches Auto sein können, das nicht bei jeder Beschleunigung kurz vor der Explosion steht. Auch der Rechner hätte gern aus diesem Jahrtausend stammen können. Ich will nicht undankbar erscheinen, aber für jemanden, der sich seiner klugen Investitionen brüstet, sind diese Einkäufe kein Ruhmesblatt.«

Nannen senior lachte amüsiert: »Sohn, einen Nannen zeichnet aus, dass er sich nichts schenken lässt. Wir erarbeiten uns alles von der Pike auf. Wenn ich dir einen Ferrari gekauft hätte, würdest du das nicht zu schätzen wissen. Wenn du aber mit einem Capri und einem alten Rechner zurechtkommst, steht dir die Welt offen. Das ist meine Philosophie, die sich seit Jahrzehnten bewährt hat. Gute Fahrt, ich wurde aufgerufen.« Er kappte die Verbindung.

Mir hingen die Sprüche über das Wesen eines echten Nannen mittlerweile aus allen Körperöffnungen heraus. War ein Nannen ein schrottkistenfahrender Gesundheitsapostel oder ein geldgeiler Idiot, der sich von Papi verarschen ließ? Ich tendierte zu Letzterem, aber noch war die Höhe der Erbschaft Anreiz genug, das Schmierentheater mitzumachen.

Mein Handy klingelte.

»Papa? Gibt es was Neues von den Ärzten?« Ich konnte meine Überraschung kaum verbergen.

»Danke der Nachfrage, aber ein Nannen klagt nicht. Mir ist da noch was eingefallen. Wie gut kennst du eigentlich diesen Chuck?«

Was sollte denn diese Frage?

»Flüchtig. Ihm gehört das Fitnessstudio, in dem ich trainiere. Wieso?«

»Vertrauen ist gut, Kontrolle ist besser. Ich habe Nachforschungen angestellt. Meine Quelle berichtet, dass du noch keine Trainingsminute absolviert hast. Gleichzeitig treffen immer wieder deine Bescheinigungen bei mir ein. Als ich Chuck auf diese Diskrepanz aufmerksam gemacht und Konsequenzen angedroht habe, hat er euren Deal eingestanden. Schreib dir eines hinter die Lauscher: Wenn ein Nannen betrügt, lässt er sich nicht erwischen. Mit so einer schlecht inszenierten Show rückt das Erbe in weite Ferne. Entweder du reißt dich jetzt am Riemen und lebst wie ein richtiger Nannen, oder du gehst leer aus. Habe ich mich klar ausgedrückt?«

»Hast du«, murmelte ich kleinlaut. »Ein Ausrutscher, weil mich der neue Job so vereinnahmt.«

»Ich verlange, dass du die besprochenen Veränderungen in deinem Leben ernsthaft durchführst. Meine Spione sitzen überall. Du kannst mich nicht über den Leisten ziehen. Das haben schon ganz andere versucht.«

»Zu Befehl.« Einen ironischen Unterton konnte ich nicht vermeiden.

»Denk dran, dies ist deine letzte Chance. Ich kann mein Vermögen auch Greenpeace vererben, auch wenn ich Unruhestifter genauso wenig mag wie meine Krebszellen. Immerhin haben die mich noch nicht angelogen. Zurück zum Thema: Mein Physiotherapeut hat ein Sportprogramm zusammengestellt und diesem Chuck zugefaxt. Ferner haben wir einen schriftlichen Vertrag abgeschlossen, in dem er deine sportlichen Fortschritte garantiert. Und glaube mir: Chuck steht das Wasser bis zum Hals. Er wird schon aus reinem Selbsterhaltungstrieb dafür sorgen, dass du deinen Körper wieder auf Vordermann bringst.«

Das war ein nettes Schlusswort. Wir legten auf. Klaus Nannen mit dem Gefühl, der allmächtige Zampano zu sein, und ich in der Gewissheit, dass ich mit ihm in diesem Leben auf keinen grünen Zweig kommen würde. Aber es gab Schlimmeres, zum Beispiel die Pflichtbesuche in der Muckibude.

Was nun? Warum nicht meine schlechte Laune mit Arbeit vertreiben?

Und so verbuchte ich im Laufe des Vormittags zahlreiche Ausgangsrechnungen über Schweinehälften und Eingangsrechnungen über Futter, wobei das Pendel eindeutig Richtung Schweinehälften ausschlug. War schon lukrativ, was Günter da auf die Beine gestellt hatte.

Die Schweinezucht war jedoch nicht die einzige Einnahmequelle: Günter Rexforth war alleiniger Eigentümer des Hagenhofs, eines Ferienbauernhofs im Merfelder Bruch, dem Dülmener Vorzeigeortsteil. Denn in Merfeld hausten die Wildpferde. Die Herzöge von Croy hatten vor hundertfünfzig Jahren für die rund dreihundert Tiere ein Reservat geschaffen. Als einziges Wildgestüt dieser Art in Europa wurde der 1975 Dülmen angeschlossene Ortsteil das Aushängeschild der Stadt. *Marlboro Country* mitten im Münsterland. Wer grenzenlose Weite, Freiheit und den Geruch der Wildnis erleben wollte, war hier genau richtig. Ich liebte diesen Flecken.

Der Hagenhof war ursprünglich ein konventioneller Vieh- und Getreideanbaubetrieb gewesen mit Tausenden Schweinen, Ziegen, Kühen und anderem Getier. Vor drei Jahren hatte Günter genau an seinem fünfzigsten Geburtstag die Eingebung gehabt, die Schönheit der Kulisse für einen Ferienbauernhof zu nutzen, hatte alle Tiere bis auf die Schweine und ein paar

Pferde verkauft und zehn Ferienwohnungen hochgezogen. Mit Erfolg, wie man im Dorf munkelte. Das rief natürlich Neider auf den Plan. So hatte ich in der Kirche oder bei Dorffesten gehört, dass Günter neuerdings die Nase gen Himmel streckte und auf seine popeligen Nachbarn herabschaute. Konnte ich noch nicht beurteilen. Bisher hatte er sich mir als wortkarger Landwirt mit ausgeprägtem Geschäftssinn präsentiert.

Ich kannte Günter, Spitzname »Bär«, bereits aus der Kirche, wo ich ab und an die Tasten der maroden Orgel malträtierte. Eigentlich gehörte er zur Merfelder Gemeinde St. Antonius, aber als Geschäftsmann ließ er sich auch in Buldern und allen anderen Dülmener Gemeinden blicken. Den Spitznamen »Bär« besaß er seit der Jugend wegen seines nicht gerade knabenhaften Körperbaus.

Das erst mal zu Rexforth. Bär weilte bis zum frühen Nachmittag auf einer Agrarkonferenz in Münster, sodass ich meine Mittagspause ausdehnte und mir noch einen türkischen Mokka gönnte.

Zurück auf dem Hagenhof, erwartete mich Günter im Wohn-/Esszimmer des Haupthauses, das rustikal gemütlich eingerichtet war. Vorhänge mit naiven Bauernmalereien, ebensolche auf Tapete und Tür. Ein Eichentisch mit zwölf Sitzgelegenheiten und vor dem Kamin die Ledergarnitur. Bequem, solange man nicht drin sitzen musste.

Neben Günter, der in einen grauen Arbeitsanzug mit Tierexkrementen gekleidet war, thronte seine Gattin Emily, die mit ihren fünfunddreißig Lenzen knappe zwanzig Jahre jünger als der Großbauer war und nicht so recht zum zünftigen Ambiente passte. Mit ihren offensiv zur Schau getragenen Reizen hatte sie durchaus das Zeug zum Z-Promi Marke Verena Kern. Heute steckten ihre langen Beine in einer dunkelgrauen Röhrenjeans, und der Bereich zwischen Hosenbund und Kinn wurde von einem knallengen kurzärmeligen Rollkragenpulli umhüllt. Die Haare strahlten blond und die Augen leuchteten blau, wie es sich für eine Frau gehörte, die als modisches Accessoire an Günters Seite die dörfliche Tristesse verschönerte und sein Portemonnaie erleichterte. Dies war zumindest meine Theorie nach zwei Wochen Hagenhof.

Für die Vermietung der Ferienwohnungen war ihre Anwesenheit bestimmt nicht von Nachteil, denn ich war sicher, dass die Hälfte der männlichen Gäste bei Günni gebucht hatte, um Emily beim Blumengießen und/oder Reiten zuzugucken. Schließlich lächelte Emilys Gesicht von jeder Seite des Hagenhof-Internetauftritts. Aber vielleicht irrte ich mich auch, und die beiden waren verliebter als Romeo und Julia.

»Und, wie iss?« Günter wählte die westfälische Gesprächseröffnung, wobei er nervös an einem Zuckerstreuer herumfummelte.

»Muss«, entgegnete ich, die Etikette wahrend.

»Hast du schon was rausgefunden?« Emily schlug züchtig ihre Beine übereinander.

»Noch mal zur Klarstellung: Ich bin als Buchhalter angestellt, nicht als Privatdetektiv. Trotzdem versuche ich, euch zu helfen.«

»Weil wir so sympathisch sind.« Emily ließ im Unklaren, ob es sich um eine Frage oder Aussage handelte.

»Exakt. Lasst uns loslegen.« Ich wechselte in den Befragungsmodus. »Hast du Feinde, Günter?«

»Nein!«, antworteten beide unisono.

»Kein Ärger mit dem Personal? Mit der Familie? Verprellte Gäste?«

»Fehlanzeige«, knurrte Günter. »Ich weiß nicht, ob du meine drei Kinder aus erster Ehe schon kennengelernt hast. Mein Ältester, Johannes, wird den Hof übernehmen, der Junge muss aber noch einiges lernen. Er ist ein Arbeitstier, ganz nach meinem Geschmack. Mit ihm verstehe ich mich blind.« Schöne heile Welt, wer's glaubte.

»Dann kommt mein Sonnenschein Lisa. Sie ist eine Seele von Mensch, immer hilfsbereit, sozial sehr engagiert.«

»Mit ihr habe ich bereits ein bisschen geplaudert, als ich Papier für den Drucker gesucht habe«, warf ich ein. »Sie ist mit einem Holländer liiert, Adri Hues, nicht wahr, und studiert in Münster?«

»Geschichtskram. Wenn du mich fragst, braucht das kein Mensch. Aber wenn es sie selig macht, verstaubte Bücher zu entziffern … Adri hat als Maurer für die Firma gearbeitet, die unsere Ferienwohnungen hochgezogen hat. Es war Liebe auf den ersten Blick. Für mich hieß das, dass ich das größte der Appartements gleich an die beiden vermieten konnte. Übrigens, die Kaninchen gehören Adri. Er hat es sich zum Ziel gesetzt, der erfolgreichste Karnickelzüchter des Münsterlands zu werden. Das mit George ist natürlich ein schwerer Schlag.«

»Der Hase macht mir im Moment die geringsten Sorgen«, warf Emily ein und schnappte sich eine silberne Zigarettendose vom Eichentisch. Reflexartig stöberte ich in der Hosentasche nach einem Feuerzeug, bis mir einfiel, dass ich Nichtraucher war.

»Meinst du, die Drohung ist ernst gemeint?« Günter war aufgestanden. Auch wenn er absolut cool wirkte, schien es ihm an die Nieren zu gehen.

»Na klar. Du solltest gut auf dich aufpassen, mein Schatz«, säuselte die blonde Schönheit.

»Falls du einen Leibwächter benötigst, sag Bescheid.« Ich dachte an meinen Essener Kumpel Peter Gurkennase Grabowski, ein erfolgloser Lebenskünstler, der mich aber schon bei einigen Fällen unterstützt hatte.

»Lass die Kirche im Dorf, noch ist nichts passiert«, winkte Günni ab und ließ sich wieder fallen.

»Du hast gerade von drei Kindern gesprochen«, lenkte ich das Gespräch wieder in die ursprüngliche Richtung.

»Jürgen ist mit vierundzwanzig unser Jüngster. Er hat seinen eigenen Kopf, stur wie ein Ochse. Er ist leidenschaftlicher Musiker und beherrscht zig Instrumente. Sein Geld verdient er durch Auftritte bei Schützenfesten, Geburtstagen und Hochzeiten, wobei jeder Cent wieder in neues Equipment gesteckt wird. Jürgen ist auch der Einzige, der nicht auf dem Hof lebt. Er ist schon mit achtzehn ausgezogen, obwohl wir uns gut verstehen. Wie schon gesagt, ein absoluter Dickkopf, der seinen eigenen Weg geht.«

»Habt ihr Schwierigkeiten miteinander?«

»Nicht, dass du mich falsch verstehst«, er schüttelte den Kopf, »ich respektiere Jürgen, ziehe sogar den Hut vor ihm. Ich bin als Kind genauso ein sturer Bock gewesen, und geschadet hat es weiß Gott nicht.«

»Keinerlei Streitigkeiten?«, hakte ich nach.

»Du bist auf der falschen Fährte, Dieter. Ich will keine Verdächtigungen in Richtung Familie oder Betriebsangehörige hören. Das stiftet nur Unfrieden.«

»Wenn ich euch helfen soll, dann auf meine Art. Jemand hat dich massiv bedroht, und ich möchte ungern Nelken auf deinen Sarg werfen, nur weil ich schlampig gearbeitet habe.« Allmählich wurde ich müde von der Fragerei, außerdem bekam ich Schmacht, als der Tabakqualm in meine Nase zog. Trotzdem machte ich weiter: »Mit dem Personal werde ich mich morgen mal diskret unterhalten. Wie sieht es denn bei den Feriengästen aus?«

»Zurzeit sind nur drei Wohnungen vermietet, ist noch Vorsaison. Alles Stammgäste und über jeden Verdacht erhaben.«

Unauffällig rückte ich etwas näher an Emily heran, genau genommen an ihre Zigarette.

Die Chefin übernahm das Wort: »Da wäre zunächst Dr. Hasenbleek mit Frau und zwei kleinen Kindern, Lukas und Annika. Eine nette Familie. Er ist Jurist bei RWE in Essen. Sehr aktiv, nehmen all unsere Angebote wahr. Dann noch die Familie Möllenberg. Justin und Angèle mit der vierjährigen Chantal. Denen hat das Amt den Urlaub gesponsert, schon zum dritten Mal. Sind aber trotzdem nette Leute, etwas lethargisch, aber manche Menschen ruhen sich halt gern aus.« Überraschte mich nicht, dass Emily dafür Verständnis zeigte.

»Das ist unnötiges Gequatsche«, fuhr Günter seiner Göttergattin über den Mund. »Unsere Gäste haben damit nichts zu tun.«

»Wenn Dieter die Informationen braucht, soll er sie haben«, konterte Emily. »Schließlich geht es um Leben und Tod.«

Günter zog einen Flunsch, schwieg aber.

»Dann noch das Ehepaar Franke. Zwei Kölner Gymnasiallehrer um die vierzig. Die nutzen die Osterferien für Radwanderungen durchs Münsterland. Angenehme Leute, manchmal ein bisschen besserwisserisch. Aber wer ohne Fehler ist, werfe den ersten Stein.«

Ich klappte mein Notizbuch zu. Genug für heute.

»Wenn du den Penner schnappst, gibt es einen Bonus von fünf Riesen«, sagte Günter. »Aber bitte arbeite schnell. Ich kann mir nicht leisten, dass mein Ruf beschädigt wird.«

Einmal die Flossen geschüttelt, dann war mein Arbeitstag beendet. Mein Oldtimer startete mit leichtem Stottern, und ich trieb die Tachonadel nicht höher als fünfzig. Dennoch blieb der Wagen auf einmal stehen. Verdammte Hacke, ich hatte zu tanken vergessen. Die Reserve reichte bei diesem Spritfresser anscheinend nur für zwei Kilometer. Sofort schoss mir der Song eines älteren Aral-Werbespots durch den Kopf: »I'm walking«. Ich verfluchte die komplette Nannensippe bis in alle Ewigkeit. Aus lauter Frust hätte ich mir eine Zigarette angesteckt, wenn ich eine dabeigehabt hätte.

Doch manchmal geschahen noch Wunder. Rund dreißig Fahrzeuglängen vor mir erblickte ich einen hellgrünen Peugeot, der dem Auto meiner angebeteten Nachbarin Karin Schumann stark ähnelte. Der verlängerte Rücken, der aus dem Kofferraum herausguckte, beseitigte die letzten Zweifel. Es war tatsächlich Karin.

Also nichts wie hin. Als ich den Wagen erreichte, hatte Schumann sich gerade aus dem Heck befreit und wischte sich die Hände mit einem Lappen ab.

»Du hast Vogelscheiße auf dem Kopf«, begrüßte sie mich.

»Hast du heute in der Witzkiste gepennt?«, parierte ich gekonnt. Ich zeigte auf das grüne Etwas hinter ihr. »Und, Ärger mit den Franzosen?«

»Nur ein platter Reifen; ist aber schon gewechselt. Was macht die Qualmerei?«

»Immer noch clean, ich wundere mich selbst.«

»Aha.« Karin sah mich mit forderndem Blick an.

»Danke für deine Hilfe bei der Entwöhnung. Ohne dich hätte ich es nicht gepackt.«

Das ging der hübschen Bäuerin sichtbar runter wie Öl.

»Lust und Zeit, mit mir unseren Italiener zu besuchen? Die sollen neuerdings eine Sardellen-Peperoni-Pizza im Angebot haben, die einem die Schuhe auszieht.« Was auch nicht verkehrt war, wenn man sich Schumanns Palästinenser-Rennsandalen anschaute.

»Lust schon, aber leider hat der Plattfuß meinen Zeitplan gehörig durcheinandergebracht. Ich schaue morgen bei dir vorbei.«

»Super. Hast du zufällig einen Ersatzkanister? Mir ist nämlich der Sprit ausgegangen.«

Schumann grinste übers ganze Gesicht: »Da legt sich der Nannen so einen Angeberschlitten zu und vergisst zu tanken.«

»Ist ein Geschenk«, sagte ich und erzählte ihr kurz die Geschichte des Wagens.

»Armer Dieter«, seufzte Schumann. »Wenn ich Zeit habe, bedauere ich dich. Aber du hast Glück: Der Kanister im Kofferraum ist voll. Hoffentlich reicht das bis zur nächsten Tankstelle.«

Rasch füllte ich den Sprit ein, dann musste Karin auch schon weiter.

Als ich während der Weiterfahrt mein Konterfei im Rückspiegel betrachtete, wurde mir klar, warum Karin auf den obligatorischen Abschiedskuss verzichtet hatte: Mein Haar war wirklich mit Vogelscheiße verklebt.

Bei der nächsten Tanke füllte ich nicht nur den Benzinkessel bis zum Rand voll, sondern auch noch drei Reservekanister, um für die Zukunft gerüstet zu sein.

Zu Hause wusch ich mir die Haare und fütterte meine Tiere, da Mutter sich beharrlich weigerte, einen Fuß in die Stallungen zu setzen. Die Kaninchen hatte ich wie meinen Kotten geerbt. Aufgrund einiger privater Probleme in meiner Heimatstadt Essen hatte ich die Erbschaft angenommen und war ins westfälische Dorf umgesiedelt. Leider hatte sich kein Fernsehsender für mein

Schicksal interessiert und eine finanziell lukrative Home-Story der Reihe »Wir wandern aus« gedreht. Dabei fand ich Buldern ebenso exotisch wie die kanadischen Holzfällersiedlungen in den Pseudodokumentationen der Privaten.

Neben den Kaninchen hatte ich auch noch das Schwein Wilpert geerbt, das sich aber zügig in den Schweinehimmel aufgemacht hatte, natürlich ohne mein Zutun. Ersatz war jedoch schnell gefunden, und zwar in Form von Pedder, einem Geschenk von Stefan Jahnknecht.

Nach einer gewissen Eingewöhnungszeit waren mir die Viecher tatsächlich ans Herz gewachsen. Meine Familie. Hoffentlich fielen die Karnickel nicht dem Killer in die Hände.

Pedder grunzte ekstatisch über den Steakresten der letzten Woche, und den Langohren wurde der Löwenzahn auch nicht langweilig. Genügsam, solche Mitbewohner liebte ich.

Isolde hatte mir eine Nachricht hinterlassen, dass sie frühestens zur »Tagesschau« zu Hause sein würde. Sie wäre mit dem Taxi ins hundert Kilometer entfernte Düsseldorf gefahren, um sich ein Stück Schwarzwälder Kirschtorte zu genehmigen. Wenn es sie glücklich machte. Damit hatte ich genug Zeit, ungestört meinen Hochleistungsrechner zu starten. Es dauerte geschlagene zehn Minuten, bis das Windows-Logo auf dem Monitor erstrahlte. Ich drückte das Icon für die Internetverbindung, und das Modem wählte mich in die weite virtuelle Welt. Leider dauerte der Aufbau der Google-Seite weitere zehn Minuten. Dieser Rechner von anno Tuck taugte nur noch für die Tonne. Frustriert schwang ich mich aufs Fahrrad – ich wollte den nächsten Tankstellenbesuch hinausschieben – und gurkte zum altbekannten Dülmener Internetcafé. Dort hievte ich mich dank zeitgenössischer DSL-Technologie auf den Daten-Highway. Na endlich.

Da ich bei meinem Essener Controllerjob bei der August Klimke KG mehr Zeit im Internet verbracht als gearbeitet hatte, war es ein Klacks, im World Wide Web die Fährte des Kaninchenkillers aufzunehmen. Am 26. Februar diesen Jahres wurde der preisgekrönte Karnickelbock Rudi getötet, das konnte ich dem Archiv des Dülmener Kuriers entnehmen. Der Besitzer, ein gewisser Alfons Pohlbeck aus Senden, sei entsetzt gewesen über die abscheuliche Tat.

Ich ermittelte die Telefonnummer über das Örtliche und vereinbarte zehn Wimpernschläge später ein Treffen mit Alfons für morgen um sieben. Der frühe Vogel fängt den Wurm.

Schicht für heute. Ich sattelte den Blechesel und strampelte zurück.

Just als ich es mir auf der Couch bequem gemacht hatte, flog die Tür auf, und Isolde stand mit einer Flasche Schampus vor mir. »Hallo, mein Schatz. Sei so lieb und hol zwei Gläser.«

»Was gibt's denn zu feiern?«

Ich durchwühlte den Wohnzimmerschrank nach den passenden Gefäßen. Seitdem meine Mutter hier das Regiment übernommen hatte, war nichts mehr an seinem angestammten Platz. Sie hatte gleich zu Beginn des Familien-Revivals unmissverständlich erklärt, dass mein Kotten einen völlig inakzeptablen Standard bot. Auch der importierte Nippes steigerte ihre Lebensfreude in meinen Hallen nur marginal. Daher schritt sie in ihren freien Stunden – und derer gab es viele – mit dem Buch »Feng Shui gegen tödliche Energien« meine Behausung ab und räumte meine Einrichtungsgegenstände von rechts nach links, von oben nach unten und wieder zurück. Angeblich war diese Philosophie in Frankfurt der neueste Schrei, und jede depressive Hausfrau in der Mainmetropole beriet sich nicht mehr mit ihrem Psychodoc, sondern mit dem Feng-Shui-Berater. Wahre Wunderknaben, gegen deren Taten Jesus' Spaziergang über den See Genezareth zur Kirmesattraktion verblasste.

Solange sie nichts entfernte, sollte sie ihren Spaß haben. Die Zeitspanne unseres Zusammenlebens war Gott sei Dank begrenzt. Daher begegnete ich ihrem Aktionismus mit Gleichmut.

»Nur zur Info: Was machen die Sektkelche zwischen meiner Kleidung?«

»Die Anordnung in deinem Geschirrschrank stört den Kreis der Elemente. Da in deiner Wohnung definitiv zu viel Ying vorherrscht, musste ich Yang stärken. Fühlst du dich besser? Spür mal tief in dich rein.«

Tat ich als gehorsamer Sohn.

»Ich fühle mich müde. Ist das ein gutes oder schlechtes Zeichen?«

»Miserabel. Yang steht zwar fürs Weibliche, Empfangende. Du solltest dich frisch und ausgeglichen fühlen. Da muss ich was umarrangieren. Aber das hat Zeit bis morgen.«

»Jetzt klär deinen Sohn mal auf. Was gibt es zu feiern?« Ich füllte das Prickelwasser in die Gläser.

»Ich habe einen Mann kennengelernt.«

»Noch toller als die zweitausend Vorgänger?« Das konnte ich mir nicht verkneifen.

»So spricht man nicht mit seiner Mutter. Außerdem könnte es dieses Mal was Ernstes sein.«

»Ja dann, herzlichen Glückwunsch!« Ich prostete der Frischverliebten zu. »Wer ist denn der Glückliche?«

»Ein richtiger Kommissar.«

»Aha.«

»Aus Dülmen.«

»Interessant.«

»Seine Frau ist vor einem halben Jahr gestorben.«

Nein!!!!

Die Maske des Zorro

»Vielleicht kennst du ihn ja sogar aus deiner Detektivzeit.«

Oh ja. Noch bevor sie den Namen aussprechen konnte, hatte ich den Sektkelch geleert, nachgeschenkt und erneut geleert.

»Ludger Reichert.«

Ludger Reichert, mein Erzfeind. Wir waren in den wenigen Jahren häufiger aneinandergerasselt als Pamela Anderson mit Kid Rock und Tommy Lee zusammen. Wir mieden uns wie der Teufel das Weihwasser, aber aus beruflichen Gründen liefen wir uns natürlich immer wieder über den Weg.

»Du bist blass geworden, kennst du ihn etwa?« Isolde versuchte, einen besorgten Ausdruck aufs Gesicht zu zaubern, was aber misslang.

»Nur flüchtig. Habt ihr über mich gesprochen?«

»Nein, sollten wir?«

Umso besser. Mutter hatte nach der Scheidung wieder ihren Mädchennamen angenommen. Damals hatte ich zwar nicht verstanden, warum sie den wunderschönen Nachnamen meines Vaters freiwillig gegen Krummhölzl eingetauscht hatte, aber jetzt zahlte es sich aus: Reichert schien nicht zu wissen, wessen Mama er da schöne Augen machte. Noch nicht.

»Schon gut. Komm, wir nehmen noch einen Schluck.«

Der Rest des Abends bestand aus harmlosem Geplänkel und der Vernichtung einer weiteren Flasche Blubberwasser. Dann ging es ab in die Federn.

Der Sperberweg 16 in Senden war schnell gefunden, und Punkt sieben am nächsten Morgen presste ich meinen Daumen auf Pohlbecks Klingel.

Nachdem die Tür sich geöffnet hatte, schaute ich zunächst ins Leere beziehungsweise auf eine Schwarzwälder Kuckucksuhr. Langsam senkte ich meinen Blick und hatte endlich den Rentner im Visier. Das erklärt die Betonrampe am Hauseingang, schoss mir durch den Kopf: Pohlbeck saß im Rollstuhl, was angesichts der fehlenden Beine keine schlechte Idee war. Der Rollstuhl selbst war ein technisches Wunderwerk, schnieke getunt und voll motorisiert, was aufgrund des fehlenden Arms ebenfalls Sinn ergab, wollte er sich nicht ausschließlich im Kreis drehen.

»Guten Morgen, Herr Pohlbeck, danke, dass Sie mich empfangen.« Geistesgegenwärtig streckte ich meine linke Hand aus, die prompt ergriffen wurde. Wenig überraschend, dass auch die Finger nicht vollzählig waren.

»Autounfall«, er zeigte auf seine Beine, »Motorradunfall«, ein Nicken Richtung rechte Seite, »und ein Malheur im Sägewerk. Die Presse berichtet andauernd von Krisen. Finanz-, Öko-, Glaubenskrisen. Und das auf dem ganzen Globus. In meinem Leben haben sich mehr Katastrophen ereignet als in Afghanistan, Irak und Gazastreifen zusammen.« Er streckte Daumen, Mittel- und Ringfinger in die Luft. »Und wird darüber berichtet? Das interessiert niemanden. Und daher jammere ich auch nicht. Mein letztes Unglück hat mir allerdings schwer zu schaffen gemacht. Der infame Mord an meinem Kaninchen. Jetzt würde mich aber eines interessieren: Was hat ein Buchhalter mit toten Tieren zu schaffen?«

Bis auf die fehlenden Gliedmaßen sah Anton Pohlbeck wie ein typischer Rentner aus: Mitte siebzig, schlotterweißes Haar, Zähne zwecks Reinigung im Kukident-Glas, müde Augen, tadellos rasiert.

»Ich arbeite für Bauer Rexforth in Merfeld, und vorgestern ist eines seiner Kaninchen getötet worden. Da ich mich früher als Privatdetektiv verdingt habe, versuche ich, ein bisschen zu helfen.«

»Ich würde meinen linken Arm dafür geben, den Lumpen zu schnappen.« Er drückte einen der unzähligen Knöpfe an seinem Gefährt. »Kommen Sie, ich zeige Ihnen den Ort des Verbrechens.«

Kurz darauf erhielt ich eine komplette Führung durch die Kaninchenstallungen. Die Boxen für die Langohren waren geräumiger als die VIP-Logen im Dortmunder Signal-Iduna-Park.

Natürlich war alles vollautomatisch, perfekt abgestimmt auf die Möglichkeiten eines beinlosen Einarmigen.

Die letzte Box war leer, sah man von dem monströsen Kranz mit der Aufschrift »In tiefer Trauer« ab. Darüber hing ein Foto des Verstorbenen, wie er auf Pohlbecks Schoß saß. Das Karnickel trug eine Zorromaske und einen mit einer Feder geschmückten Hut. Alles seiner Größe angepasst. Pohlbeck steckte in einer Wehrmachtsuniform. Ein seltsames Gespann.

»Rudi hat den Karneval geliebt«, erklärte der Rentner, als er meinen verwirrten Blick bemerkte. »Er muss rheinische Gene in sich getragen haben. Wie oft haben wir zusammen Filme geschaut? Bei Antonio Banderas ist er immer ganz unruhig geworden. Der hat ihm gefallen.« Seine Augen füllten sich mit Tränen. »Und hier ist es passiert, am 26. Februar. Vergiftet, mein armer Rudi, können Sie sich das vorstellen?«

»Haben Sie damals die Polizei verständigt?«

»CIA, Interpol, Scotland Yard, alle waren sie hier«, ereiferte er sich. »Im Ernst: Ein junger Beamter hat sich geschätzte zwei Sekunden Zeit für mich genommen. Ein totes Kaninchen steht halt am Ende der Prioritätenliste. Er hat mir geraten, ein Schloss anzubringen, das war es dann auch schon.«

»Sie sagten soeben, dass Rudi vergiftet worden ist. Kann er nicht auch eines natürlichen Todes gestorben sein?«

»Habe ich zunächst auch vermutet, zum Beispiel an der Chinagrippe. Aber ich habe auf eigene Kosten eine Obduktion durchführen lassen. Rudi wurde ein Nervengift injiziert, den Namen habe ich vergessen.« Er fischte einen Flachmann aus der Seitentasche und nahm einen kräftigen Hieb. »Da die Polizei nichts tat, habe ich die Medien informiert.«

»Ohne Erfolg vermutlich?« Ich lehnte den angebotenen Flachmann ab.

»Fast. Zumindest hat mich zwei Wochen später ein junger Mann kontaktiert, dessen Kaninchen ebenfalls ermordet worden ist. Luis Grosch aus Lette.«

Ich notierte mir die Adresse, die er auswendig kannte. »Gab es weitere Fälle?«

»Nicht dass ich wüsste.«

»Ist Ihnen denn irgendetwas aufgefallen?«

»Ich habe mir das Hirn zermartert, aber nein. Als ich abends das letzte Mal nach Rudi gesehen habe, war er quicklebendig, und am nächsten Morgen mausetot.« Seine Augen wurden wieder feucht.

»Und Rudi ist das einzige Opfer gewesen?«

»Jawoll. Ich schätze, er ist gezielt umgebracht worden. Er war nämlich der absolute Star der Mannschaft.«

»Das bedeutet, Sie treten bei Wettbewerben an?«

»Korrekt. Meine anderen Stallbewohner sind zwar auch nicht ohne, aber Rudi hat bereits etliche Züchterpreise gewonnen. Seine schlechteste Platzierung in den letzten zwei Jahren war ein vierter Rang. Aber da waren die Juroren besoffen. Kennen Sie sich mit Kaninchen aus?« Ein Funkeln trat in seine Augen.

»Ich besitze auch welche, acht an der Zahl«, strunzte ich.

»Schlachtkaninchen, nehme ich an.«

»Nein, aus Spaß an der Freud, deswegen auch mein Interesse an diesen abscheulichen Taten«, flunkerte ich ein wenig, denn laut Testament meines Erbonkels durfte ich die Langohren überhaupt nicht schlachten.

»Sie sagten vorhin, dass ein Kaninchen dieses ...« Er suchte nach dem Namen.

»Rexforth, Günter Rexforth«, half ich aus.

»Eines seiner Tiere ist auch getötet worden?«

»George. Ihm wurde der Schädel eingeschlagen.«

»Barbarisch«, schüttelte er den Kopf, dann dudelte mein Handy »Paradise City«. SMS-Alarm. Nur wenige Sekunden nach Studium der Nachricht saß ich im Auto und ließ den Motor aufheulen.

CSI Schweinestall

»Chef, was liegt an?« Ich klemmte das Handy hinters Ohr.

»Ich bin's«, flüsterte Emily. »Es ist etwas Entsetzliches geschehen. Jemand hat auf Günter geschossen. Du musst sofort kommen.«

»Wie geht es ihm? Ist er schwer verletzt oder gar …«

»Nein«, unterbrach mich Miss Bauernhof. »Nur ein Streifschuss. Es ist passiert, als er gestern nach den Schweinen geschaut hat, wie er es jeden Abend macht. Wir sind zu Dr. Rudolph gefahren, der hat die Wunde verarztet. Aber wir machen uns große Sorgen.« Sie murmelte hastig in den Hörer, als stünde der Attentäter vor der Tür. Verständlich.

»Bin gleich da.« Hätte nie gedacht, dass sich der Tiermörder auch an Menschen vergreifen würde.

»Danke, Dieter. Wir zählen auf dich.«

Dieses Mal hatte ich keine Hemmungen, die Tachonadel über die Hundertermarkierung zu jagen. Komischerweise stotterte der Oldie nicht. Dafür durfte ich mit ansehen, wie die Füllstandsanzeige sich kontinuierlich nach links bewegte. Hatte mein alter Herr eine Ahnung, was ein Buchhalter verdiente? Kaum genug, um die saudischen Ölscheichs zu sponsern. Dennoch: Verstärkt durch die Motorengeräusche nahe der Schallgrenze, fühlte ich mich wie in einem Flugzeug. Die Felder, dunkel-, mangan-, reh- und mahagonibraun, verloren die Nuancen und bildeten eine verwischte Fläche aus Ocker. Passend intonierten Ministry »Jesus built my hotrod« im Radio. Zehn Minuten später ließ ich den Kies des Hagenhofs in sämtliche Himmelsrichtungen spritzen.

Ein Ehepaar mit Skistöcken kam mir entgegen.

»Sie wissen, dass hier Schrittgeschwindigkeit gefahren werden muss? Sie gefährden das Leben der anderen Feriengäste, insbesondere das der Kinder! Ich schreibe mir Ihr Kennzeichen auf. Wenn ich Sie noch mal erwische, gibt's eine Anzeige.«

Der männliche Nordic Walker zog einen Notizblock aus der Jogginghose.

Ich kramte in meinem Gedächtnis nach dem Namen des Kölner Lehrerehepaars. »Herr Franke?«

»Kennen wir uns?«, kam es erstaunt zurück.

»Mein Bruder hat bei Ihnen die Schulbank gedrückt. Hat Sie immer in den höchsten Tönen gelobt. Einmal war ich bei Ihrem Elternsprechtag. Dieter Nannen, mein Bruder heißt Markus.«

Instinktiv kramte ich nach einer Zigarette. Ach ja. Vielleicht doch öfter Nosferatus getragener Hypnosestimme lauschen.

»Markus, Markus, Markus ... Gesine, da dämmert mir was.«

Der weibliche Teil der Trockenskifahrer schaltete sich ein. »Jetzt fällt auch bei mir der Groschen. Ja, Markus Nannen, ein sehr begabter Schüler. Das muss ja ewig her sein.«

»Ich muss weiter, schönen Tag noch«, verabschiedete ich mich. Konnte nicht schaden, eine angenehme Atmosphäre zu schaffen, falls ich die beiden irgendwann befragen musste.

Als ich das Haus betrat, hörte ich sie immer noch Anekdoten über meinen Bruder austauschen. »Hat Markus nicht den zweiten Platz bei ›Jugend forscht‹ gewonnen?«

»Er hat doch auch Cello im Orchester gespielt. Oder war es Bratsche?«

Allmählich begann ich zu glauben, dass ich tatsächlich einen Bruder hatte.

Das Ehepaar Rexforth fand ich im Schlafzimmer, einem karg eingerichteten Raum mit antikem Eichenbett, Kleiderschrank und Nachttisch. Eine Duftlampe verströmte Zedernaroma, was dem Zimmer jedoch nicht die Strenge nehmen konnte. Bauersleute halt. Nur das gerahmte Demi-Moore-Bild wollte nicht so recht ins Raumdesign passen.

Emily war gerade damit beschäftigt, ihrem Gatten Kamillentee einzuflößen.

»Dieter«, röchelte Günni theatralisch, »mit mir ist es bald zu Ende.«

»Was hast du denn gesehen?« Er sollte mir lieber den Anschlag aus erster Hand berichten, anstatt in Selbstmitleid zu zerfließen.

»Bärchen geht es schon viel besser.« Emily drehte sich um. »Wusstest du, dass ich beinahe beim Film gelandet wäre?«

»Nein.« Ich musste passen. Interessierte mich auch nicht.

»Ich war Hauptdarstellerin in einem Werbespot für die Kosmetikbranche. Der ist beim Publikum super angekommen.« Sie lächelte mich verführerisch an, wie wahrscheinlich jeden Mann.

»Schatz, dein Drei-Sekunden-Auftritt in dem verdammten Tampon-Spot interessiert Dieter nicht. Ich –«

»Bärchen ist nur eifersüchtig«, unterbrach Emily ihn verärgert. »Der Regisseur Orlando Wenders, ein Cousin von Wim, wollte mich in einer Romantic Comedy mit Moritz Bleibtreu unterbringen. Ein Jahrhunderttalent hat er mich genannt.«

»Blödsinn, das glaubst auch nur du. Vorher solltest du in seinem Schmuddelstreifen ›Feuchte Träume‹ mitspielen«, höhnte Günni.

»Hätte ich das mal gemacht, aber für Erotikfilme war ich damals noch nicht bereit. Später war er leider nicht mehr erreichbar. Unbekannt verzogen. Im Filmgeschäft musst du halt viel reisen.« Verträumt blickte sie auf Demi. »Dann habe ich als Goldschmiedin weitergearbeitet und schließlich Günter kennengelernt.«

Der Blick auf ihren Angetrauten wirkte wenig liebevoll.

»Es war Liebe auf den ersten Blick«, flötete sie falsch wie ein indischer Schlangenbeschwörer. »Ohne zu zögern, habe ich meinen Job gegen die Freuden des Landlebens eingetauscht. Ich habe Bärchen viel zu verdanken.«

Unglaublich, wie manche Menschen ungefragt ihr gesamtes Privatleben vor anderen ausbreiteten.

»Ja, Liebe auf den ersten Blick.« Bärchen transformierte sich für einige Sekunden in einen lüsternen Satyr. Dann kehrte die Wehleidigkeit zurück: »Aber Dieter ist wegen mir hier. Darf ich jetzt?«

Emily nickte huldvoll und setzte sich zu ihrem Schatz aufs Bett.

»Bin gestern Nacht in den Schweinestall, kurz vor Mitternacht, das mache ich immer. Es war kalt und hat geregnet, falls das wichtig sein sollte. Hab Lisa, Wendy und Tatjana gute Nacht gewünscht, dann war ich bei Elsbeth. Die grunzte anders als sonst, als ob irgendwas nicht in Ordnung wäre.«

»Aber im Stall sah es aus wie immer?« Ich versuchte, mir die hübschen Tiernamen zu merken.

»Ja. Dann hab ich ein Geräusch gehört. Als ich mich umdrehe, geht plötzlich das Licht aus, und nach einem ohrenbetäubenden Knall fühlte sich mein Arm an, als hätte jemand Benzin draufgekippt und angezündet. Mann, das waren vielleicht Schmerzen, und dann diese Angst.«

Ich nickte mitfühlend.

»Hörte sich für mich wie ein Gewehrschuss an. Gott sei Dank hatte ich mich instinktiv auf den Boden geworfen, sonst läge ich jetzt in der Kiste. Dann habe ich nur noch gehört, wie der Mistkerl weggerannt ist, und fünf Minuten später war Emily bei mir. Sie hat mich sofort zu unserem Freund Dr. Rudolph gefahren, der meinen Arm verbunden und mir ein starkes Schmerzmittel verabreicht hat. Hätte mich schwer erwischt, meinte er.« Günter hielt das entsprechende Körperteil wie eine Trophäe in die Höhe.

Der lädierte Oberarm erweckte bei mir nur einen Hauch von Mitgefühl; Westfalen kennen keinen Schmerz. Sorgen bereitete mir hingegen die zunehmende kriminelle Energie des Täters. Zwischen Kaninchenschlächter und Menschenmörder lagen Welten. Es wurde gefährlich.

»Du hast den Schützen gerade Mistkerl genannt. War es ein Mann?«

»Keine Ahnung. Konnte leider nichts erkennen, aber welche Frau benutzt schon ein Gewehr?« Für ihn war das Geschlecht des Täters geklärt.

»Was ein wenig komisch ist«, nuschelte Günni nachdenklich weiter und rieb sich über den Verband. »Der Lichtschalter liegt versteckt hinter einem Pfeiler. Künstlerische Freiheit des damaligen Elektrikers. Wenn du das nicht weißt, suchst du dir einen Wolf.«

»Der Täter kennt sich also aus, willst du damit sagen.«

»Ist das nicht ein schrecklicher Gedanke? Oh, mein Arm tut so weh.« Er heulte auf, als er sich aufstützen wollte.

»Mein armer Schmusebär!« Emily hauchte ihm einen Kuss auf die Stirn.

»Ich werde jetzt den Tatort inspizieren«, beschloss ich, denn dieses Rumgeflenne beziehungsweise -gesülze war unmöglich zu ertragen. »Bin gleich wieder da, dann besprechen wir die nächsten Schritte.«

»Bye-bye«, seufzte Emily, als ob ich zu einer mehrjährigen Grönlandexpedition aufgebrochen wäre.

»Ich muss mich ausruhen, das strengt mich alles zu sehr an. Sorg bitte dafür, dass die Gäste nichts mitbekommen«, stöhnte Rexforth und sank in die weißen Kissen.

Um zum Schweinestall zu gelangen, musste man den kompletten Hof überqueren. Das zweigeschossige Gebäude umfasste die Fläche eines Fußballplatzes. Im Innern war es sauberer als im Dülmener Krankenhaus, und die Technik war auch besser: Computer steuerten Futter- und Wasserzufuhr, und die Hallen waren klimatisiert. In kilometerlangen Reihen standen die armen Tiere wie Perlen an einer Kette. Biohaltung ging anders. Dennoch sorgte sich Günni um das Wohlergehen seiner Schweine. Dioden übertrugen Blutdruck und Herzfrequenz an das EDV-System. Sollte Schwein XTF8795 alias Wendy aufgrund eines akuten Klaustrophobieanfalls kollabieren, ging sofort ein Warnsignal an Günters Pieper.

Rexforth hatte recht gehabt: Es dauerte ziemlich lange, bis ich den Lichtschalter neben einem Holzbalken entdeckte. Ich stellte mir vor, wo der Bauer ungefähr gestanden haben musste, und suchte nach dem Projektil. Nichts zu machen, verschwunden. Ein Fall für CSI Dülmen.

»Was machst du hier?«, pflaumte mich plötzlich jemand von hinten an. »Raus hier, aber flotti robotti. Die Tiere sind hochsensibel. Berthas Puls ist bereits erhöht.«

»Das sein Dieter. Ist mein Freund. Nicht schimpfen, du«, vernahm ich Stefans aufgeregte Stimme. Ich drehte mich um.

Mein Kumpel Stefan Jahnknecht trug Gummistiefel, Latzhose und ein kariertes Hemd am Körper und einen verärgerten Ausdruck im Gesicht.

Neben ihm stand ein krumm gewachsener Typ um die dreißig mit Rapperbart und buschigen Augenbrauen. Generell hielt ich nichts von Männerenthaarung, aber ihm hätte ein wenig Metrosexualität gut zu Gesicht gestanden. Bekleidet war der Unbekannte mit einem blauen Arbeitsanzug und einer Mistgabel.

»Ich bin Dieter, ich arbeite hier«, stellte ich mich vor. »Und du?«

»Ach, der neue Sesselpuper-Huper. Als wenn wir auf dich gewartet hätten. Ohne Buchhalter lief es auch.« Er rotzte auf den Boden.

»Ich bin Johannes, ich werde den Laden bald übernehmen. Und spätestens dann ist Schluss für dich. Für den Spasti ebenfalls.«

Stefan verstand kein Wort und starrte ihn verwirrt an. Irgendwie kam ich in Stimmung, diesem Sympathieträger nicht nur verbal die Meinung zu geigen.

In dem Moment jagte ein Junge ein kleines Mädchen in den Stall, wobei beide ausgelassen kicherten.

»Ich krieg dich.«

»Kriegst du nicht.«

»Verpisst euch, ihr Blagen. Eure Eltern haben fürs Pferdchenstreicheln gelöhnt, hier drin habt ihr nichts zu suchen!« Johannes streckte drohend die Mistgabel gen Himmel. Mit angsterfüllten Gesichtern flohen die Kinder schreiend nach draußen.

»Lass es mal ein wenig ruhiger angehen, Kumpel.« Ich näherte mich Johannes mit vor Zorn geschwellter Brust. »Das sind Kinder. Und wie du über Stefan redest, gefällt mir auch nicht.«

»Was willst du Pisser? Ich bestimme selbst, wie ich rede. Ihr Kroppzeug seid schneller auf dem Amt, als ihr schauen könnt. Ein Wort zu Vatter reicht.«

Ich wollte ihm keine pflastern, wirklich nicht, aber genug war genug. Doch meine Faust stieß ins Leere. Stefan hatte ihm eine schallende Ohrfeige verpasst, sodass das Großmaul jetzt konsterniert an einer Gittertür lehnte.

»Du nicht lieb sein zu Dieter. Tun mir leid«, murmelte Stefan traurig.

Ich streichelte meinem Kumpel über den Kopf. »Hast alles richtig gemacht.«

»Ihr seid beide entlassen. Fristlos. Papiere werden nachgeschickt«, brüllte Johannes. »Was nehmt ihr Pausenclowns euch raus? Mit euch wisch ich den Fußboden. Ich werde sofort mit Papa reden.«

»Gleich reißt mein Geduldsfaden.« Ich zog den keifenden Bauernsohn zu mir ran. »Günter hat im Moment andere Sorgen, als sich um seinen missratenen Sohn zu kümmern. Auf ihn ist ein Anschlag verübt worden, und ich bin derjenige, der ihn beschützen und den Täter fangen soll.« Ich drückte ihn gegen die Stallwand.

»Bullshit. Wer sollte so was tun?«

»Wo warst du gestern Nacht gegen zwölf?«, fragte ich kälter als das Eisfach meines neuen Kühlschranks. Immerhin war ich so gnädig, ihn wieder loszulassen.

»Verdächtigst du etwa mich?«, kam es kleinlaut zurück. »Okay. Gestern war ich beim Landjugendtreffen. Ein bisschen quatschen, ein bisschen saufen, ein bisschen Weiber aufreißen. Bin dann gegen zwei mit dem Fahrrad nach Hause und ins Bett gefallen.«

»Zeugen?«, fragte ich nach, obwohl ich ihm das Alibi glaubte, so verquollen wie er aussah.

»Gringo, Mattes und Tuba, meine Kumpels. Denen gehören die Höfe in der Nachbarschaft.«

»Dann schreib mir mal die Namen und Adressen auf.« Ich riss einen Zettel aus meinem Notizblock und packte gratis einen Kugelschreiber dazu. Leise vor sich hin fluchend, bewies Hannes, dass er des Schreibens mächtig war.

Just als er mir den Wisch mit einer abfälligen Geste in die Hand drückte, öffnete sich die Stalltür, und ein steif wirkender Herr mit Nickelbrille und grünem Kaschmirpulli stürmte im Stechschritt heran, im Gefolge die beiden Kleinen.

»Das ist der böse Onkel«, heulte das Mädchen und zeigte auf Johannes.

»Sie haben meine Kinder mit der Mistgabel bedroht?«, schnaubte der Mann wutentbrannt. Ich tippte auf Hasenbleek, den Juristen.

»Das mmmuss ein Missverständnis sein, Herr Doktor«, stotterte Johannes. Hilfesuchend blickte er mich an. Da ich keine Lust auf eine Diskussion mit dem Rechtsverdreher hatte, murmelte ich: »War was? Ich habe nichts gesehen«, und schämte mich ein wenig für die eigene Bequemlichkeit.

Hasenbleek musterte uns drei kritisch, während die Kids weiter heulten.

»Na gut«, meinte er schließlich. »Vielleicht war es wirklich ein Missverständnis. Bisher haben wir hier nur gute Erfahrungen gemacht. Nichts für ungut, Herr Rexforth.«

Beim Hinausgehen schimpfte er mit den Kindern, wie sie sich solche Lügengeschichten ausdenken konnten.

»Danke, Mann!« Der Unsympath wollte mir auf die Schulter klopfen, doch ich schlug seine Hand weg. »Sorry, Mann, bin manchmal ein wenig unbeherrscht. Mir fehlt halt eine Frau«, gewährte er einen überraschenden Einblick in sein Seelenleben.

Bevor ich noch Hannes' Lebensberater spielen musste, tippte ich an meinen imaginären Hut und ließ ihn und Stefan zurück.

Draußen spielten die Kinder, immer noch verstört. Lässig drückte ich ihnen ein Kaugummi in die Knochen und riet ihnen eindringlich, sich nicht mehr in der Nähe des bösen Mannes aufzuhalten.

»Schau mal, was ich im Stall gefunden habe«, öffnete das Mädchen ihre Hand. Lecko Pfanni: die fehlende Patronenhülse.

Flugs kramte ich weitere Kaugummis hervor, die ich seit dem unfreiwilligen Rauchstopp vermehrt in meinen Taschen hatte, und tauschte sie gegen das Beweisstück.

»Hallo.« Eine junge Frau, die pechschwarzen Haare zu einem Pferdeschwanz zusammengebunden, kam die Metalltreppe außen am Stall herunter. Sie trug Jeans und einen Bundeswehrparka. Um den Hals ein Palästinensertuch.

»Dieter, der neue Buchhalter. Wir haben uns schon kennengelernt«, stellte ich mich noch einmal vor und meine gute Kinderstube unter Beweis.

»Stimmt. Lisa, Günters Tochter«, begrüßte sie mich freundlich. »Wir haben uns neulich gesehen. Aber da hatte ich es eilig, und wir haben uns nicht vorgestellt. Ich wohne mit meinem Freund über dem Stall. Keine besonders attraktive Lage, aber kostenlos. Bei den heutigen Mieten ist das eine Menge wert. Aber wenn ich mein Studium beendet habe, bin ich hier weg. München oder Hamburg würden mir gefallen. Im Münsterland ist doch der Hund begraben.«

»Was studierst du denn?«

»Geschichte und Germanistik. Ich schreibe gerade meine Magisterarbeit über den Herzog von Croy. Einmal die Woche fahr ich zur Uni nach Münster. Alles locker. Ich liege super in der Zeit«, gab sie bereitwillig Auskunft.

»Ich muss jetzt mit dem Gärtner sprechen«, sagte ich, »schließlich ist er meistens der Mörder. Wenn du Lust hast, komm doch einfach mit.« Während wir hinter den Stall stiefelten, redete ich weiter: »Ich habe deinem Vater versprochen, den Mörder zu ermitteln, und befrage gerade alle Personen auf dem Hof.«

»Schrecklich, nicht? Ich mache mir große Sorgen.« Sie zog das Haargummi fester. »Erst Adris Kaninchen und jetzt das …«

Gedankenverloren gingen wir weiter.

»Warum sollte jemand auf meinen Vater schießen?«, brach Lisa das Schweigen. »Ich kann mir nicht vorstellen, dass er Feinde hat. So ein netter Kerl. Emily könnte ich mir schon eher als Ziel vorstellen. Die ist ja mächtig blöd. Aber Dummheit ist kein Mordmotiv, oder?«

»Eher selten«, gab ich zu.

»Warum passt eigentlich ein Buchhalter auf meinen Vater auf?« Sie blieb stehen und blickte mich aus großen braunen Augen neugierig an. »Zahlen von links nach rechts zu schaufeln prädestiniert nicht gerade dafür, einen Attentäter dingfest zu machen.«

Zwickmühle. Je mehr Leute von meinem Job wussten, desto

gefährdeter war das Erbe. Aber Lisa schien vertrauenswürdig, deshalb erzählte ich ihr von meiner früheren Profession und den Bedingungen der Erbschaft.

»Du hast genauso schräge Eltern wie ich«, stellte sie fest. »Obwohl, bei mir ist nur meine Stiefmutter daneben. Die glaubt noch immer, dass sie irgendwann in Hollywood landet.«

»Hast du vergangene Nacht etwas gesehen oder gehört?«

»Tut mir leid, da habe ich tief und fest geschlafen. Adri ebenfalls. Wir machen morgens das Frühstück für die Feriengäste, und das Lehrerpärchen möchte die Brötchen immer schon um halb sieben auf dem Tisch haben, damit es rechtzeitig zu seinen Radtouren aufbrechen kann.«

Mittlerweile waren wir im Garten angelangt. Ein bärtiger Mann in grauer Montur, knapp unter fünfzig, mähte den Rasen. Dabei schien er ein Lied zu pfeifen, was aber vom Dröhnen des Rasenmähermotors übertönt wurde.

Lisa winkte ihm zu, und er stellte die Maschine ab.

»Hallo, Tobias. Du, ich hab mal eine Frage. Wir haben uns Orchideen zugelegt, aber ich habe einfach kein Händchen für Pflanzen. Könntest du nachher hochkommen und mir Pflegetipps geben? Vielleicht überleben sie dann«, grinste sie. »Das ist übrigens Dieter Nannen, Papas Buchhalter.«

Tobias gab mir die Hand: »Tobias Hardt. Ich unterstütze Emily im Garten.« Er zwinkerte mir zu. Wahrscheinlich kannte die Diva Arbeit nur vom Hörensagen. »Selbstverständlich gucke ich mir die Orchideen gleich an«, wandte er sich zu Lisa. »Wäre gelacht, wenn wir die nicht wieder aufpäppeln könnten.«

»Du bist ein Schatz«, lächelte die Rexforth-Tochter. »Ohne deine Tipps wäre bestimmt schon unsere gesamte Vegetation ausgestorben.«

Das durfte doch nicht wahr sein: Herr Hardt errötete.

»Jetzt muss ich aber zu Vater«, fuhr Lisa unbeirrt fort. »Stell dir vor, jemand hat im Schweinestall auf ihn geschossen.«

Urplötzlich wich jede Farbe aus Tobias' Gesicht. Kreidebleich schob er den Rasenmäher beiseite und ließ sich auf einer Bank nieder.

»Das gibt's doch nicht«, murmelte er. »Wer macht denn so was?«

»Hast du gestern Nacht etwas gesehen oder gehört?«, schaltete ich mich ein. »Günter hat mich um Hilfe gebeten. Er denkt, ich wäre dafür qualifiziert, da ich bis vor Kurzem als Detektiv gearbeitet habe.«

»Detektiv? Interessant. Aber wer kann denn was gegen den Chef haben? Das war sicherlich ein Unfall.« Er wirkte immer noch perplex, schien sich aber allmählich zu fangen. »Du hast gefragt, ob ich was mitbekommen habe? Ich fahre im Land herum und arbeite, wo ich was bekomme. Das ist heutzutage nicht mehr so einfach. Momentan steht mein Wohnwagen auf dem Campingplatz Tannenwiese, der liegt in Hausdülmen, rund zehn Kilometer entfernt. Gestern Nacht bin ich früh ins Bett. Der Job schlaucht ganz schön. Tut mir leid, dass ich nicht weiterhelfen kann.«

Fehlanzeige. Während Tobi sich wieder dem Mäher widmete – allerdings wesentlich schwungloser als vorher –, besuchten Lisa und ich den Kranken.

Der Patient war allein und starrte gedankenverloren an die Zimmerdecke.

»Papa, du Armer.« Lisa nahm ihn in den Arm und drückte ihn.

»Aua, Vorsicht! Ich bin schwer verletzt«, jammerte der Bauer. »Danke, mein Sonnenschein. Jemand hat es auf deinen alten Herrn abgesehen. Ich hoffe, dass Dieter den Täter bald findet. Ich bin völlig mit den Nerven runter. Hast du schon was rausbekommen?«

»Ich habe eine Spur«, flunkerte ich. »Wo ist Emily?«

»Im Sonnenstudio, sie muss sich von dem Schock erholen«, stöhnte Günni.

»Gut, nehmen wir an, der Anschlag hat wirklich dir gegolten, was nach der Botschaft, die dir der Kaninchenmörder hinterlassen hat, nicht weit hergeholt ist. In meinem Netzwerk befindet sich ein hervorragender Personenschützer: Peter Grabowski. Der hat schon George Bush bei seinem letzten Deutschlandbesuch bewacht. Umsichtig, erfahren im Nahkampf und ein Superschütze. Wenn wir Glück haben, ist in seinem Terminkalender ein Plätzchen frei. Billig ist er nicht, dafür einer der Besten seiner Branche.«

»Mein Geld kann ich nicht mit ins Grab nehmen. Was kostet meine Lebensversicherung?«

Kurze Bedenkpause. »Ich habe mit Herrn Grabowski einen Sonderpreis ausgehandelt. Für dreihundert Euro pro Tag würde er dich rund um die Uhr beschützen.«

»Engagier ihn«, ächzte Günter.

Lisa nickte zustimmend: »Jemand muss auf Papa aufpassen, während du dich an die Fersen des Täters heftest. Du kannst dich ja nicht zweiteilen.«

Mit wohlwollendem Nicken ließ ich die beiden Hübschen allein und latschte in die Küche, um in Ruhe telefonieren zu können.

Peter Gurkennase Grabowski war mein bester Kumpel aus alten Essener Zeiten. Zwar hatte er schon etliche Jobs ausprobiert, Personenschutz für den amerikanischen Präsidenten gehörte jedoch nicht dazu.

Notorisch pleite, notorisch besoffen, notorisch bereit, für ein paar Cent seine Mutter zu verscherbeln. Dazu bauernschlau. Ein Überlebenskünstler, wobei die Betonung auf Überleben lag.

Peters alte Handynummer war gesperrt. Es kostete mich fünf Anrufe in den relevanten Kneipen, um die aktuelle Nummer zu erfahren.

»Allgemeine Wirtschaftsgesellschaft, Sie sprechen mit Peter Grabowski. Wann darf ich Sie reich machen?«, tönte es an mein Ohr. Im Hintergrund klirrten Gläser, und Trinklieder wurden zum Besten gegeben.

»Dieter hier. Zeit für einen Job?«

»Mein Freund, lange nichts von dir gehört. Hast du eigentlich mal über deine Finanzen nachgedacht? Mit meinem saugeilen Computerprogramm kannst du mehrere tausend Steine pro Jahr sparen.«

»Ich denke pausenlos über meine Finanzen nach, aber den Mist kannst du knicken. Ich brauche keine Beratung. Interesse an hundert Euro pro Tag? Ist aber ein Vierundzwanzig-Stunden-Job.«

»Weißt du eigentlich, wie viele unnötige Versicherungen du abgeschlossen hast?«

»Job oder kein Job?« Meine Geduld war allmählich am Ende.

»Erna, noch ein Pils. Auf meinen Deckel«, brüllte Gurkennase in den Raum. Dann wandte er sich wieder mir zu: »Zweihundert Euro klingen gut.«

»Hundertzehn.« Mir war natürlich klar gewesen, dass ich nicht ohne Gefeilsche auskommen würde. Schließlich einigten wir uns auf hundertfünfzig.

»Wie lange brauchst du mich?«

»Schwer abzuschätzen. Arbeite als Buchhalter auf einem Bauernhof, und auf den Chef ist geschossen worden.«

Ich klärte ihn kurz über die Ereignisse auf dem Hagenhof und die Bedingungen meines Erbes auf.

»Du erbst fünfzigtausend?« Ich hatte die Summe der Erbschaft nach unten frisiert, um keine Neidattacken aufkommen zu lassen. »Leg die bei mir an, und ich bin ein gemachter Mann. Du natürlich auch«, schob er hastig nach.

»Wann kannst du hier sein?«

Als nach einer Umdrehung des Sekundenzeigers noch immer keine Antwort gekommen war, fragte ich: »Bist du noch da?«

»Musste erst mal eine Nachdenkkippe anstecken. Über einen fahrbaren Untersatz kann ich mit Erna quatschen, die wollte ihre alte Möhre eh verschrotten. Jetzt kann ich aber nicht fahren, habe bestimmt zwei Promille intus. Eigentlich trinke ich nur für den Job, weißt du? Eine heitere Stimmung des Finanzberaters erhöht die Abschlussquote. Bin kurz davor, dem Ernst Kalupke ein Allfinanzkonzept zu verscherbeln. Aber morgen bin ich nüchtern, versprochen«, versicherte er. Ob ich das glauben durfte?

»Morgen um acht auf dem Hagenhof. Du arbeitest undercover, bring also Arbeitskleidung mit.«

»Aber nur als Tarnung, klar? Nicht dass ich noch Schweinescheiße schippen muss. Dafür bin ich überqualifiziert.«

»Morgen um acht.« Ich übermittelte ihm die Anschrift und verabschiedete mich.

Mit dieser frohen Nachricht im Gepäck stiefelte ich zurück ins Schlafzimmer. Lisa war nach Münster gefahren, um sich mit ihrem Professor zu besprechen. Günter saß vor dem Fenster und starrte in die Landschaft.

»Und wer passt heute Nacht auf mich auf?«

»Ich«, erklärte ich mich nach kurzem Zögern bereit.

»Danke, das werde ich dir nie vergessen.« Günter strahlte wie ein Honigkuchenpferd. »Du bist ein wahrer Freund.«

Ja, ich war schon ein toller Hecht. Aber meine Hilfsbereitschaft gründete auf purem Eigennutz, denn bis jetzt hatte ich nicht den Hauch einer Spur. Ich ging davon aus, dass der Täter nach dem gescheiterten Versuch sein Glück erneut versuchen würde, und dann war Dieter R. Nannen zur Stelle.

Zuvor wollte ich aber Johannes' Alibi überprüfen und bat daher Günter, bis zu meiner Rückkehr die Schlafzimmertür zu verrammeln.

»Meinst du, das Schwein versucht es heute noch mal?« Er zitterte.

»Rein prophylaktisch.« Ich legte meine Hand auf seine Schulter. Er wirkte beruhigt. Mir wäre an seiner Stelle der Arsch auf Grundeis gegangen.

Kein Sodom in Buldern

Johannes' Kumpel Gringo hieß mit bürgerlichen Namen Matthias Gringemann und bewirtschaftete als designierter Hoferbe eine Milchwirtschaft etwa drei Kilometer vom Hagenhof entfernt. Vor meinem geistigen Auge hatte sich angesichts des Spitznamens das Pendant eines westfälischen Clint Eastwood geformt. Der Mittzwanziger mit Hornbrille, vergeltem Mittelscheitel und Akneproblemen ähnelte aber eher Thomas Schmieder in »Die Nacht der lebenden Loser«.

Ich fand ihn im Stall, wo er gerade Melkgeschirr auf Kuheuter montierte.

»Dieter Nannen. Ich arbeite als Buchhalter auf dem Hagenhof«, stellte ich mich vor.

Misstrauisch und neidisch zugleich beäugte mich das Jüngelchen.

»Die können sich eine Bürokraft leisten? Mannomann, müssen die in Geld schwimmen. Hat Joey nichts von erzählt.«

»Heute war die Polizei bei uns«, startete ich Onkel Dieters Märchenstunde. »Die wollen gesehen haben, wie Günters Auto gestern Nacht deutlich zu schnell über die Landstraße gerast ist. Sie verdächtigen Johannes.«

Gringo schob sich die Brille auf die Stirn und strich sich durch die Haare, die sich keinen Millimeter bewegten.

»Joey? Ausgeschlossen. Wir waren von sieben bis elf auf dem Landjugendtreffen, dann ist er mit dem Fahrrad nach Hause. Auto fahren war nicht mehr drin. Mensch, haben wir gesoffen. Die Jenni Bamberger hat ihm noch eine gelangt, weil er ein wenig über die Stränge geschlagen hat. Blöde Zicke.«

Johannes schien nicht nur bei mir Aggressionen zu erzeugen; Jenni hatte meine volle Sympathie.

»Und wie schaut's bei dir aus? Schon die passende Bäuerin gefunden?«

»Nee, ist bei dem Job fast unmöglich. Früh raus, spät ins

Bett. Welches Mädel macht das schon mit? Ich werde mich bei ›Bauer sucht Frau‹ melden. Mama unterstützt mich dabei. Sie sagt, wenn die minderbemittelten Möchtegernlandwirte in dieser Sendung schon eine Frau finden, dann werden sie sich um einen attraktiven Kerl wie mich geradezu reißen.« Er grinste breit, womit er mir einen Panoramablick auf ein renovierungsbedürftiges Gebiss gewährte. »Aber ich kann guten Gewissens vor Gericht bezeugen, dass ich die ganze Feier hindurch mit Johannes zusammen war. Sag das der Polizei.«

Johannes war also wirklich gegen elf mit dem Rad nach Hause gestrampelt, und so besoffen konnte keiner sein, dass er die drei Kilometer nicht bis Mitternacht geschafft hätte.

Jetzt musste ich nach Hause, die Erlaubnis holen für eine auswärtige Übernachtung.

Meine Tiere begrüßten mich recht desinteressiert.

»Seid ihr sauer, weil ich euch vernachlässigt habe?«, fragte ich die Kaninchen.

Keine Antwort.

»Falls ihr von Georges gewaltsamem Tod gehört haben solltet, keine Angst: Hier seid ihr sicher, versprochen.«

Ich säuberte die Stallungen und verfütterte Löwenzahn. Eine einseitige, da häufig verabreichte, aber beliebte Speise. Damit hatte ich ihre Freundschaft zurückgewonnen. Lucie, mein Lieblingskarnickel, ließ sich bereitwillig streicheln und strahlte mich mit ihren großen Augen verliebt an. Das bildete ich mir nicht ein.

»Ihr habt es gut«, seufzte ich, »trinken, fressen und keine Sorgen. Manchmal würde ich gern mit euch tauschen.« Aufgrund des ausbleibenden Widerspruchs ging ich davon aus, dass sie mir recht gaben.

Jetzt war Pedders Stall an der Reihe. Während ich die Box fachgerecht ausmistete, berichtete ich ihm von den Erlebnissen des Tages. Der Racker hörte höflich zu, grunzte zwischendurch und wurde dafür mit einer Extraportion Futter belohnt. Etwas wehmütig verabschiedete ich mich.

Im Haus dröhnte eine Oper in Discolautstärke. Klang wie Verdis »La Traviata«, war aber »Rigoletto«, wie mir ein Blick aufs CD-Cover bestätigte. Mutter fand ich in der Wanne.

»Kannst du nicht klopfen, Junge?«, schrillte sie und versank blitzschnell im nach Pinie duftenden Badeschaum.

»Ein wenig laut, die Musik.«

»Papperlapapp.« Sie nahm einen Schluck aus dem Sektglas, das sie auf dem Wannenrand abgestellt hatte. »Auch du wirst dich den Hochgenüssen unserer abendländischen Musikkultur widmen. Deine CD-Sammlung ist ja überhaupt nichts für dich. Dieser Krach, fürchterlich! Ich habe mir ein Lied dieser Gruppe Sodom angehört, weil ich Musik mit biblischem Hintergrund vermutet habe; etwas Gregorianisches vielleicht.«

»Das geht dich nichts an. Wir haben nicht festgelegt, welche Musik ich zu hören habe.«

»Dieser« – Kunstpause – »Punkt ist neuer Bestandteil des Handels. Ich habe deinem Vater über Telefon diesen Krach vorgespielt. Von wegen gregorianisch, das war purer Lärm. Keine Klänge, die ein Nannen hören sollte.« Sie schüttelte sich regelrecht. »Da gehen Klaus und ich d'accord. Nicht dass du denkst, wir würden dich übervorteilen: Das gehört zum Bereich geordnetes Leben. Dieter, mit dieser Kakophonie gewinnst du nie eine Frau. Wir denken nur an dich.« Sie grinste hämisch und ließ den nächsten Schluck Schampus verschwinden. »Um es kurz zu machen: Dein Vater hat mir den Auftrag gegeben, deine CD- und Plattensammlung zu durchforsten und entwicklungshemmende Klänge zu entfernen.«

»Das ist nicht dein Ernst.« Fassungslos starrte ich sie an.

»Du hast recht. Es war mir nämlich zu viel Arbeit, jede CD durchzuhören. Deshalb habe ich alles wegschaffen lassen. Das hat mich zweihundert Euro gekostet, aber für meinen kleinen Didi ist mir nichts zu teuer. Chin-chin.« Zufrieden leerte sie das Glas.

»Damit du dich nicht langweilst, habe ich hundert italienische Opern liefern lassen, mit denen du deine zukünftige Verlobte bezirzen kannst. Komm, gib deiner Mama einen Kuss.«

»Ein für alle Mal: Lass die Finger von meinen Sachen. Das

waren teilweise ultraseltene Scheiben aus den Achtzigern, die man selbst mit einer Million nicht wiederbeschaffen kann!« Ich glaubte Hörner auf Mutters Stirn zu erkennen. Ihr rechter Fuß wirkte durch den Badeschaum wie ein Pferdehuf. Halluzinierte ich bereits? Diese Frau war jedenfalls Pest und Cholera in einer Person.

»Dieter«, entgegnete Isolde pathetisch, »jetzt bist du aber undankbar. Eines Tages wirst du mir ... Nein, wirst du nicht, aber an mir liegt das nicht. Ich habe alles versucht, meinen kleinen Hosenscheißer glücklich zu machen.«

Das war zu viel. Ich stürmte aus dem Bad. Ansonsten würde mein Konterfei morgen die lokalen Gazetten dominieren: Exdetektiv ermordet Mutter.

»Wenn du mich rausschmeißt, ist die schöne Erbschaft futsch«, rief Mutter mir provozierend nach.

Ich stopfte die nach Schwein stinkenden Klamotten in die Waschmaschine, schlüpfte in frische Kleidung und bearbeitete mit den Fäusten meinen Sandsack. Half alles nichts.

Wütend zog ich mir ein Fläschchen Litschi-Bionade rein – keine Ahnung, wo Isolde die wieder herhatte –, als ebendiese in einem purpurfarbenen Samtbademantel aus dem Bad geschwebt kam.

»Dieser Pinienduft erfrischt die müden Knochen. Hach, war das gut. Und, was hast du heute vor? Sollen wir Mensch-ärgere-Dich-nicht spielen? Das habe ich schon ewig nicht mehr gemacht. Und dazu vielleicht ›Cosi fan tutte‹ hören?« Sie füllte den Sektkelch.

»Ich schlafe heute bei Rexforth, muss unbedingt die Bücher fertig kriegen«, log ich.

»Soso?« Schalkhaft wedelte sie mit dem Zeigefinger und kraulte mir zu allem Überfluss auch noch das Kinn. »Das soll ich glauben?«

Als ich meinen Kopf wegdrehen wollte, hielt sie ihn fest. Das war Nötigung.

»Wenn da mal nicht eine Frau hintersteckt. Mit der Wahrheit hast du es ja als Kind schon nicht so gehabt. Weißt du noch, wie du unseren Wellensittich Charly in die Mikrowelle gesperrt hast? Anschließend hast du behauptet, er wäre von selbst hineingeflogen. Spätestens da habe ich gemerkt, dass unser Didi ein kleiner Lügenbold ist.«

Die olle Kamelle. Wie weit musste ich mich noch erniedrigen lassen? »Du weißt, wo du mich findest.« Ich knallte die Haustür hinter mir zu. Etwas kindisch, half aber, Dampf abzulassen.

»Glaub nicht, dass du mir so einfach davonkommst.« Triumphierend stand Isolde im Türrahmen. »Du wirst noch dein azurblaues Wunder erleben, mein Söhnchen.«

Zähneknirschend schüttete ich vorsorglich Sprit in den Tank. Während der Fahrt zum Hagenhof dröhnte »Fight till death« aus den Autoboxen. Motivationsmusik.

Als ich auf den Hof rollte, dieses Mal in vorschriftsmäßiger Geschwindigkeit, packte gerade ein junger Mann einen Synthesizer in einen klapprigen Mercedes Sprinter. Vor dem Holzschuppen warteten noch zwei riesige Boxen und eine Lichtanlage auf Abholung. Selbstlos schnappte ich mir ein Gehäuse und schleppte es zum Auto.

»Hallo, du musst Jürgen sein, der Musikus im Rexforth-Clan.«

»Und du bist der neue Bürohengst. Dieter, richtig?«

Gemeinsam hievten wir das schwere Teil auf die Ladefläche. Jürgen war eher der schmächtige Typ, bis auf seine Oberarme, die sich deutlich unter dem blauen T-Shirt mit der Aufschrift »Lucky Five« abzeichneten. Komplettiert wurde sein Äußeres durch eine graue Levi's-Jeans und gelbe Chucks. Die halblangen braunen Haare waren neckisch nach vorn gekämmt. In Verbindung mit der Solariumbräune und den stechend blauen Augen ergab das ein gut aussehendes Bürschchen.

»Und, ein Auftritt heute Abend?« Wir machten zusammen einen Spaziergang mit den Scheinwerfern.

»Jau. Bauer Borgmanns Jüngste heiratet. Dass die noch einen abgekriegt hat, Hut ab! Die ist nämlich vierundvierzig und hässlich wie die Nacht.« Er grinste wie ein Honigkuchenpferd.

»Auf jeden Topf passt ein Deckel.«

»Scheint zu stimmen, wenn selbst die Elisabeth die Ringe tauschen kann.« Er schüttelte sich ein bisschen. Schien keine Schönheit zu sein, die Borgmann-Tochter.

»Schon gehört, was meinem Vater passiert ist?« Auf einmal wurde er ernst.

»Schlimme Geschichte. Ich soll mich ein bisschen umhören, weil ich früher als Schnüffler gearbeitet habe.«

»Ein waschechter Detektiv, ich geh steil. Ja klar, du hast doch damals diese Satanistenmordserie aufgeklärt, korrekt? Aber falls du mich verdächtigst, Fehlanzeige. Ich hatte gestern einen Auftritt als DJ, zwei Höfe weiter, ein achtzehnter Geburtstag. Mann, ist da gesoffen worden. Alle paar Minuten mussten die die Tanzfläche sauber schrubben. Mein Kumpel Zeki, der mit mir zusammen auflegt, hat nachher nur noch langsame Stücke gespielt, damit sich nicht dauernd einer auf die Schnauze legt. Die Presse jammert neuerdings über jugendliche Komasäufer, aber auf dem Dorf warst du schon immer ein krasser Außenseiter, wenn du eine Fete ohne zwei atü auf dem Kessel verlassen hast.«

»Ihr legt zu zweit Platten auf?«

»Yep. Einer macht die Mucke, und der andere ist für die lustigen Spielchen zuständig. Bei uns ist noch alles handgemacht, mit Plattenspielern und so, und der Zeki ist ein wahrer Scratch-Gott. Unsere Philosophie lautet: Mucke von heute mit der Technologie von gestern. Diese ganze MP3-Scheiße verdirbt einem doch komplett die Freude an der Musik.«

Ein Loblied auf das gute alte Vinyl; wo er recht hatte, hatte er recht.

»Dann kann ich dich ja von der Liste der Verdächtigen streichen«, sagte ich, nahm mir aber vor, das Alibi bei Gelegenheit zu überprüfen.

Mittlerweile war der Krempel verstaut. Wir schüttelten uns die Hand, dann musste Jürgen los. Heute spielte er mit seiner kompletten fünfköpfigen Band, und dafür musste einiges aufgebaut werden.

Gedankenverloren blickte ich der Abgasfahne des Sprinters hinterher, dann stattete ich dem Büro einen Besuch ab. Schließlich wollte ich mir nicht nachsagen lassen, dass ich meine Buchhalteraufgaben vernachlässigte. Die Arbeit ging mir gut von der Hand, bis auf eine Pferdefutterrechnung, die mir nicht koscher vorkam. Da ich von Günter wusste, dass alles rund um die Pferde von einem gewissen Gregor Hauser gemanagt wurde, schnappte ich mir das Papier und stiefelte zu den Stallungen.

Dort fand ich ihn auch. Mit verbissenem Gesichtsausdruck schippte er Mist aus den Gehegen in eine Schubkarre. Obwohl der Kerl im Dreck wühlte, wirkte er, als wäre er just einer Rosamunde-Pilcher-Verfilmung entsprungen. Ein Beau, der Frauenherzen höherschlagen ließ.

»Hallo, Herr Hauser, ich habe eine Frage zu dieser Rechnung.« Ich wedelte mit dem Wisch. »Gestatten, Dieter Nannen, Günters Buchhalter.«

»Ist etwas nicht in Ordnung?« Er stützte sich auf die Mistgabel. Für seine vierzig Lenze – das Alter hatte ich von Rexforth – hatte er sich verdammt gut gehalten. Wenn ich nach vier Dekaden auch noch so aussah, konnte ich mich nicht beschweren. Er war um die eins neunzig und hatte die Figur eines durchtrainierten Kampfsportlers. Die Arbeit im Freien hatte dem Pferdeflüsterer eine gesunde Bräune und hellblonde Haare beschert; Robert Redford war ein Witz dagegen. Der Arbeitsdress lag eng am Körper, aber Hauser hätte wahrscheinlich auch in einem Kartoffelsack gut ausgesehen. Schön, dass Neid in meinem Wortschatz fehlte.

»Nur eine kurze Frage: Sind die globalen Futterkosten generell um zwanzig Prozent gestiegen, oder sind wir zu einem teureren Lieferanten gewechselt?«

»Die Horse-Feed KG war nicht mehr zuverlässig.« Hauser blickte mich feindselig an. »Wir standen schon drei Mal ohne Nachschub da.«

»Können wir vereinbaren, dass ich zukünftig informiert werde, bevor wir den Anbieter wechseln? Zwanzig Prozent ist kein Pappenstiel«, setzte ich ungerührt nach.

»Ist gut. Hat mir keiner gesagt, dass ich einen Aufpasser habe.« Sein Ton driftete ins Pampige ab.

»Jetzt wissen Sie es.« Meine Miene blieb nach wie vor freundlich.

Da ich ihn gerade vor der Flinte hatte, horchte ich ihn nach seinem Alibi für die Tatnacht aus. Überraschenderweise hatte der Pferdeknecht tief und fest geschlafen; er bewohnte ein Zwei-Zimmer-Appartement über dem Stall.

Mehr fiel mir im Moment nicht ein, sodass er mit der Ausmisterei fortfahren konnte.

Flugs zurück ins Büro und den Schreibtisch aufgeräumt, dann war endlich Feierabend. Die Kuh an der Wand mit den beiden Zeigern auf dem Euter zeigte Viertel nach neun.

Im Wohnzimmer entdeckte ich Emily, Günter und Lisa, die in eine Scrabble-Partie versunken waren.

»Hallo, Dieter.« Lisa drückte mir einen Kuss auf die Wange. »Gibt's was Neues?«

»Bin noch mitten in den Ermittlungen, ist ein ziemlich verworrener Fall. Du bist schon wieder auf den Beinen?«, wandte ich mich an Günter, bevor wir tiefer in die nicht vorhandenen Erfolge eines schnüffelnden Buchhalters eintauchten.

»Sicher, das Leben geht schließlich weiter.« Er hatte seine Wehleidigkeitsphase wohl endlich überstanden.

»Wo soll ich schlafen?« So langsam machte sich der stressige Tag bemerkbar.

»Im Gästezimmer neben unserem Schlafzimmer. Ich habe schon alles herrichten lassen.« Emily legte ein ziemlich langes Wort auf das Spielbrett, das orthografische Kreativität bewies.

»Ich warte noch, bis du im Bett bist, Günter, dann hau ich mich in die Falle. Schließ das Schlafzimmer auf jeden Fall von innen ab.« Vorsicht war immer noch die Mutter der Porzellankiste.

»Ich nächtige heute in der Kammer neben der Küche.« Emily notierte sich die Punkte für »Moddelagenthur« auf ihrem Zettel. »Bärchen hat Angst, dass ich im Schlaf auf seinen verletzten Arm rolle. Ich kann nämlich nachts richtig wild sein.« Als sie sich unbeobachtet glaubte, zwinkerte sie mir zu. Dabei hatte Günter alles mitbekommen, wie ich an seinem verkniffenen Gesichtsausdruck erkennen konnte.

Eine Scrabble-Partie später – ich hatte mich zum Mitmachen breitschlagen lassen – war Zapfenstreich. Als Emily in Richtung Kämmerlein und Lisa Richtung Schweinestallwohnung verschwunden waren, brachte ich Günter zu Bett und kontrollierte, dass die Tür abgeschlossen war.

Dann wurde es ruhig auf dem Hagenhof.

Mitten in der Nacht wachte ich auf. Hatte ich da ein Geräusch gehört? Ich lauschte angestrengt, vernahm aber nur Rexforths gleichmäßiges Schnarchen von nebenan.

Egal, da ich sowieso wach war, konnte ich auch nach dem Rechten sehen. Lautlos kleidete ich mich an und machte einen Rundgang durchs Haus. Günters Tür war verschlossen, gut so.

Ab zu Emilys Hucke. Die Tür war nur angelehnt, sodass ich sie geräuschlos öffnen konnte. Zerwühltes Laken, der Hauch ihres Parfüms in der Luft, aber keine Emily.

Nachdem ich die restlichen Räume des Haupthauses gecheckt hatte – von der Grande Dame fehlte weiterhin jede Spur –, fand ich mich auf dem Hof wieder. Pferde- oder Schweinestall? Da die Kaninchen im Pferdestall untergebracht waren, fiel die Entscheidung leicht.

Und richtig, leise Geräusche drangen an mein Ohr, als ich durch den Nebeneingang in die Stallungen schlüpfte. »Wieder eine Kerbe im Stock der gelösten Fälle«, brabbelte ich unhörbar vor mich hin, während ich mich an den Karnickelverschlag heranschlich.

Die verdächtigen Geräusche wurden immer lauter, meine innere Spannung stieg.

»Doch keine Kerbe«, dachte ich, als ich die Laute endlich zuordnen konnte. Nein, es waren weder quiekende Langohren, denen gerade das Fell über die Ohren gezogen wurde, noch ein Kampf auf Leben und Tod, den sich der Killer mit seinem Opfer lieferte: Es handelte sich schlicht und ergreifend um die

Tonspur eines Pornostreifens. Ein geschmeidiges »Ja, Schatz« hier, ein brünstiges »Du bist so geil« dort. Heidewitzka!

Noch bevor ich die Hauptdarsteller visuell orten konnte, wusste ich, wer sich da in einer Pferdebox vergnügte: die gute Emily und der Pferdeflüsterer. Ich zückte mein vorsorglich eingestecktes Handy, lugte um die Ecke, wählte die Fotofunktion aus und drückte ab. Ein Beweisfoto konnte nicht schaden.

Wusste gar nicht, dass das Mistding einen Blitz hat, schoss es mir durch den Kopf, als ich die Beine in die Hand nahm.

Hinter mir hörte ich Gregor fluchen. Kurz darauf lag ich wieder auf der Matratze.

Emily vergnügte sich also mit Hauser. Dass sie nicht die treueste Ehefrau der Welt war, gebongt, aber hatte das was mit dem Fall zu tun? Der einzige Zusammenhang zu den Karnickelmorden schien darin zu bestehen, dass die beiden ihre nächtlichen Turnübungen neben der Langohrbehausung absolviert hatten. Vielleicht wollten die Turteltauben alle Zeugen beseitigen und brachten deshalb eins nach dem anderen um?

Ich merkte, dass ich besser schlafen sollte, und tat das dann auch.

Blutige Warnung

Die Sonne hatte gerade die Nachtruhe beendet und schickte die ersten zaghaften Strahlen nach Merfeld. Wohlig räkelte ich mich unter der Bettdecke. Ich fühlte mich wie ein Jugendlicher im Sommerurlaub, der es sich fern der Eltern so richtig gut gehen ließ. Hoffentlich konnte sich meine Mutter allein beschäftigen. Schließlich gab es nicht allzu viele Schönheitssalons, Opernhäuser oder Damenoberbekleidungsgeschäfte in der näheren Umgebung. Wenn sich Isöldchen zu viel Zeit zum Grübeln bot, konnte sie mehr Unsinn aushecken als Schneewittchens Stiefmutter.

Ich ging gerade im Geiste den heutigen Tag durch, als das Handy »Love hurts« anstimmte. Karin Schumann.

»Dieter«, murmelte ich verschlafen.

Schweigen.

»Karin? Hallo?«

»Sie haben Leopold ermordet«, drang es fast tonlos aus dem kleinen Kasten.

»Wer ist Leopold?«, fragte ich entsetzt und eifersüchtig zugleich.

»Leo ist Franzose. Burgunder, um genau zu sein. Mein Superkaninchen«, schluchzte sie jetzt hemmungslos. »Dritter Platz in Bremen, erster in Warendorf und Dülmen. Nächstes Jahr hätte ich ihn in Prag ausgestellt. Bitte komm vorbei. Ich weiß nicht, was ich machen soll.«

»Bin gleich da. Lass alles so, wie du es vorgefunden hast.«

»Ich kann ihn sowieso nicht anfassen.« Sie weinte bitterlich.

Meine tröstenden Worte fanden kein Gehör. Zum Glück arbeitete ich nicht professionell als Seelsorger, sonst hätte ich schnell die Papiere bekommen.

In Sekundenbruchteilen kleidete ich mich an und eilte nach draußen, wo Johannes und Stefan im Streichelgehege die Ponys striegelten.

Just als Stefan mich entdeckte und mir mit seinen Riesenpranken Luft zufächerte, rollte ein stinkendes Etwas auf den Hof, das entfernte Ähnlichkeit mit einem Manta besaß. Die Angeberkiste aus den Achtzigern wirkte, als hätte man sie direkt aus der Schrottpresse gezogen, sorgfältig mit Rostfarbe lackiert und anschließend mit Taubenexkrementen glasiert. Aber wer im Glashaus sitzt, sollte nicht mit Steinen werfen. Obwohl man hinter den verdreckten Scheiben unmöglich den Fahrer dieses Geschosses, an dessen Antenne sogar der obligatorische Fuchsschwanz baumelte, ausmachen konnte, wusste ich sofort, wessen verschwitzte Griffel am Lenkrad klebten: Grabowskis.

Da das Abschalten des Motors noch mehr Lärm veranstaltete als die Fahrgeräusche, sah eines der offensichtlich schreckhaften Ponys sich genötigt, Johannes kräftig in den Allerwertesten zu keilen.

Hatte man geglaubt, dass dieser Auftritt nicht mehr zu toppen war, musste man sich kurz darauf eines Besseren belehren lassen: Peter entstieg dem Auto. Dass er beim Ausstieg laut furzte, war für mich wenig überraschend, überraschend war jedoch sein Outfit. Kannte ich Gurkennase bisher nur als Model für Seventh-Hand-Klamotten, präsentierte er sich jetzt im dunklen Zweireiher samt Lackschuhen und weißem Hemd. Die Haare waren modisch nach hinten gegelt, und hätte nicht dieser riesige Zinken in der Gesichtsmitte geprangt, hätte ich diesen stattlichen Kerl wirklich nicht identifizieren können.

»Hallo, Pedder!« Stefan Jahnknecht sprang aufgeregt über den Zaun des Streichelzoos, wobei er mit seinem Gummistiefel an der oberen Latte hängen blieb und sich richtig langmachte. Gurkennase und Stefan waren sich bereits einige Male begegnet, als sie mir bei früheren Fällen assistiert hatten. Waren sie sich zunächst so sympathisch wie Tom und Jerry gewesen, hatten sie sich im Laufe der Zeit angefreundet.

»Hi, Stefan, hi, Dieter.« Grabowski strahlte übers ganze Gesicht und stolzierte auf seinen Busenfreund zu, der sich wieder aufgerappelt hatte.

Als die beiden sich endlich voneinander gelöst hatten, war ich an der Reihe. Aus der Nähe betrachtet, sah Peters Outfit doch nicht so prachtvoll aus. Das Hemd war fleckig, und am Anzug konnte man Parmesan reiben. Trotzdem war ich glücklich, dieses Stück Heimat in meine Arme schließen zu können.

»Bist du krank? Du bist eine halbe Stunde zu früh.« Ich war geehrt, dieser Premiere beiwohnen zu dürfen. Normalerweise musste man froh sein, wenn Gurkennase überhaupt am vereinbarten Tag auflief. Böse Zungen behaupteten, dass Peters Uhr nur einen Datumsanzeiger besaß.

»Bevor ich den Leibwächter mime, wollte ich noch deine Finanzen durchleuchten.«

»Später, ich muss jetzt unbedingt zu Karin. Jemand hat eines ihrer Kaninchen abgeschlachtet.« Finanzberatung stand im Moment ganz am Ende meiner Prioritätenliste.

»Au prima, da komm ich mit.«

»Nichts da, du passt auf Günter auf. Am besten gehst du gleich rein und stellst dich vor.«

»Dieser Penner soll Dad beschützen?« Johannes' Gehör hatte durch den Pferdetritt offensichtlich keinen Schaden genommen.

»Nur eines meiner bescheidenen Talente. Benötigen Sie auch mehr Käsch inne Täsch? Gerade für ehrgeizige Jungbauern habe ich ein attraktives Paket geschnürt, das ich Ihnen gern präsentieren würde. Mit dem Sparplan Universal Farmer rückt der Traum von Kind und Kegel in greifbare Nähe. Vertrauen Sie mir, denn ich habe lange Jahre das Finanzwesen bei den Gurus dieses Metiers studiert.« Mein Freund zeigte sich erstaunlich souverän.

Johannes wirkte verwirrt. »Wollen Sie mich verarschen? Ich brauche keinen Sparplan.«

»Wer nicht will, der hat schon«, sagte Pedder enttäuscht. »Ihr Erfolg könnte bereits heute anfangen. Aber wir können auch morgen über Ihre goldene Zukunft reden. Einen erfolgreichen Tag noch.«

Der Jungbauer verschwand vor sich hin murmelnd Richtung Stallungen.

»Wo hast du diesen Sermon aufgeschnappt? Normalerweise philosophierst du doch höchstens über Schnapssorten.«

»Der Mensch kann sich ändern, mein lieber Dieter.« Grabowski zuppelte sein Hemd glatt.

»Komm, Pedder, ich dich Meister Rexforth vorstellen tu jetzt.« Stefan ergriff glücklich seine Hand und zog ihn mit sich. Endlich konnte ich mich auf die Socken machen.

Nicht viel los auf den Straßen um diese Uhrzeit, und auch die Orte, die ich durchquerte, boten ein trostloses Bild. Als mein Capri durch Dülmen röhrte, entdeckte ich jedoch etwas, was mich schlagartig hellwach werden ließ: Gregor Hauser überquerte vor mir die Straße und verschwand in einem zweistöckigen Gebäude, das einen Blumenladen und eine Spielhalle beherbergte. Entweder wollte er sich bei Emily mit Rosen für die vergangene Nacht bedanken, oder er trank in der Spielhölle einen Kaffee. Da »Floristik Heppner« geschlossen war, tippte ich auf Letzteres.

Sekunden nach Hauser betrat ich das rötliche Backsteingebäude. Links ging der Blumenladen ab, rechts die »Gambling Hall, open 24/7«.

Trotz des progressiven Namens präsentierte sich das Innere genauso abgeschmackt und trist wie das der Spielhallen, aus denen ich in grauer Vorzeit Grabowski immer hatte auslösen müssen. Vorne rechts daddelten zwei Herren türkischer Nationalität, zwei Plätze weiter warf eine Rentnerin in schmuddeliger Strickjacke Fünfzig-Cent-Münzen in den Geldspielautomaten.

Ich befreite zwei Euro aus dem Portemonnaie und fütterte die Kiste direkt neben der Alten. Keiner der drei nahm Notiz von mir, sie starrten mit fiebrigem Blick auf die blinkenden Lichter und hofften auf den Millionengewinn. Im Spiegel, der dankenswerterweise über den Geräten angebracht war, erkannte ich Hauser, der mit einem rund vierzigjährigen kalkweißen Mann mit strohblondem Haar in eine äußerst angeregte Diskussion vertieft war. Gregor wandte mir den Rücken zu.

Ich überlegte gerade die nächsten Schritte, als die beiden Streithähne in einem Hinterzimmer verschwanden. Nur die Aufsicht, eine magersüchtige Endzwanzigerin, blieb zurück.

Dann wurde es laut an meinem Spielgerät. Jackpot. Die Kiste zählte bis zweihundert hoch. Unter den neidischen Blicken meiner Nebenleute stolzierte ich wenig später mit einer Tonne Klimpergeld zur Servicekraft, wie sich die Dame laut Plakette auf ihrer neonfarbenen Bluse nannte.

»Könnten Sie mir die Münzen bitte umtauschen? Meinen Lkw habe ich nämlich zu Hause gelassen.«

»Nichts leichter als das.« Sie ließ die Kassenlade aufschnappen. »Dann geben Sie mal her.«

Mit äußerster Kraftanstrengung schob ich den Haufen über den Tresen. »Dieser blonde Mann, ist das nicht Mister Ice?«, ließ ich mich von meiner Phantasie inspirieren.

»Mister Ice? Nie gehört. Das ist unser Geschäftsführer«, kam es fast tonlos aus ihrem Mund.

»Wahrscheinlich habe ich mich geirrt.« Ich nahm die vier Fünfziger entgegen. »Nichts für ungut, ich werde mir jetzt erst mal ein paar Bierchen genehmigen.«

Hinter mir warteten bereits die beiden Türken zum Geldwechseln, und prompt erlosch das Interesse der Spielhallenaufsicht an mir. Business ging vor.

Ich steckte die Scheine in die Hosentasche und sah zu, dass ich diesen Hort der Glückseligkeit verließ.

In Karins Hofladen bediente Moni, eine dunkelhaarige Weißrussin, die zwar nur gebrochenes Deutsch sprach, aber den ganzen Tag über mit der Sonne um die Wette strahlte. Ein Glücksfall für Karin, denn die Dülmener Hausfrauen liebten die Kleine und kauften deshalb vermehrt das Biogemüse in Schumanns Laden. Monis Gehalt war aufgestockt worden, und damit verdiente sie mittlerweile mehr als ihr Mann, der in einem Reifengroßhandel knechtete.

Sie wies mir den Weg zum Kaninchengehege, nachdem ich die Hände von sieben kaufbereiten Buldernerinnen geschüttelt und das Versprechen abgegeben hatte, beim nächsten Orgelauftritt in der Kirche einen Flippers-Song zum Besten zu geben.

Der Kaninchenstall bestand aus zusammengezimmerten Holzlatten, die mit Drahtmatten bespannt waren. Steine, Buddelkiste und ein rotes Miniatursofa sorgten für die Entspannung der Tiere. Der verbliebenen drei, genau genommen. Das orangefarbene und gelbe Fell verriet, dass es sich nicht um Kochtopf-, sondern um Zuchtkarnickel handelte. Als sie mich erblickten, wirkten sie verstört und rannten hektisch im Stall herum.

In einer Kiste lag Leopold. Das stramme Kerlchen war mit einem Messer zerfetzt worden, als hätte Hannibal Lecter sein Faible für Langohren entdeckt. Teile der Innereien hingen aus dem Körper, und der Boden war blutgetränkt. Es stank bereits nach Verwesung, und dicke Fliegen berauschten sich am Kadaver. Hier war ein Exempel statuiert worden.

Karin wirkte blass. Schatten unter den Augen, Make-up zerlaufen. Verstand ich.

»Halt mich fest«, bat sie und ließ ihren Tränen freien Lauf.

»Leopold war meine Eintrittskarte in die Züchterbranche«, schluchzte sie. »Nach seinem dritten Platz in Bremen habe ich zig Angebote bekommen. Durch seinen Tod ist meine Züchterkarriere erst mal beendet, denn die anderen sind noch lange nicht so weit. Und Leo war so ein charakterstarkes Tier. Mutig, charismatisch, willensstark und zugleich empathisch. Wenn ich nicht gut drauf war, hat er mir manchmal in Kaninchensprache zugeflüstert: ›Karin, yes, you can.‹ Wer um alles in der Welt ist zu solch einer Tat fähig?«

Obwohl es mir schwerfiel, die Ähnlichkeit des toten Tieres mit dem amerikanischen Präsidenten zu erkennen, war auch ich geschockt.

»Bestialisch«, sagte ich. »Hast du was bemerkt? Fremde? Geräusche? Irgendwas?«

Schumann schüttelte den Kopf. »Hier.« Sie drückte mir einen verkrusteten Zettel in die Flosse: »WENN NANNEN WEITERSCHNÜFFELT, ENDET IHR WIE ICH!«, stand dort in blutigen Blockbuchstaben.

»Was hat das zu bedeuten?« Ihre Hand zitterte. »Du arbeitest doch als Buchhalter bei Rexforth und nicht als Privatdetektiv, oder?«

»Eigentlich schon«, gestand ich verlegen. Eine Viertelstunde später hatte ich sie auf den neuesten Stand gebracht.

»Wer kann Tiere so hassen? Der Kerl muss absolut krank sein!« Wieder schüttelte sie ein Weinkrampf.

Ich wusste keine Antwort. Allerdings war sonnenklar, dass mich der Täter entweder gut kannte oder Erkundigungen über mich eingezogen hatte. Wie hätte er sonst über mein enges Verhältnis zu Schumann Bescheid wissen können? Verdammte Hacke, das gefiel mir ganz und gar nicht.

Eines stand fest: Karin musste beschützt werden, denn weitere Gewalttaten waren nicht auszuschließen. Andererseits hatten bis jetzt mindestens vier Karnickel gewaltsam das Zeitliche gesegnet. Ich konnte unmöglich jedem Besitzer einen Leibwächter zur Verfügung stellen. Da rächte sich die knapp ausgestattete Human-Resources-Abteilung einer Ein-Mann-Klitsche. Ich musste unbedingt Luis Grosch befragen, den jungen Mann, dem ebenfalls ein Kaninchen ermordet worden war. Vielleicht erkannte ich dann den großen Zusammenhang.

»Ich übernachte heute bei dir«, kündigte ich an. »So was wird kein zweites Mal passieren.«

»Glaubst du, dass der Typ erneut zuschlägt?«

Ich zuckte mit den Schultern. »Bis jetzt ist kein Motiv ersichtlich. Hass auf Tiere? Ein bisschen dünn, meinst du nicht? Eventuell bekomme ich bei Grosch den entscheidenden Hinweis.«

»Danke!« Sie schlang ihre Arme um mich. »Zwar stehe ich meine Frau im Leben, aber jetzt kann ich wirklich männliche Unterstützung gebrauchen. Ich bin völlig fertig.«

Das ging mir runter wie süffiges König-Pils. Zärtlich suchten meine Lippen Karins Mund, und mein Kuss wurde begehrend erwidert.

»Ich muss noch zu Hause vorbei.« Schweren Herzens löste ich mich wieder. »Ein paar Klamotten holen und Mutter über mein Fernbleiben unterrichten. Dann werde ich bei Luis Grosch vorbeijetten, aber pünktlich zum Abendessen bin ich wieder hier«, versprach ich.

»Der Dieter muss Mama berichten, wenn er woanders übernachtet. Ein ganzer Kerl, dank Chappi.« Schumann konnte schon wieder spotten.

»Du kennst doch meine Situation. Wenn ich mich ohne triftigen Grund der mütterlichen Aufsicht entziehe, ist es Essig mit der Million. Vater hat relativ wenig Humor.«

»Wer's glaubt, wird selig.« Sie knuffte mich in die Seite.

Bevor sie weiteren Schwachsinn von sich gab, versiegelte ich ihren Mund mit einem leidenschaftlichen Kuss. Dann ging es heim zu Mama.

Lukkie Dieter

Als mein Wagen die Straße Richtung Nannengut entlangröhrte, glaubte ich meinen Augen nicht zu trauen. Am Wegesrand war ein rot-weißer Verkaufsstand aufgebaut, hinter dem zwei Männer auf Campingstühlen kauerten. Als sie mich sahen, sprangen sie wie von der Tarantel gestochen auf und winkten wild. Fanartikelverkauf meines geliebten Fußballclubs Rot-Weiss Essen?

Ich stoppte kurz vor ihnen und kletterte aus der Kiste. Ein seltsamer Ort für Produktpromotion, meilenweit von jeglicher Zivilisation entfernt. Die Typen wirkten wenig vertrauenserweckend. Der eine war so groß wie ein Briefkasten, trug einen akkurat gestutzten rötlichen Modebart und einen eleganten Dreiteiler mit Krawatte. Diesen versuchte er unter einem weißen Anorak mit aufgeklebtem Lucky-Strike-Emblem zu verstecken. Durch seine Nickelbrille blinzelte er unentwegt, als hätte er etwas zu verbergen. Er mochte um die vierzig sein, wobei ich mich bei Yuppietypen häufig verschätzte, da sie schon alt zur Welt zu kommen schienen.

Der andere Mann, etwa meine Größe, trug seine Halbglatze offensiv zur Schau. Fliegen nutzten die schweißnasse Fläche als Landeplatz, sodass er sich regelmäßig entnervt auf den Schädel schlug. Auch er hatte eine Jacke mit Logo des Kippenproduzenten übergestreift, wobei Lucky mit zwei »k« und »ie« geschrieben war. Produktpiraten.

»Einen wunderschönen Tag«, sprach mich der Kurze an und zog eine Zigarettenschachtel mit zugeklebtem Markennamen hinter dem Klapptisch hervor. »Wir führen im Auftrag des Meinungsforschungsinstituts Infos einen Test durch, bei dem wir den Zusammenhang zwischen Bekanntheitsgrad von Produkten und deren Qualität ermitteln. Wären Sie so liebenswert, bei diesem Vorhaben zu assistieren?«

»Wäre echt nett«, echote der Große und klatschte auf seine Pläte. Zufrieden blickte er in seine Hand, schnippte den zerquetschten Brummer auf den Boden und rieb sich über den Mund.

»Bongo.« Der Kleine blickte seinen Kompagnon strafend an, wobei seine Augen flatterten, als wären sie an einen getunten Oszillator angeschlossen. »Darf ich dich an Abschnitt 3.1.5.7 im Handbuch erinnern?«

»Jau«. Der Gescholtene sah schuldbewusst zu Boden. »Nur der Vorgesetzte führt das Wort, alles klar, Christian.«

»Handbuch?« Pat und Patachon wurden mir immer suspekter.

»Wir sind ein nach ISO zertifiziertes Dienstleistungsunternehmen.« Der Bärtige strahlte mit der Sonne um die Wette. »Ich habe ein Kompendium verfasst, in dem sämtliche Prozesse in Flussdiagrammen dargestellt und obligatorisch für alle Mitarbeiter festgelegt sind. Nur ein stringentes Abarbeiten der vorgegebenen Prozesse garantiert unternehmerischen Erfolg.«

»Dann viel Glück. Einen vielversprechenden Platz haben Sie sich da ausgesucht. Hierhin verirren sich höchstens Füchse oder streunende Hunde.«

Bongo wollte antworten, biss sich nach einem scheuen Blick auf Christian aber auf die Zunge.

»Diese Stelle liegt exakt in der geografischen Mitte von Billerbeck, Coesfeld und Dülmen. Da wir die Meinung des Bevölkerungsschnitts kennenlernen möchten, stellt dieser Platz den einzig logischen Ort dar.«

Diese Vögel schienen nicht frisch unter der Schädeldecke zu sein.

»Von Ihnen möchten wir wissen, welche Marke sich hinter dieser Zigarette verbirgt.« Behutsam zog er eine Fluppe aus der Schachtel und hielt sie mir unter die Nase. Dabei kullerte Tabak aus der Hülse. Handelten die beiden mit illegalen Kippen? Ich konnte das Ganze nicht einordnen.

»Da kann ich Ihnen nicht helfen. Ich bin frisch gebackener Nichtraucher.«

»Soll nicht zu Ihrem Nachteil sein.« Er zauberte einen braunen Schein aus der Kitteltasche. »Fünfzig Euro ist uns Ihre Meinung wert.«

Fünfzig Euro? Da wurde Rauchen adäquat bezahlt. Und eine Zigarette konnte nicht schaden.

Als hätte er meine Gedanken gelesen, bohrte Christian nach: »Als Exraucher können Sie die Zigarette noch besser beurteilen, da sind die Geschmacksnerven wieder offen. Schauen Sie: erlesener Geschmack, hervorragende Verarbeitung. Genießen und abkassieren lautet unser Motto.«

Die Zigarette wirkte, als hätte ein kasachischer Erntehelfer Pferdemist in Klopapier gewickelt. Dennoch merkte ich, dass meine Neuronen nach dem alten Bekannten Nick O'Teen lechzten wie Dracula nach menschlichem Tomatensaft. Einmal Junkie, immer Junkie.

Meine Hand hatte die Zigarette fast erreicht, als mein Verstand wieder die Kontrolle übernahm: »Sucht euch einen anderen für den Test. Ich bin Nichtraucher aus Überzeugung.« Mein Kotten lag nämlich nur wenige Meter entfernt. Und wer wartete dort auf einen Ausrutscher? Richtig, Mama Nannen. »Bis zum nächsten Mal. Und tschüss.«

Ich drehte mich um und latschte los. Sie erhöhten zwar auf hundert Euro, aber ich bestieg ungerührt den Capri und legte die restlichen hundert Meter zum trauten Heim zurück.

Dieses Mal schallten keine Puccini-Arien durch die heiligen Hallen. Dafür hatte Mutter Gesellschaft: Ihr gegenüber saß eine aufgetakelte Fregatte um die siebzig in einem Kleid, bei dem der Designer das Farbspektrum voll ausgeschöpft hatte. An ihren geschwollenen Fingern prangten Diamantringe, in den Tränensäcken hätte das komplette Mittelmeer Platz gefunden. Auf dem Kopf thronte ein grüner Filzhut mit einer Pfauenfeder.

»Dieter, Liebes«, rief meine Mutter freudestrahlend. »Erinnerst du dich noch an Tante Hildegard?«

Tat ich nicht. Als höflicher Mensch wollte ich ihr die Hand geben, doch die alte Schachtel hielt mir ihre knochige Pranke, von der Hautfalten wie eine Ziehharmonika herunterhingen, direkt vor den Mund. Igitt.

»Ich bin dein Tantchen Hildegard aus Amerika. Das letzte Mal sind wir uns begegnet, als du ein klitzekleines Baby warst.«

Sie sabberte ein wenig, wischte die Spucke aber stilvoll mit einem bestickten Taschentuch ab. »Oh my god, was bist du big geworden!«

Die Präsenz meiner Mutter bereitete mir schon schlechte Gefühle. Doch Hildegard schaffte es mühelos, mein Unwohlsein zu potenzieren.

»Deine Tante wollte mich in Frankfurt besuchen. Aufgrund der Umstände geht das ja leider nicht, aber da habe ich gedacht: Lad sie einfach zu Dieter nach Buldern ein. Du bist schließlich auch daran interessiert, deine Verwandtschaft kennenzulernen. Tante Hilde ist eine angeheiratete Schwippkusine der Halbschwester meiner Stiefmutter. Schade, dass Onkel Joe nicht mehr lebt. Er war Farmer und hat Rodeos geritten. Der hätte sich auf deinem Hof pudelwohl gefühlt.« Sie grinste hämisch.

Hätte ich Mama erwürgt, hätte mir jeder Richter mildernde Umstände zugestanden. Diese Frau war pures Gift. Ein Gift, das den widerstandsfähigsten Mann dahinraffte und anschließend die Leiche zersetzte. Obwohl meine Abneigung gegen den unerwarteten Besuch offensichtlich war, schien Hilde mein feindseliger Gesichtsausdruck nicht zu stören.

»Kurz nach deiner Geburt bin ich mit meinem first husband nach Texas ausgewandert. Dort habe ich als Model und Professor für Literatur an einem College gearbeitet. Dann hat er mich verlassen wegen einer blonde bitch. Never mind. Dann ich habe geheiratet mit Joe. Leider ist deine Onkel inzwischen verstorben. Hörzinförkt.«

»Sehr schön. Leider habe ich keine Zeit für Smalltalk. Ich muss heute bei meiner Nachbarin Karin Schumann übernachten. Die braucht seelische Unterstützung.«

»Eine Frau.« Das Lächeln meiner Mutter war so falsch wie Kujaus Hitlertagebücher. »Schön zu hören, dass du dein Leben auf die Reihe kriegst. Dann wird Vater dir gern das Erbe auszahlen.«

»Schlimme Sache mit Klaus.« Hildegard ließ eine Träne die faltigen Wangen hinunterkullern. »Aber gut, dass du heute away bist. Dann macht es dir surely nichts aus, wenn ich in deinem Bett schlafe, right?«

Solange die welke Tante hier war, würde ich nicht mehr in der Nannen-Villa übernachten, so viel stand fest. Jetzt wusste ich, wie sich ein Vertriebener fühlte.

»Du brauchst dich um nichts zu kümmern, mein Sohn«, trillerte Isolde. »Tante Hilde hat ein kleines Inkontinenz-Problem, aber ich werde dein Bett jeden Tag neu beziehen, versprochen.«

Die beiden grinsten gehässig.

»Ich würde so gern noch ein bisschen talk mit Dieter.« Hilde hievte sich mit Hilfe eines Wanderstocks in die Höhe.

Ich trat zwei Schritte zurück, ehe eine Umarmung drohte, und rutschte dabei fast aus, denn Hildegards Problem schien alles andere als klein zu sein. Erst jetzt fiel mir auf, dass das Parkett bis zur Diele auf einer Breite von mehreren Zentimetern mit einer undefinierbaren Flüssigkeit überzogen war.

Die Ami-Tante bemerkte meinen angeekelten Blick: »Oh, I'm so stupid. Da ist mir ein small, wie sagt man in German, Malheur passiert. Wir sind noch nicht dazu gekommen, es wegzuwischen.« Ein lauernder Blick, als wartete sie nur darauf, dass ich ausrastete. Den Gefallen tat ich den Damen nicht.

Dennoch fehlten mir die Worte. Ob die Pflege entfernter verwandtschaftlicher Beziehungen ebenfalls zu den Erbbedingungen gehörte, entzog sich meiner Kenntnis. Riskieren wollte ich aber nichts.

»Vielleicht bist du deiner Tante behilflich.« Mama wies auf die Kammer, in der meine Putzutensilien verstaut waren.

»Keine Zeit. Ich schnapp mir ein paar Sachen für die Nacht, dann bin ich weg.«

»Oh, what a pity. Wusstest du, dass ich früher Model und Professor für Literatur war?«

»Auf Familienfeiern reden wir über nichts anderes. Tschüss.« Ich wünschte mir, Vater hätte gefordert, dass ich den Jakobsweg auf Fingerknöcheln entlangtaperte. Eine Kleinigkeit gegenüber fünf Minuten in Gesellschaft eines Mitglieds meiner Familie.

Ich stopfte Duschzeug, Rasierer, Deo und frische Kleidung in eine Reisetasche und beschimpfte dabei im Geiste meine Mutter. Undankbarer Sohn.

Als ich das Haus verlassen wollte, hörte ich die beiden Grazien im Wohnzimmer plaudern.

»Dieter war noch nie der Hellste«, lästerte Isolde. »Außerdem ist er sehr impulsiv. Ein Wunder, dass er sich bis jetzt beherrscht hat. Hoffentlich lässt er sich vor Ablauf der Frist zu etwas Unüberlegtem hinreißen, damit ich endlich mit den zwei Millionen im Gepäck nach Frankfurt zurückkehren kann. Ich kann diesen furchtbaren Ort nicht mehr ertragen. Dieser Güllegestank. Oder ist das Dieter?«

Hilde lachte scheppernd. »Eine Zumutung«, bestätigte sie. »Klaus hates you very much. Er ist ein Bastard.«

»Hauptsache, Dieter hält sich woanders auf. Er hat sich zu einem richtigen Proleten entwickelt. Diese grauenhafte Musik und der primitive Lebensstil. Versteh mich nicht falsch. Nicht, dass er als Kind besser gewesen wäre. Meine Gene sind das nicht. Von mir würde der keinen Cent erben, das schwöre ich dir.«

»Wenn er außer home ist, kannst du ihn nicht provozieren. Dann geht es ihm viel zu gut. Er hat uns die Geschichte mit der Inkontinenz abgenommen. Stupid boy. Hast du gesehen, wie er innerlich gecooked hat?«

Isolde lachte schallend. »Glaubst du im Ernst, ich mache es ihm so leicht? Das war erst der Anfang. Zunächst wiege ich Sohnemann in Sicherheit, und dann wird er sein blaues Wunder erleben. Wenn ich gewusst hätte, mit was für einem missratenen Sprössling das Leben mich schlägt, hätte ich mich sterilisieren lassen. Aber ich gebe zu: Dieter hält sich besser, als ich gedacht hatte. Da muss ich wohl noch eine Schüppe drauflegen. Aber kommt Zeit, kommt Rat. Was hältst du von einer Partie Rommé? Ein besseres Unterhaltungsprogramm kann ich dir in dieser Einöde leider nicht bieten.«

Das reichte. Die Hexe war noch mieser als erwartet. Ich musste äußerste Vorsicht walten lassen. Wer wusste schon, was sie im Schilde führte.

Während der siebzehn Kilometer genoss ich trotz der Scherereien die Sonne, die mir zu sagen schien: »Ärgern lohnt sich nicht. Das Leben ist so schön.« Ich glaubte ihr. *Dieter war noch nie der Hellste* – denen würde ich es zeigen.

Lette war ein rund siebentausend Einwohner zählendes Örtchen, das im Zuge der kommunalen Neuordnung 1975 dem größeren Coesfeld zugeschlagen worden war. Luis wohnte mit seinen Eltern in einem Vierfamilienhaus nah der Kirche.

Grosch war definitiv der Schwarm aller Mädchen seiner Klasse. Er trug einen modisch gestylten blonden Irokesenschnitt, war hochgewachsen und hatte strahlend blaue Augen. Den drahtigen Oberkörper bedeckte ein Limp-Bizkit-Shirt der letzten Europatournee.

Mit einer Coke Zero ließen wir uns im lichten Wohnzimmer nieder. Während ich über mein Anliegen referierte, inspizierte ich die Umgebung. Der Tisch aus Fichtenholz mit dekorativem Blumengebinde und die Rattanmöbel verliehen dem Raum mediterranen Charme. An der Wand hing ein lebensgroßes Mick-Jagger-Foto mit Autogramm.

»Bist du nicht ein bisschen zu jung für die Stones?«

»Daddys Steckenpferd«, grinste Luis. »Der hat sie Anfang der Achtziger auf der ›Tattoo You‹-Tour als Roadie begleitet. Angeblich hat er sich mit Keith Richards einen Joint reingezogen. Je länger es her ist, desto mehr ist da passiert. Mir sind die zu altbacken, auch wenn wir mit unserer Band Lucky Five einige Stones-Cover zocken. Kommen halt immer noch gut an.«

»Du spielst in Jürgen Rexforths Band?« Erneut offenbarte sich, wie klein die Welt war.

»Yes, ich bin der Bassist. Jürgen ist ein Genie. Ein Wunder, dass der noch in Dülmen rumkraucht. Beherrscht jedes Instrument, und wie. Der bringt die Menge total zum Kochen. Ein absolut charismatischer Typ und keine Spur eingebildet. Woher kennst du ihn?«

»Hab ihn nur kurz getroffen. Ich arbeite nämlich beim alten Günter auf dem Hagenhof. Dort ist auch das Kaninchen ermordet worden. Es gehörte Adri Hues.«

»Hat Jürgen mir erzählt. Sauerei. Adri kenn ich nicht so gut. War bei einigen Wettbewerben, aber seine Kaninchen waren nicht der Brüller. Du musst warten, bis das Tier richtig ausgewachsen ist. Es bringt nichts, ein Zuchtkaninchen zu früh vorzuführen. Adri scheint aber etwas eigensinnig zu sein, er hat sich schon des Öfteren mit der Jury angelegt. Aber die können auch nichts dafür, wenn das Karnickel die Kriterien nicht erfüllt. Tut mir auf jeden Fall leid, dass er auch ein Tier verloren hat.«

»Hat der Täter bei dir eine Botschaft hinterlassen?«

Mit erstauntem Blick nippte Luis an der Brause: »Botschaft? Was meinst du damit? Nein, Hannibal wurde mit dem Kopf gegen die Wand geschlagen und fertig. Mit Botschaft war da nichts.«

»Bei den anderen Kaninchen lagen Drohungen«, klärte ich ihn auf. »Hast du denn etwas Verdächtiges bemerkt?«

Der Musiker schüttelte das Haupt: »Wir sind übers Wochenende zum Surfen ans Ijsselmeer gefahren, es war also niemand zu Hause. Jeder hätte unbemerkt in den Stall gehen und das Tier töten können. Wer rechnet denn mit so was? Bei den Wettbewerben geht es eigentlich nur um die Ehre, bei den mickrigen Preisgeldern. Gute Platzierungen sind höchstens für den späteren Verkauf interessant. Aber ich züchte nicht mit kommerziellem Interesse, ist nur ein Hobby von mir. Nichtsdestotrotz war ich recht erfolgreich. Hannibal hat mehrere Pokale abgeräumt.«

Wirklich Neues hatte ich nicht erfahren. Groschs Ausführungen unterstützten allerdings die These, dass es einer auf erfolgreiche Zuchtkaninchen abgesehen hatte. Aber wie passte der Anschlag auf Günter ins Bild?

»Sag Bescheid, wenn du was rausgefunden hast. Der Typ soll büßen.« Er ballte beide Fäuste.

»Wird erledigt.« Ich verabschiedete mich mit dem Versprechen, mir die Lucky Five bei nächster Gelegenheit anzuhören.

Als mein Capri stotternd auf die Straße holperte, löste sich zeitgleich ein silberner Ford Mondeo aus einer Parkbucht. Obwohl ich bewusst langsam fuhr, machte der Wagen keine Anstalten, mich zu überholen. Aha, es kam Schwung in die Angelegenheit. Gemächlich cruiste ich aus Lette heraus auf die

Bundesstraße, den Mondeo weiter in meiner Abgasfahne. Ich starrte permanent in den Rückspiegel, aber die Karre war zu weit weg, um den Fahrer identifizieren zu können.

In Buldern gab ich richtig Gas, auch wenn dies wieder ein tiefes Minus für mein Benzinbudget bedeutete. Aber die zusätzlichen Kosten lohnten sich: Ich hängte den Silberpfeil ab. Mit einem fröhlichen Pfeifen auf den Lippen bog ich in den nächsten Feldweg ein, legte eine astreine Chicago-Wende hin und schaltete den Motor aus.

Drei Wimpernschläge später jagte der Ford auf der Hauptstraße vorbei. Am Steuer saß Zigarettenwerber Bongo, die Stirn an die Windschutzscheibe gepresst, um mich im Bulderner Verkehrschaos nicht zu verlieren. Neben ihm starrte Christian in ein Buch und gestikulierte wild.

Rasch notierte ich zwecks späterer Lüftung der Identität der beiden Vollspacken das Coesfelder Kennzeichen. Jetzt hieß es, den Spieß umzudrehen, doch der Capri machte meinen Verfolgungsambitionen einen Strich durch die Rechnung: Auf meine Startversuche reagierte er mit wildem Röhren, das schließlich mit einem süffisanten Unterton erstarb.

Heilige Scheiße! Ich zückte mein Handy und orderte Freddy Köhler. Eine Viertelstunde später trudelte er ein.

»Die Karre ist der letzte Schrott. Es ist eine absolute Frechheit, dieses Museumsstück überhaupt noch zu verkaufen. Reparier diesen Blechmüll oder tausch ihn ein gegen einen vernünftigen Wagen ein, aber pronto!«

»Mach mal halblang.« Fred wirkte etwas genervt. »Für den Preis eines Trabbis bekommst du nun mal keinen Ferrari. Was hast du erwartet für fünfhundert Schleifen?«

Fünfhundert Euro? Da war mein verschrotteter Golf mehr wert gewesen.

Während ich über die Ungerechtigkeiten des Lebens sinnierte, öffnete Köhler die Motorhaube und ließ seinen fachmännischen Blick über die Innereien schweifen.

Schnell hatte er den Fehler gefunden. »Die Zündkabel müssen ausgetauscht werden.«

»Wie lange dauert das, und wie sieht es mit einem Leihwagen für die Zwischenzeit aus, zum Beispiel den Eos?«

»Keine Sorge, ich habe alles dabei. Dauert schlappe fünf Minuten. Wir wollten den Capri ja vor der Übergabe noch mal durchchecken, aber die Sekretärin deines Vaters meinte, das sei nicht notwendig.«

Das sprach Bände für Vaters Fürsorge. Bereits vier Minuten später sprang der Motor problemlos an. Damit war mein Traum von einem energiesparenden Ersatzwagen gestorben.

»Schick die Rechnung nach Malle. Adresse hast du ja«, knurrte ich.

»Dafür berechne ich nichts. Ist mir selbst peinlich, dass der Wagen muckt. Solltest du wieder Schwierigkeiten mit der Kiste haben, wovon ich aber nicht ausgehe, ruf mich an.«

»Da kannst du Gift drauf nehmen«, grollte ich und düste davon.

Karin hatte es sich auf der Ledercoach im Wohnzimmer bequem gemacht, das Gesicht mit einer Migränemaske bedeckt. Als ich sie behutsam lüftete, fuhr sie erschrocken hoch.

»Die Tür stand auf.« Ich drückte ihr einen Entschuldigungskuss auf den Mund.

»Weiter so, das beruhigt meine strapazierten Nerven.«

»Ich dachte, du hättest Kopfschmerzen.«

»Nein. Ich wollte nur ein wenig abschalten, also mach weiter.«

Das tat ich. Dabei zuckte ein Geistesblitz durch meine Gehirnwindungen: »Hast du vielleicht Lust, auf ein Konzert zu gehen? Der Sohn meines Chefs spielt in einer Band. Vielleicht treten die heute auf.«

Karin überlegte kurz. »Warum nicht? War schon lange nicht mehr auf einem Konzert. Was machen die denn für Musik?«

»Quer durch den Garten. Da ist sicherlich auch was für uns dabei.«

Nach einem Anruf auf dem Hagenhof besaß ich Jürgens Nummer, und, oh Wunder, die glücklichen Fünf spielten heute auf Bauer Steinmanns Hoffest. Wir waren herzlich eingeladen.

Die Autofrage war schnell geklärt, und so parkte Karins Toyota eine halbe Stunde später vor Steinmanns Anwesen. Die Parkplatzsuche hatte sich schwieriger als erwartet gestaltet, denn das komplette Münsterland schien auf den Beinen zu sein. Mit uns strömten Heerscharen von Leuten über den matschigen Weg in Richtung Scheune.

Unterwegs wiesen Schilder auf die Vorteile ökologischer Tierhaltung hin. Von Stefan wusste ich jedoch, dass die Tiere seines früheren Arbeitgebers in Hühner-KZs gepfercht wurden, die den Tieren kaum Bewegungsfreiheit ließen. Das sollte zum Nutzen des Federviehs die Hackordnung aushebeln. Wer es glaubte. Die wenigen frei herumlaufenden Viecher simulierten den Besuchern allerdings das Gegenteil. Und die Leute fielen drauf rein, oder es war ihnen egal.

Steinmann stand etwas abseits vom Trubel in einer Traube älterer Herren und kippte Kurze, als würde morgen der Schnaps verboten werden.

»Oh, die Konkurrenz gibt schich die Ehre«, nuschelte er in Richtung Karin und erhöhte den Promillepegel.

»Grüß dich, Theo«, erwiderte Karin unterkühlt. »Ist der Umstieg in die Ökobranche geglückt?«

»Dasch will isch meinen«, gackerte der Alte. »Alle Tiere sind bei mir jetzt frei, und die Talerschen der Kunden auch.« Seine Kumpane stimmten ins Gelächter ein.

»Darauf genehmigen wir uns noch einen«, grinste ein Opa mit Jägerhut.

»Wir wollten zum Lucky-Five-Auftritt«, wechselte ich das Thema.

»Die Jungsch bauen gerade auf. Immer dem Lärm nach.«

Kurz die Hand zum Gruß gehoben, dann steuerten wir auf einen Wagen zu, den Jürgen gerade um eine Bassdrum erleichterte.

Ich schnappte mir ein Keyboard, Karin eine Les-Paul-Gitarre.

»Hey«, strahlte Jürgen. »Bombastisch, dass ihr gekommen seid. Eine Roadcrew hat mir noch gefehlt, und wenn ihr euch mit Freibier und Frikos zufriedengebt, seid ihr engagiert.«

»Wir warten erst mal ab, ob ihr es draufhabt.« Karin zwinkerte ironisch.

Jürgen zuckte die Schultern. »Zunächst geht's gemächlich los. Das dürfte eure Geschmacksnerven auf eine harte Probe stellen. Aber wenn die Leute kaum noch stehen können, spielen wir, was ihr wollt. Versprochen.«

»Darauf nageln wir dich fest.«

Wir schleppten die Instrumente an bestimmt dreißig Tischreihen vorbei zur Bühne. Die Menge ließ sich dadurch nicht im Geringsten beim Bierkrugstemmen stören. Jürgens Kollegen fingen sofort an, die Tonwerkzeuge zu verkabeln. Ach, da war ja auch Luis Grosch.

»Klasse, dass wir uns so schnell wiedersehen. Heute steigt hier eine Riesenfete. Steinmann ist zwar ein Arsch, aber er sorgt für ein großes Publikum. Und einen Tausender gibt's obendrein.«

Vielleicht sollte ich den Buchhalterposten an den Nagel hängen und ebenfalls Tanzmusiker werden. Am Klavier beziehungsweise Keyboard machte mir so schnell keiner was vor. Andererseits standen in den Augen meines Vaters Musiker auf einer Stufe mit Privatschnüfflern, sodass dies nicht wirklich eine Alternative war. Und in einem halben Jahr brauchte ich sowieso nicht mehr zu arbeiten.

Als es für Karin und mich nichts mehr zu tun gab, quetschten wir uns in eine Meute Jugendlicher, die sich mit Red-Bull-Wodka in Richtung Besinnungslosigkeit soffen. Weiter hinten waren zwar noch einige wenige Tische frei, aber wir wollten unbedingt in der ersten Reihe sitzen. Karin orderte ein Krefelder, ich das Gleiche, aber ohne Cola.

»Netter Typ, der Jürgen, und ein richtig leckeres Kerlchen«, versorgte Schumann mich mit Informationen, die ich nicht verlangt hatte, und stupste mich grinsend in die Seite.

»Vielleicht ein wenig oberflächlich.« Mich überkam tatsächlich ein Hauch von Eifersucht. Sie sollte besser mal in sich gehen und überlegen, wer sie eigentlich vor dem brutalen Karnickelmörder beschützte, der luftige Musikus oder der mindestens genauso gut aussehende und brillante Privatdetektiv Dieter R. Nannen.

»Hallöchen.« Die nächste Person gesellte sich an die voll besetzte Bierzeltgarnitur. Lisa Rexforth.

»Wollt ihr auch den besten Musiker des Münsterlands bewundern?«

»Karin, Lisa. Lisa, Karin«, stellte ich die Damen einander vor. »Lisa ist die Tochter meines Chefs«, fügte ich hinzu. Auch wenn es wirklich eng war auf der Holzpritsche, konnte ich mich nicht beklagen: rechts meine geliebte Biobäuerin, links Lisa.

»Bist du bei jedem Konzert deines Bruders dabei?« Karin nippte am Kre.

»Sooft es geht. Jürgen ist mein Lieblingsbruder, wie Dieter sich bestimmt denken kann.«

Besagter Lieblingsbruder betrat nun die Bühne und schnappte sich das Mikro: »Bevor die Party losgeht, möchte ich besondere Freunde begrüßen: Dieter und Karin. Applaus für meine Roadies.«

Wir erhoben uns und ernteten frenetischen Applaus, dann starteten die Lucky Five mit dem »Holzmichl«. Ja, er lebte noch, denn die Menge tobte. Anschließend folgte mit »Satisfaction« von den Stones der nächste Partykracher. Mucke, die man nur sturzbesoffen ertragen konnte.

Doch dann wurde es besinnlicher: »Diesen Song widme ich meinem Vater, der gerade einen Mordanschlag überlebt hat«, verkündete Jürgen und stimmte »One« von U2 an, ein Lied, das mir regelmäßig vor Ergriffenheit die Tränen in die Augen trieb. Die Menge lauschte betroffen.

Als der Sänger die Gitarre sinken ließ, starrte er einen Moment gedankenverloren auf den Boden. Dann hellte sich seine Miene wieder auf: »Sorry, dass ich die tolle Stimmung hier für einen Moment unterbrochen habe. Aber manchmal gibt es halt Wichtigeres als Feiern.«

»Ist das nicht toll von Jürgen?« Lisa wischte mit dem Handrücken eine Träne weg.

»Der sieht nicht nur gut aus, sondern ist auch noch sensibel. Ich steh auf Männer, die ihre Gefühle offen zeigen«, haute Schumann in die gleiche Kerbe.

»Ein bisschen übertrieben ist es schon, schließlich hat Bärchen Rexforth überlebt«, knurrte ich. Dafür erntete ich das nächste Grinsen.

Anschließend war wieder Partytime. BAP, Queen und Beatles, die üblichen Verdächtigen halt, sorgten für eine Bombenstimmung. Eines musste man der Band aber lassen: Die Songs wurden nicht lieblos runtergeleiert, sondern charmant mit eigener Note vorgetragen.

Mittlerweile hatte der Alkoholpegel der Leute die Grenze der Zurechnungsfähigkeit überschritten, jedes Lied wurde lautstark mitgegrölt. Nachdem »Anton aus Tirol« für den vorläufigen Höhepunkt sorgte, konnten die fünf spielen, was sie wollten. Das Musikprogramm wechselte in meine Geschmacksrichtung. »Sheena is a Punk Rocker«, »A Forest« und als Krönung Motörheads »Ace of Spades«. Die vorderen Tische und Bänke wurden zur Seite geschoben, und wir drei Hübschen tanzten zusammen mit Alkoholleichen und torkelnden Bauerntölpeln dem morgigen Muskelkater entgegen. Der Abend hatte sich echt gelohnt, da waren wir uns einig.

Gegen elf verabschiedeten wir uns von Lisa, die so stolz auf ihren Bruder war, dass sie mir seine Autogrammkarte in die Flosse drückte, und winkten Jürgen und seinen Kollegen zu, die gerade »Behind blue eyes« intonierten, besser als im Original.

»Der Jürgen hat es einfach drauf«, schwärmte Schumann im Auto. Wo sie recht hatte, hatte sie recht, Eifersucht hin oder her.

Zu Hause machten wir da weiter, wo wir vor dem musikalischen Feuerwerk aufgehört hatten, aber nach einer wonnigen Ewigkeit mussten auch mal die praktischen Dinge aufs Tapet gebracht werden: »Wo soll ich eigentlich schlafen? Wieder im Ziegenstall wie letztes Mal?«

»Du hast die einfache Übernachtung gebucht, nicht die Honeymoon-Suite. Mehr als die Hundehütte ist nicht drin. Aber vielleicht«, Schumann machte eine bedeutungsvolle Pause, »willst du ja im Zimmer der Gastgeberin nächtigen.«

Gesagt, getan.

Der Vollmond grinste feist durchs Fenster, als wir erschöpft nebeneinanderlagen. Karin kraulte meinen Bauch.

»Mich verfolgen zwei seltsame Typen.« Ich berichtete ihr von den Zigarettenpromotern.

»Die hat dir doch bestimmt deine Mutter auf den Hals gehetzt«, entrüstete sich Karin und stoppte die Streicheleinheiten.

»Nehme ich auch an.« Ich legte ihre Hand zurück auf meinen Waschbrettbauch und erzählte ihr von der Tante aus Amiland.

»Die Frau schreckt vor nichts zurück. Wenn ich der begegnen sollte, werde ich ihr die Meinung geigen, und zwar in der Lautstärke eines Sinfonieorchesters«, fauchte meine Bettgenossin. »Glaubst du, die beiden Typen sind gefährlich?«

Ich überlegte nur kurz: »Nee, die machen einen eher beschränkten Eindruck. Was das Erbe angeht: vernünftiger Job, erledigt. Nikotinentzug, erledigt. Jetzt muss ich mich nur noch auf Brautschau begeben, ansonsten arrivederci galletto.«

Karin musterte mich eindringlich: »Du könntest mich fragen. Ginge zwar etwas schnell, aber vielleicht sage ich Ja.«

Ich langte zum Nachttisch, wo eine einsame Margerite in einer Tonvase nur darauf wartete, einem feierlichen Zweck zu dienen.

»Karin Schumann, willst du mich, Dieter R. Nannen, zu deinem angetrauten Ehemann nehmen? Meine Mitgift kann sich sehen lassen.«

»Vielleicht.« Karin drehte sich zur Seite.

»Du bist eine tolle Frau. Mein Vater wird begeistert sein.« Ich war außer mir vor Freude.

»Und du? Was bin ich für dich? Willst du dich nur des Geldes wegen mit mir verloben?« Karin starrte noch immer die gegenüberliegende Wand an.

»Nein«, erwiderte ich ein bisschen verlegen. »Ich finde dich klasse. Superklasse sogar.«

»Christopher Lambert fand ich damals auch superklasse. Dennoch habe ich mich nicht mit ihm verlobt.«

Manchmal quatschte ich ziemlichen Müll, fiel mir auf. Aber Männer waren halt einfacher strukturiert als Frauen.

»Nimm nicht alles für bare Münze, was ich von mir gebe. Auch wenn ich es manchmal gut verberge: Ich bin total verliebt in dich.«

»Ist das dein Ernst?« Endlich drehte sie sich wieder um.

»Ich schwöre, auch wenn das melodramatisch klingt.«

»Ich liebe dich auch«, hauchte sie mir ins Ohr. »Schon als ich dich das erste Mal getroffen habe – weißt du noch, wie du mich um Schweinefutter angebettelt hast? –, war es um mich geschehen. Natürlich konnte ich das nie zugeben. In meinem Gewerbe wirst du als Frau immer nur belächelt. Irgendwie hat sich in meinem Unterbewusstsein ein Feindbild eingenistet. Es war ein langer Prozess, bis ich erkannt habe, dass nicht alle Kerle gleich sind. Jetzt bin ich endlich so weit, mich zu öffnen, Männer als Partner zu begreifen.«

»Psst, nicht so viel reden.« Ich legte ihr den Finger auf den Mund. »Lass uns lieber den Moment genießen.«

Und wir machten da weiter, wo wir vor dem Brautwerben aufgehört hatten. Diesmal eher zärtlich als begehrend.

Irgendwann schliefen wir glücklich ein, in Gedanken weit entfernt von Kaninchen, Günter, Isolde und den seltsamen Zigarettenwerbern. »Das Leben ist wirklich schön«, dachte ich beim Wegdämmern. Und in diesem Moment glaubte ich wirklich daran.

In flagranti im Supermarkt erwischt

Am nächsten Morgen wachte ich auf, weil eine Hand meinen Körper entlangstreichelte. War ich noch im türkischen Dampfbad meiner Träume?

»Guten Morgen, Herr Schumann«, holte mich meine Verlobte in die angenehme Realität zurück.

»Moment. Wir heißen selbstverständlich Nannen.«

»Warum? Du hasst doch deine Eltern. Dieter Schumann klingt klasse. Ein neues Leben ohne die Bürden der Vergangenheit. Ich führe den Hof, und du mistest die Ställe aus. Zwei Tage Urlaub, drei Euro Stundenlohn, Kost und Logis gratis. Eine traumhafte Zukunft liegt vor dir«, witzelte sie, und das kurz nach dem ersten Hahnenschrei.

»Irrtum, Süße. Du wirst Karin Nannen heißen. Wir leben von den Zinsen meines Erbes, und ich nehme nur noch interessante Fälle zum Zeitvertreib an. Während ich sämtliche Neonazi-Terrorzellen der Republik aufspüre, gestaltest du meinen Hof um. Wenn ich zurückkehre, hast du Whirlpool, Sauna und Billardhalle errichten lassen. Der Begrüßungssex ist phantastisch, du betest mich an und überraschst mich mit einer Dieter-Nannen-Statue im Garten. Nachdem sie von Pfarrer Wilpert gesegnet worden ist, werden Menschen aus aller Herren Länder dorthin pilgern, um mich als Schutzheiligen der Verbrechensopfer anzubeten. Ich beneide dich, mit mir verheiratet zu sein«, phantasierte ich. Als Dank gab's einen Schlag in den Nacken.

»Spinner.« Karin lachte, und wir setzten das Entspannungsprogramm fort. Bis es klingelte.

»Mist«, fluchte meine Angebetete. »Bestimmt Moni, die Wechselgeld braucht. Na ja, wir müssen sowieso aufstehen.«

Sie warf sich einen Bademantel über und schwebte Richtung Tür, ich kletterte in Boxershorts und taperte Richtung Kaffeemaschine.

»Dürfen wir eintreten? Wir haben Wichtiges mit Ihnen zu besprechen«, tönte eine bekannte Stimme aus der Eingangshalle.

»Wenn Sie was verkaufen wollen, verschwinden Sie«, fuhr Karin den ungebetenen Gast an.

»Das würden Sie bereuen«, schwadronierte Christian süffisant.

»Genau«, echote Bongo. »Sehr bereuen sogar.«

Schön, dass die Vögel hier auftauchten, ersparte mir das doch einiges an Lauferei und Recherchearbeit.

Während Wasser durch den Filter tröpfelte, rief ich: »Lass sie rein, das wird lustig.«

Als ich mit Kaffeekanne und Tassen ins Wohnzimmer schritt, saßen die Clowns bereits auf der Couch. Diesmal ohne Lukkie-Kostüm, sondern in baugleichen Anzügen und Krawatten. Mister Smith aus der Matrix auf Westfälisch?

»Heute inkognito, die Herren?« Ich genoss einen herben Schluck Bourbon Santos und reichte meiner Zukünftigen die andere Tasse. Frau Nannen dankte mit einem liebevollen Kuss.

»Du kennst die Hampelmänner?«, fragte Karin erstaunt.

»Wenn sie uns nicht gerade hier auf den Zeiger gehen, verschenken sie schlecht gestopfte Zigaretten von Kaukasusplantagen.«

»Ich verstehe und schätze Ihren Humor nicht«, sagte Christian beleidigt. Bongo nickte zustimmend. Ein Wackeldackel.

»Wer sind Sie und was wollen Sie?« Karin wurde langsam ungeduldig.

»Wer wir sind, tut nichts zur Sache«, erwiderte Christian. »Wir wissen aber Dinge, die Sie nicht wissen. Und wenn Sie wüssten, was wir wissen, würde Ihnen Ihr Wissen schlaflose Nächte bereiten.«

»Drücken Sie sich verständlich aus. Ansonsten schließen Sie die Tür bitte von außen.«

»Nicht so voreilig, Madame.« Seine Augen zwinkerten heute stärker als bei unserem ersten Treffen. »Es gibt jemanden, der uns etwas über Herrn Nannen erzählt hat, das Sie wissen sollten.«

»Wer weiß was? Kommen Sie auf den Punkt!« Mein Schatz schien sich weniger zu amüsieren als ich. Sie kam dem Rothaarigen bedrohlich nahe. Auch Bongo schien sich vor ihr zu fürchten, denn er rieb sich die Halbglatze, als könne ihn Aladins Geist vor meiner besseren Hälfte retten.

Christian drückte sich gegen die Couchlehne. »Man erzählt, dass Sie zu heiraten gedenken?«, quetschte er schließlich heraus, ehe Karins Nase die seine aufspießte.

»Und ihr wollt gratulieren, oder was?« Schumann zog an Christians Binder.

»Bitte«, keuchte der. »Ich krieg keine Luft. Wir wollen Sie vor einem schwerwiegenden Fehler bewahren. Der Mann ist nur auf Geld aus. Wussten Sie, dass er eine Million erbt, wenn er sich innerhalb von drei Monaten verlobt?«

Erst versuchen sie, mich zum Rauchen zu bewegen, jetzt, meine Zukünftige abspenstig zu machen. Da hatte Mutter richtige Kracher engagiert.

»Weiß ich«, entgegnete Karin kalt. »War's das? Dann zeigt jetzt mal, wo der Maurer das Loch gelassen hat.«

»Das stört Sie nicht?« Christian war fassungslos.

»Der Kerl wird Ihnen nie treu bleiben. Wir haben Beweise!« Bongo zog einen Satz Fotos aus der Aktentasche.

Jetzt waren wir beide gespannt, bei mir gepaart mit einer gewissen Nervosität, denn schließlich war ich nie ein Kind von Traurigkeit gewesen.

Der erste Schnappschuss zeigte mich an einer Supermarktkasse.

»Und?«, fragten die Nannens unisono.

»Sehen Sie nicht, dass er der Kassiererin eindeutige Avancen macht?«

»Mein Zukünftiger blickt in eine Plastiktüte, in die er seine Einkäufe verstaut. Von der Kassiererin ist nur die Hand zu sehen.«

Jetzt regte Bongo sich auf. »Sie wollen es nicht sehen, was? Nannen ist ein Drecksack, nach Strich und Faden wird er Sie betrügen. Hier!« Er drückte Karin ein weiteres Foto in die Hand. Darauf waren Lisa Rexforth, Tobias und ich zu sehen. Unverfänglicher ging es nicht. Wir blickten Patachon verwirrt an.

»Sehen Sie nicht, dass er die Frau mit den Augen auszieht? Der will sie auf der Stelle vögeln!«

»Bongo, denk ans Handbuch. Derartige Wörter benutzen wir nicht. Er will sie sich für Geschlechtsverkehr gefügig machen.« Christian grinste.

Genug war genug. Ich packte Bongo und Karin seinen kongenialen Partner am Kragen, und wir beförderten sie an die frische Luft. Sie leisteten erstaunlich wenig Gegenwehr.

»Das wird Ihnen noch leidtun«, brüllte Christian. »Der Kerl ist keinen Cent wert.«

»Wer hat euch eigentlich geschickt?«, rief Karin ihnen nach, während sie sich vom Grundstück trollten.

»Ein Freund, der nicht genannt werden will. Wir werden weitere Beweise liefern. Eins noch, auch wenn das Handbuch es verbietet: Sie sind ein Wichser!« Sie sprangen in den Mondeo und brausten von dannen.

»Was war das denn?« Karin war immer noch konsterniert. »Solche Typen hab ich noch nie erlebt. Glauben, dir mit irgendwelchen verwackelten Fotos was anhängen zu können.«

»Die sind dumm«, antwortete ich ernst, »und dumme Menschen sind gefährlich.« Am meisten beunruhigte mich die Tatsache, dass mich die beiden Knallchargen offenbar auf Schritt und Tritt überwachten. Das Foto, das mich mit Lisa Rexforth und Tobias Hardt zeigte, war zwar mit einem Teleobjektiv aufgenommen worden, aber trotzdem waren sie mir ziemlich nahe gekommen. Und das Schlimmste war: Ich hatte nichts bemerkt.

Was sollte es. Wir beschlossen, uns den Tag nicht verderben zu lassen, und widmeten uns der Arbeit.

Auf der Fahrt zum Hagenhof zuckelte der Mondeo wieder hinter mir her. Ich bewies Mut und gab richtig Stoff, und schon war ich den Komikern enteilt. Durch den Austausch der Zündkabel schien ein Großteil der Probleme behoben zu sein.

Als ob der Morgen nicht schlimm genug begonnen hätte, erwartete mich auf dem Hagenhof die nächste unangenehme Überraschung. Sanitäter hoben einen Plastiksack in einen

Krankenwagen. Der blau-weiß gestreifte Dienstwagen meines Stiefvaters in spe ankerte daneben. Passenderweise wehte der Ostwind dunkle Wolken vor die Sonne, als könnte diese das ganze Unglück nicht mit ansehen. Die Weiden hinter den Ställen wiegten sich in dem Takt, den die Naturgewalt vorgab, wie ein Dirigent im Delirium. Es roch nach erdigem Regen, der Altes wegspülen und Neuem Raum schaffen würde.

»Wer ist der Tote?«, wandte ich mich an den schnauzbärtigen Rettungshelfer.

»Fragen Sie die Polizei.« Er wischte sich den Schweiß von der Stirn und knurrte unwirsch: »Bitte gehen Sie weiter und behindern uns nicht bei der Arbeit.«

Die Frankes verstauten ihre Reiseutensilien im Auto und sahen alles andere als glücklich aus.

»Verschwinden Sie hier, Herr Nannen. Ein Verbrechernest. Wir werden nie wieder herkommen und Herrn Rexforth auf Schadensersatz verklagen. Schließlich kennen wir als aufgeklärte Verbraucher unsere Rechte. Grüßen Sie Ihren Bruder ganz lieb von uns.«

Ich fluchte innerlich, dass es nicht eine der beiden Nervensägen erwischt hatte, und trottete ins Haus. In der guten Stube war der komplette Rexforth-Clan plus Gurkennase versammelt. Die Stimmung war mehr als gedrückt. Emily und Lisa heulten, und auch die Männer hatten feuchte Augen.

»Siehe da, der Herr Nannen«, freute sich Kommissar Ludger Reichert. »Der hat in dieser illustren Runde noch gefehlt. Ich habe gehört, Sie haben den Detektivjob an den Nagel gehängt. Also werden Sie mir diesmal nicht reinpfuschen. Stellt sich nur die Frage, was Sie hier zu suchen haben.«

»Ich bin Günters Buchhalter. Was ist denn passiert?«

»Gregor wurde erschossen«, schluchzte Emily. »Ich versteh das nicht. Erst der Anschlag auf Bärchen, und dann wird Gregor umgebracht. Er gehört … gehörte zur Familie.«

»Ja, er war eine gute Seele«, murmelte Günter. Wenn der wüsste, was seine Frau mit dem Seelchen getrieben hatte, würde er sein Urteil revidieren.

Adri sah ich zum ersten Mal. Ein mit dem Lineal gezogener Scheitel teilte das blonde Haar exakt in der Schädelmitte. Er trug ein blaues Hemd unter einem braunen Pullunder. Am Auffälligsten fand ich die blauen Fischaugen, die ihn kalt wirken ließen. Aber oft täuschte der erste Eindruck.

»Man soll ja über Tote nichts Schlechtes sagen«, meinte der Niederländer, »aber er hat sein Leben verzockt. Jeder weiß doch, dass er mehr Schulden hatte als Schäuble. Die Pferdchen sind einfach nicht so gelaufen, wie er wollte. Wer weiß schon, was für Typen er da verärgert hat.«

Sofort erschien das Bild vor meinem inneren Auge, wie Hauser mit dem Typen in der Spielhalle gestritten hatte.

»Quatsch«, fuhr Günter ihm über den Mund. »Gregor war ein guter Junge, fleißig und zuverlässig. Und die Tiere haben ihn geliebt. Auf den lasse ich nichts kommen. Ein schwerer menschlicher Verlust, von seiner Bedeutung für den Hof ganz zu schweigen.«

Reichert lauschte aufmerksam, schwieg aber.

»Ich mochte Gregor auch, er war fast wie ein Bruder für mich«, schaltete Jürgen sich ein und wischte mit einer energischen Handbewegung die Haare aus dem Gesicht. »Hat mir das eine oder andere Mal beim Instrumentenschleppen geholfen, was ja nicht jeder macht.« Er blickte abfällig zu Johannes hinüber.

»Ich knechte den ganzen Tag, während du abends die Puppen tanzen lässt«, entgegnete dieser. »Dass ihr euch gut verstanden habt, ist kein Wunder, denn Gregor hat sich auch nicht kaputtmalocht.« Er schlug mit der Faust auf den Tisch. »Ich höre mir dieses heuchlerische Geschwafel nicht länger an. Ich arbeite. Wie immer!« Er sprang auf und entschwand. Reichert zog interessiert eine Augenbraue hoch, die anderen kannten Johannes' Sprüche zur Genüge und reagierten nicht.

»Jedenfalls hat Gregor mir neulich beim Bierchenschlabbern erzählt, dass er finanzielle Probleme hat«, fuhr Jürgen fort. »Vielleicht hängt sein Tod damit zusammen.«

Klang logisch, aber so richtig passte das alles nicht. Warum sollte ein verärgerter Buchmacher einen Anschlag auf Günter verüben oder Kaninchen ermorden? Ich musste dringend Mister Ice meine Aufwartung machen.

»Durchaus interessant«, sagte Reichert. »Natürlich werde ich auch in diese Richtung ermitteln. Seien Sie sicher, dass der Täter so gut wie gefasst ist. Der Exschnüffler wird mir ja nicht mehr dazwischenfunken.«

Reichert zwirbelte seinen Kaiser-Wilhelm-Gedächtnis-Schnäuzer, der aber dank stabiler Bartwichse keinen Millimeter außer Form geriet. »Können wir unter vier Augen sprechen, Nannen?«

Ich nickte und folgte.

In der Eingangshalle ließ Reichert sich auf einen antiken, mit filigranen Schnitzereien geschmückten Stuhl fallen, der eigentlich nur zur Zierde diente. Sofort knackte es verdächtig.

»Etwas instabil.« Er sprang auf und lachte verlegen. »Wie Sie wahrscheinlich wissen, stehe ich in engem Kontakt zu Ihrer Mutter. Reizende Dame. Wir haben uns beim Musikschulkonzert in Billerbeck kennengelernt. Sie hat völlig zu Recht angemerkt, dass sich unsere Gegend im kulturellen Dornröschenschlaf befindet. Welcher Weitblick. Einfach klasse, wie viel Stil und wie attraktiv … Wollen wir die alten Animositäten nicht begraben? Schließlich bin ich ja bald Teil der Familie.«

Ich fragte mich, ob er über dieselbe Frau redete, die ich als Mutter kannte. Na, es konnte nicht schaden, Reichert auf meiner Seite zu haben. Er war zwar sympathisch wie eine blutende Hämorrhoide, aber das qualifizierte ihn zum Idealpartner für Isolde.

»Warum nicht. Ich heiße D–«

»Das haben Sie sich gedacht!« Der Polizist lachte hämisch. »Wir und Freunde? Das können Sie sich von der Backe putzen. Isolde hat mir erzählt, was für ein Nichtsnutz Sie sind. Jahrelang nicht bei der liebevollen Mutter gemeldet, und jetzt soll sie Ihnen den Haushalt machen.«

»Moment.« Ich wollte die Situation ins rechte Licht rücken, aber vergeblich.

»Sagen Sie nichts. Ihre Mutter ist sehr enttäuscht, Ihr Vater auch, wie er mir am Telefon versichert hat. Passen Sie bloß auf, dass Sie mit Ihrem Oldtimer nicht zu schnell fahren oder eine Zigarettenschachtel in die Botanik werfen.« Er war bestens informiert. »Denn dann sind Sie dran. Ich habe zwar nie viel von Ihnen gehalten, aber selbst das haben Sie noch unterboten. Die Eltern sollte ein jeder Mensch ehren. Sie treten die Liebe Ihrer Familie mit Füßen und spucken noch darauf. Pfui!«

Ich kam zu keiner Entgegnung, denn Gurkennase schlurfte auf uns zu, immer noch im Anzug, unter dem Arm einen Laptop. Laptop? Während der Schulzeit hatte er größte Schwierigkeiten gehabt, die Geheimnisse des geschriebenen Wortes zu entschlüsseln.

»Hallo, Dieter. Herr Reichert, wir wollten noch das Finanzkonzept besprechen.«

»Natürlich, gern.« Die beiden waren offenbar die besten Freunde. Auch Peters Schnapsfahne schien ihn nicht zu stören. Mir spuckte er nur noch ein »Bleiben Sie sauber, sonst ziehe ich Ihnen die Hammelbeine lang« entgegen, dann wandte er sich seinem Finanzberater zu.

»Es ist alles wie besprochen, nur mein Familienstand könnte sich in naher Zukunft ändern. Das müsste sich doch vorteilig auswirken, oder? Die Dame ist nämlich äußerst solvent. Wenn wir nach der Hochzeit den doppelten Betrag investieren, dürfte die Million doch schon vor 2015 erreicht sein?«

Gurkennase klappte den Rechner auf und haute nach gelungenem Hochfahren – Respekt! – wild in die Tasten. Ein neuer Solitaire-Rekord bahnte sich an. Hinter Ludgers Rücken zeigte mir Peter das Victoryzeichen.

»Die Cash-Amortage wird sich reziprokal zur Flow-Tilgung verhalten. Wenn Sie den Break-Event dann deckungsbeitragen, sehe ich eine goldene Zukunft für Familie Reichert.«

Ich verstand keine Silbe dieses Kauderwelschs, Reichert hingegen schon.

»Lassen Sie uns das Geschäft unter Dach und Fach bringen. Wo muss ich unterschreiben? Ich will meiner künftigen Gattin schließlich in nichts nachstehen. Die soll stolz auf ihren Männe sein«, tönte er.

Grabowski zog ein zerknittertes Formular aus dem Jackett, das Reichert stolz wie Oskar unterzeichnete.

»Jetzt haben Soldi und ich eine gesicherte Zukunft.« Er blickte mich triumphierend an. »Ob Sie zur Trauung eingeladen werden, überlasse ich Ihrer Mutter. Herr Grabowski, hätten Sie die Ehre, meiner Vermählung beizuwohnen?«

»Sicher.« Er nickte und nahm einen Schluck aus einem Flachmann.

»Einen schönen Nachmittag, die Herren.« Mit geschwellter Brust stolzierte Reichert ins Freie. Ein Stiefvater, wie ich ihn mir immer erträumt hatte.

»Du sollst arbeiten. Und zwar für mich!«, zischte ich Grabowski an.

»Dieter«, lachte dieser nach einem geschmeidigen Rülpser, »dein Lohn ist doch nur Taschengeld für mich. Hast du eine Ahnung, wie viel ich dem Bullen aus der Tasche geleiert habe? Da fallen mindestens fünf Riesen Provision für mich ab.«

Grabowski und Reichert schenkten sich nichts in puncto Naivität.

»Wer bezahlt denn den Laptop?«

»Der wird gegen die Provisionen gerechnet, glaub ich. Aber bei fünf großen Lappen bleibt immer noch viel übrig, selbst nach Bezahlung der Büromiete.«

»Welches Büro?« Normalerweise schlug Grabowski seine Zelte in Kneipen oder Studentenwohnheimen auf.

»Eigentlich sitzt da mein Chef, ich komme nur zu Schulungen dahin. Aber anteilig muss jeder ein Viertel seiner Einkünfte für die Räume abdrücken. Wir sitzen alle in einem Boot, lautet das Motto unseres Unternehmens.«

Gut für diese Finanzverbrecher, dass sie immer wieder Dämlacke wie Peter fanden. Ansonsten wäre das luxuriöse Leben in Göttingen, Frankfurt, Hannover oder wo immer die Herren saßen, auch nicht zu finanzieren gewesen. Grabowski würde keinen Cent sehen.

»Zurück zum Wesentlichen: Hast du etwas bemerkt, was mit dem Mord zu tun haben könnte?«

»Ich habe bis mittags mit Johannes und Stefan geackert, dass mir der Schweiß in die Socken geflossen ist. Eine Zumutung«, stöhnte Gurkennase.

»Aber gut bezahlt.«

»Stefan ist ein guter Kollege. Wenn ich was nicht geschafft habe, hat er mir geholfen. Vor allem bei den Futtersäcken.« Mitleidheischend blickten mich seine Hundeaugen an.

»Also hat Stefan geschleppt und du gefaulenzt. Weiter?«

»Johannes ist ein richtiges Ekelpaket. Hat mir dauernd einen eingeschenkt. Ich könne nichts und sei fauler als ein Stinktier. Riech ich etwa?« Er hielt mir seine Achsel unter die Nase. Mir wurde schlecht.

»Und weiter?« Ich kämpfte gegen den Brechreiz an.

»Der hat seine komplette Familie in den Dreck gezogen. Alle sind Arschlöcher, Nutten oder Gehirnamputierte. Wenn du mich fragst, der Kerl ist zum Morden fähig. Wirklich übel. Hab natürlich auch immer ein Auge auf Günni geworfen. Doch der war die ganze Zeit im Schlafzimmer. Nur seine Alte hat ab und an nach ihm geschaut.«

»Wann ist Gregor denn ermordet worden?«

»So zwischen eins und zwei in der Nacht, hat der Polizeidoc gesagt.«

»Und da haben natürlich alle geschlafen.«

»Nein, wir haben gefeiert, Gregor war auch erst mit am Start.« Seine Augen bekamen einen leuchtenden Glanz.

»Ihr lasst die Puppen tanzen, und ich bin nicht eingeladen?«

»Das war eine spontane Idee vom Günter. Weil er den Anschlag überlebt hat, wollte er es so richtig krachen lassen. Wer weiß, ob er noch mal die Gelegenheit dazu bekäme, meinte er. Ich war für die Mucke zuständig und war der Star des Abends. Habe auf meinem Laptop alles drauf, von den Sechzigern bis zu Nirvana. Gebechert wurde natürlich auch ein wenig.«

»Wann ist Gregor verschwunden?«

»Keine Ahnung.« Er zuckte mit den Schultern. »Hat sich nicht von mir verabschiedet.«

Auf meinen finsteren Blick hin beeilte er sich zu sagen: »He, mein Job war es, auf Günter aufzupassen. Wurde irgendwann richtig lästig. Um zwölf habe ich nämlich den Fehler gemacht, eine Batterie Hits wie ›Polonäse Blankenese‹ und ›Fiesta Mexicana‹ durch die Boxen zu jagen. Und was war der Dank? Ich durfte Bärchen an der Schulter packen, und dann sind wir wie Gottlieb Wendehals fast bis Wuppertal marschiert. Die anderen hatten keine Lust, sich uns anzuschließen. Ich habe den Eindruck, die nehmen den Alten eh nicht ernst, vor allem seine Perle. Wie die mir einmal die Glocken unter die Nase gehalten hat, mannmannmann. Am liebsten hätte ich sofort zugepackt, aber dann wäre ich wahrscheinlich rausgeflogen.«

»Genug geträumt. Gehen wir zu den anderen, vielleicht waren die nicht so besoffen wie du.«

Die Rexforths saßen gramgebeugt wie die Schalker nach dem Gewinn der Meisterschaft der Herzen um den Wohnzimmertisch. Eine Flasche Böckenhoffs Edelkorn machte die Runde. Schnappes, das Voodoo des Münsterländers für die Schattenseiten des Lebens, half immer. Jürgen trommelte auf dem Tisch einen Trauermarsch.

»Weiß einer von euch, wann Gregor die Feier verlassen hat?«, fragte ich in die trübe Runde.

»Keine Ahnung, ich bin ja erst gegen halb zwei von der Steinmann-Fete zurückgekommen.« Jürgen zuckte mit den Schultern.

»Ich glaube, der ist als Erster gegangen, so gegen Mitternacht. Wollte den Pferden gute Nacht sagen«, fiel Lisa ein.

»Ist er nicht noch mal wiedergekommen?«, fragte Adri. »Der wollte doch ein Buch von dir, Emily?«

»Ja, bin kurz mit ihm hochgegangen und hab ihm die Pierce-Brosnan-Biografie gegeben. Er hat nämlich auch damit geliebäugelt, zum Film zu gehen.« Sie schluchzte herzzerreißend. »Anschließend habe ich mit Bärchen getanzt.«

»Also waren nicht alle die ganze Zeit hier?«, kombinierte ich messerscharf.

»Verdäschtigst du etwa einen von unsch?«, fragte Günni säuerlich und bereits etwas angetrunken.

»Ich muss jede Möglichkeit in Betracht ziehen«, rechtfertigte ich mich, »außerdem wird euch die Polizei sicherlich auch zu euren Alibis befragen.«

»Du schuschst an der falschen Stelle, Junge«, röhrte Günter. »Warum schollte einer von unsch Gregor umbringen? Vielleischt hat sisch der Mörder vertan und wollte misch umbringen.« Als er realisierte, was er da gerade gesagt hatte, weiteten sich seine Augen vor Schreck. »Der wollte misch umbringen! Dieter, tu endlisch was. Isch will nischt sterben«, flehte er mich an, als stünde der Killer direkt hinter ihm.

»Immer mit der Ruhe, ich habe vielversprechende Spuren«, log ich. Aber eines war sonnenklar: In der alkoholschwangeren Stimmung hätte jeder die Feier verlassen, Gregor umlegen und mit strahlendem Lächeln zurückkehren können, ohne dass es irgendwem aufgefallen wäre.

»Genug lamentiert.« Adri erhob sich. »Ich muss für mein Biostudium noch Pflanzen suchen. Hat jemand Lust, mitzukommen?« Er nickte in meine Richtung.

Der Vorschlag stieß allgemein auf wenig Gegenliebe: Günter wollte neue Urlauber anwerben, da die bisherigen drei Gastpaare aufgrund der Ereignisse Hals über Kopf abgereist waren. Aber erst einmal musste die Rübe frei werden, wie er sich ausdrückte. Emily wollte in die Stadt, um sich mit Trauerkleidung einzudecken, Lisa an ihrer Magisterarbeit schreiben, Jürgen an neuen Songs feilen. Grabowski und Johannes planten, Stefan beim Ausmisten zu helfen.

Da Adri anscheinend etwas loswerden wollte, sagte ich zu. Detektive sind halt neugierig.

Das Kondom im Schweinestall

Bewaffnet mit Eimern, Tüten und Werkzeugen, die ich noch nie zuvor gesehen hatte, marschierten Adri Hues und ich durch die angrenzende Flora, zunächst schweigend.

Als der Niederländer den ersten Pflanzentrieb ausgebuddelt hatte, hatte ich genug von der Stille und ergriff das Wort: »Günter hat mir gesagt, dass dir das getötete Kaninchen gehört hat.«

»Schlimm, nicht? Ich hatte große Hoffnungen in George gesetzt. Nächstes Jahr wäre er der Star jeder Ausstellung gewesen.« Lisas Lover verpackte wertvolles Grün in eine Zellophantüte.

»Hast du denn einen Verdacht, wer hinter dem feigen Mord stecken könnte?«

»Du bist doch der Schnüffler, oder?« Vorsichtig tackerte er die Tüte zu.

»Ich bin als Buchhalter eingestellt …«

»… der aber früher Privatdetektiv gewesen ist und permanent dumme Fragen stellt.«

»Sollte ich mitkommen, um mich beschimpfen zu lassen, oder warum hast du mir vorhin ein Zeichen gegeben?«

»Sorry, das geht mir alles an die Nieren. Erst mein Kaninchen, dann der Anschlag auf Günter, und jetzt ist auch noch Hauser tot. Um auf deine Frage zurückzukommen: Ich schätze, hinter dem Karnickelmord steckt ein neidischer Züchter.«

»Wie ich gehört habe, besteht aber kein Grund für Neid. Der Erfolgreichste scheinst du ja nicht zu sein«, gab ich zurück. Damit stand es unentschieden.

»Na hör mal. Aller Anfang ist bekanntlich schwer. Schließlich bin ich erst seit zwei Jahren dabei.« Der Pflanzensammler war sofort auf hundertachtzig. »George hatte auf jeden Fall eine goldene Zukunft vor sich.«

So kam ich nicht weiter. Adri schien extrem leicht reizbar zu sein.

»Warum bin ich hier?«, fragte ich deshalb erneut, denn irgendwas musste ihm doch auf dem Herzen liegen.

»Ich habe eine Idee, warum jemand nicht gut auf Günter zu sprechen sein könnte. Emily hast du bestimmt schon zur Genüge kennengelernt, aber was du vielleicht nicht weißt, ist, dass Rexforth schon mal verheiratet war.«

»Klar, na und?«

»Ich kenne seine erste Gattin Erika zwar nur vom Hörensagen, aber sie muss eine herzensgute Frau gewesen sein. Günter und sie haben den Hof zusammen aufgebaut. Erika hat Günter immer angetrieben. Der muss früher ziemlich lethargisch gewesen sein. Dann, vor ungefähr vier Jahren, ist sie im Pferdestall totgetrampelt worden. Und nur ein Jahr später führt Günter diese Emily zum Traualtar.«

»Und, was soll mir das sagen?«

»Die Untersuchung hat ergeben, dass es ein Unfall gewesen ist, aber so ganz eindeutig war es nicht. Schließlich war Erika eine Pferdenärrin und kannte jedes einzelne Tier aus dem Effeff. So munkelte man zumindest im Ort.«

»Du meinst also, jemand hätte bei Erikas Tod nachgeholfen.«

»Ich meine überhaupt nichts, schließlich lebe ich erst seit knapp zwei Jahren auf dem Hagenhof. Ich komme nur meiner Bürgerpflicht nach, bei der Aufklärung eines Verbrechens zu helfen.«

Wer's glaubte. Immerhin war das eine Spur, selbst wenn alles nicht so ganz zusammenpasste. Warum waren die Kaninchen, warum Hauser umgelegt worden, und warum war die Banane krumm? Ich wusste keine Antwort.

»Danke für den Tipp«, rief ich Adri hinterher, der gerade eine offensichtlich wertvolle Pflanze hinter einem Farnstrauch entdeckt hatte und wie entfesselt lossprintete, »ich lass dich jetzt in Ruhe weitermachen.«

Genug Waldluft geschnuppert, die Buchführung rief.

Als ich entlang des kleinen Baches zurückspazierte, registrierte ich aus den Augenwinkeln, dass sich schräg rechts hinter mir etwas im Gebüsch bewegte. Vielleicht nur ein Hase oder ein

Reh, aber man konnte nie wissen. Ich hatte da einen Verdacht. Schnell fischte ich einen faustgroßen Stein aus dem Bach und schleuderte ihn mit voller Wucht in den Busch.

»Aua, verdammt«, vernahm ich eine bekannte Stimme. Das konnte lustig werden.

»Mist, tut das weh.« Dann robbten Christian und Bongo heraus. Der eine massierte die lädierte Schulter, der andere glättete seinen Anzug.

Mit einem Stein in der Rechten schritt ich auf die Komiker zu. »Was habt ihr hier zu suchen?«

»Wir s-s-sammeln Pilze«, stotterte Bongo.

»Wir sind dir gefolgt und haben Fotos gemacht, von dir und dem anderen Kerl. Ein schwules Techtelmechtel im Wald kommt beim Klienten bestimmt gut an.«

Während er sprach, versuchte Christian, sich von der Seite heranzuschleichen, in der Rechten einen Revolver. Das zwang mich, einen zweiten Stein durch die Luft segeln zu lassen.

Ich verfehlte ihn zwar, aber er ließ vor Schreck die Waffe fallen. Ich hechtete nach vorn und fischte die Knarre vom sandigen Boden.

»Dann mal her mit der Kamera«, forderte ich Bongo auf. Er zeigte sich kooperativ, und so steckte wenig später die Speicherkarte in meiner Hosentasche.

»Du Idiot«, zischte Christian. »Die ist doch gar nicht geladen.«

Bongo zuckte bedauernd die Achseln. »Kann ich doch nicht wissen, und das steht auch nicht im Handbuch.«

Es war klar wie Kloßbrühe, dass die beiden für meine geliebte Mutter arbeiteten und etwaige Fehltritte meinerseits herbeiführen beziehungsweise dokumentieren sollten. Allerdings stellten sie sich dabei so dämlich an, dass es grob fahrlässig gewesen wäre, dieses Angestelltenverhältnis zu zerstören. Nachher kam Mama noch auf die Idee, fähiges Personal zu rekrutieren, und dann konnte ich mich warm anziehen.

»So, ihr Vögel, jetzt trennen sich unsere Wege. Nur zur Info: Ich werde jetzt so etwas Subversives wie Buchführung machen, also besorgt euch schnell einen Camcorder und filmt mich dabei. Vielleicht werde ich dann euch zuliebe eine Fehlbuchung absetzen.«

Nachdem ich gecheckt hatte, dass der Revolver tatsächlich nicht geladen war, schmiss ich ihn vor Bongos Füße. »Bohr damit in der Nase oder erschreck die Waldtiere.«

Zwei frustriert dreinblickende Gestalten zurücklassend, machte ich mich auf den Rückweg zum Hagenhof.

Ich saß bei der fünften Tasse Kaffee über Futterrechnungen gebeugt – zum Glück hatte mein Alter mir nicht den Koffeingenuss verboten –, als Jahnknecht mit dreckigen Gummistiefeln ins Büro gepoltert kam.

»Trägst du zu Hause auch den Dreck rein?«

»Nein, ich nicht tu. Du musst gucken tun.«

Rasch ergriff er meine Hand und drückte mir einen Pariser in die Flosse. Einen gebrauchten, wohlgemerkt. Angeekelt beförderte ich das Latexteilchen auf den Schreibtisch.

»Was das sein? Hab ich noch nie gesehen, du.«

»Ein Kondom«, ließ ich Stefan an meinem enzyklopädischen Wissen teilhaben.

»Nicht verstehen tu.«

Wie erklärte ich es meinen Kindern? Ich glaubte zwar nicht, dass ich rot wurde, aber ich fühlte mich so.

»Hmm, wenn ein Mann eine Frau liebt, möchte er ihr näherkommen«, wagte ich einen holprigen Anlauf.

»So wie ich Mama lieb haben tu?«

»Nein, nicht Mama. Es gibt doch bestimmt Frauen, die du gut findest?«

»Angela Merkel, die ich gut finde.« Er begriff sofort, worum es ging.

»Möchtest du denn mit Frau Merkel zusammenleben? Hüpft dein Herz, wenn du sie siehst?« Ich war schockiert über Stefans Geschmack.

»Ja, ja«, strahlte er, »wenn ich Angela seh, ich ganz glücklich sein.«

»Keine Frau aus Buldern, die du gut findest?«

Stefan überlegte, aber nur kurz. »Die Karin ist tofte, manchmal ich sogar träumen von ihr.«

Das Gespräch entwickelte sich in die völlig falsche Richtung, ich musste das Pferd von der anderen Seite aufzäumen: »Weißt du denn, wie Kinder gemacht werden, mein Freund?«

»Das ist doch einfach. Frau und Mann tun heiraten bei Pastor Wilpert, und neun Monate später tut der Klapperstorch ein süßes Baby vor die Tür hinlegen.«

Mit seinem Wissen konnte Stefan bei »Wer wird Millionär« glatt bis zur Millionenfrage durchmarschieren. Mutter Jahnknecht hatte in Sachen Aufklärungsarbeit fundamental versagt. Andererseits war auch wenig wahrscheinlich, dass ihr Sohnemann sich jemals an die praktische Anwendung der theoretischen Kenntnisse heranwagen würde.

»Genau richtig.«

Ich hatte beschlossen, Frau Jahnknecht nicht ins Handwerk zu pfuschen. »Diesen Beutel«, ich deutete auf den Präser, »benutzt man, wenn man einen Joghurt nicht ganz aufgegessen hat und den Rest für später aufbewahren möchte. Man füllt ihn in diese Tüte und macht einen Knoten rein, damit er nicht schlecht wird. Capito?«

»Hmm, lecker, dann ich will das essen jetzt.« Stefan fuhr sich mit der Zunge über die fleischigen Lippen.

Warum nicht?, dachte ich mit einem Anflug von Gehässigkeit, aber dann siegte der Menschenfreund in mir: »Lieber nicht. Wer weiß, wie lange das Teil schon rumgelegen hat. Wo hast du es eigentlich gefunden?«

»Oh, gefunden heute im Pferdestall. Dabei ich fegen mit Peter gestern Nachmittag.«

Aha. Da hatte sich Gregor wenigstens noch vergnügt vor seinem Ableben. Keine schlechte Taktzahl.

»Dann Johannes hat gelügt«, unterbrach Stefan meine Gedankengänge.

»Wieso?«

»Er gesagt, dass ich benutzt zum Knallen von Pferd. Johannes wahrscheinlich ein bisschen schusselig. Silvester dauert lange noch, und mit dieser Tüte Joghurt man doch nicht knallen kann!« Er blickte mich halb verärgert, halb triumphierend an.

»Du hast völlig recht: Johannes ist nicht der Hellste unter der Sonne.« Innerlich lachte ich mich kaputt.

Wir unterhielten uns noch ein wenig über dies und das, dann schickte ich Stefan wieder an die Arbeit, wo er die ganze Zeit von Angie träumen würde. Ich träumte auch. Versonnen starrte ich aus dem Fenster. Die dunklen Wolken hatten sich mittlerweile verzogen, nur einige Kumuluswölkchen nickten freundlich.

Mir kam eine Idee: Günter als gehörnter Ehemann besaß zwar ein gewichtiges Motiv, den Pferdeflüsterer ins Jenseits zu befördern, aber auf ihn war ebenfalls ein Anschlag verübt worden. Was aber, wenn Gregor seine Potenz auch bei anderen Frauen unter Beweis gestellt hatte? Lisa beispielsweise schien völlig konsterniert über den Tod des Gigolos gewesen zu sein.

Als Mann der Tat klingelte ich kurz darauf an ihrer Wohnung, aus deren Inneren Chopins Trauermarsch dröhnte. Die Musik wurde leiser gedreht, und Lisa öffnete, das Gesicht feucht wie nach einem Regenguss.

»Ach, Dieter. Kann mich nicht richtig aufs Schreiben konzentrieren. Gregors Tod hat mich doch ganz schön mitgenommen«, empfing sie mich mit düsterer Miene. »Komm ruhig rein. Es ist gut, jemanden zum Reden zu haben, und Adri ist leider noch nicht wieder zurück. Wer tut so etwas Abscheuliches?«

Die Wohnung war im Junge-Leute-Ikea-Look eingerichtet. Ich setzte mich auf Ektorp rosa und hatte kurze Zeit später einen Kaffeepott in der Flosse.

»Weißt du, was mir nicht aus dem Kopf geht?« Ich wollte es schnell hinter mich bringen.

»Keine Ahnung.«

»Ich habe ein benutztes Kondom im Pferdestall gefunden, das gestern noch nicht dort lag, und es ist kein Geheimnis, dass Gregor der Gigolo des Ortes war.«

»Was redest du da! Er war ein reizender Mensch«, fuhr Lisa

aus der Haut. Dann murmelte sie: »Das kann ich mir zumindest nicht vorstellen. So gut kenn ich ihn auch nicht.«

»Der Pariser muss gestern während der Feier benutzt worden sein, und da kommen nicht allzu viele Kombinationen in Frage.«

»Du verdächtigst doch nicht etwa Emily?«

Ich schüttelte den Kopf.

»Was, etwa …? Nein, völliger Blödsinn. Ich bin mit Adri glücklich. Warum sollte ich?«

»Was weiß ich? Butter bei die Fische: Hast du gestern Nacht mit Gregor geschlafen?«, fragte ich bissig. Tat mir zwar leid für das Mädel, aber schließlich hatte ich einen Job zu erledigen.

»Auf solch einen Quatsch muss ich nicht antworten.«

»Schon gut. Ich werde das Teil den Bullen geben für einen DNA-Test. Das ist heutzutage keine große Sache.« Ich ließ den letzten Schluck Kaffee die Kehle hinunterrinnen und erhob mich.

»Bleib sitzen.« Sie war schlagartig erbleicht. »Ja, ich habe gestern mit Gregor geschlafen. Das war aber das erste Mal, ich schwöre. Er hat mir so leidgetan wegen seiner Probleme mit den Wettschulden. Da hab ich ihn in den Arm genommen, und dann kam eines zum anderen.«

»Habt ihr euch gestritten?«

»Nein, nein«, versicherte Lisa. »Gregor war sehr liebevoll. Wir haben beide beschlossen, dass es eine einmalige Sache war. Schließlich liebe ich Adri!« Jetzt heulte sie wie ein Schlosshund. Mit der einmaligen Sache hatte sie recht.

Was sie sagte, klang glaubwürdig. Oder war es nur meine Schwäche für braune Frauenaugen?

Ich verabschiedete mich von Lisa, die mir angstvoll nachblickte, obwohl ich drei Mal versprochen hatte, keiner Menschenseele von ihrem Ausrutscher zu erzählen. Während ich zurück ins Büro stiefelte, schlugen meine Gedanken kreative Purzelbäume. Wenn Adri etwas von Lisas Turnübungen mitbekommen hatte, war es bei seiner aufbrausenden Art nicht unwahrscheinlich, dass er ausgerastet war und Gregor ins Jenseits befördert hatte. Aber wo war die Verbindung zum Attentat auf

Günter? Es war davon auszugehen, dass es sich um denselben Täter handelte. Aber mir fehlte das verdammte Bindeglied zwischen diesen beiden Taten. Und dann war da noch die Sache mit Mister Ice und den Wettschulden.

Im Büro füllte ich die Kaffeetasse auf, legte die Füße auf den Schreibtisch und schloss die Augen. Im Geiste sah ich Adri mit dem Gewehr über den Hof robben. Zuzutrauen waren ihm die Anschläge ohne Zweifel, denn irgendwas an diesem Knilch war faul. Glitschig wie ein Aal, passte er nicht wirklich zum Rexforth-Clan. Oder befand ich mich völlig auf dem Holzweg?

Das Telefon klingelte.

»Nannen, Hof Rexforth.«

»Reichert hier. Verbinden Sie mich mit Lisa Rexforth. Es ist etwas Schreckliches geschehen.«

Ich schluckte. »Darf ich fragen, worum es geht?«

»Dürfen Sie, aber eine Antwort bekommen Sie nicht. Los, ich habe nicht ewig Zeit.«

»Dann müssen Sie es unter einer anderen Nummer versuchen. Auf –«

»Irgendwann vergesse ich mich und tue etwas, was mir im Nachhinein leidtut. Ein Wanderer hat Herrn Hues im Wald gefunden. Schwerste Verletzungen. Ob der Junge überlebt, weiß nur der Herrgott. Liegt im Franz-Hospital auf der Intensivstation. Jetzt geben Sie mir gefälligst Lisa Rexforth.«

Während ich Reichert durchstellte, verabschiedete ich mich vom Gedanken an Killer-Adri.

Als Ludgers Bullenschaukel auf den Hof fuhr, stand ich mit Johannes, Günter und Tobias vor der Ponykoppel; schweigend. Lisa und Emily waren sofort zum Krankenhaus gefahren.

Mein erster Gedanke nach Reicherts Anruf war, den Tatort zu inspizieren, doch ich nahm schnell Abschied davon. Zum einen wäre sonnenklar gewesen, dass ich doch nicht bloß ein einfacher Buchhalter war, zum anderen konnte ich selbst ins Kreuzfeuer geraten, denn schließlich war ich mit dem Niederländer kurz vor dem Anschlag allein im Wald gewesen.

Laut Reicherts Aussage war Adri schwer verletzt, und es war fraglich, ob er die nächsten vierundzwanzig Stunden überleben würde. Hues hatte mehrfach seinen Schädel gegen einen dicken Stein geschlagen und sich dann entschlossen, ins Koma zu fallen.

Blitzschnell ließ ich die vergangenen Stunden Revue passieren: Gegen zehn war ich mit dem Pflanzensammler in den Wald gelatscht. Nach dem Disput mit Christian und Bongo war ich um halb zwölf ins Büro zurückgekehrt. Dort hatte ich sofort einen unzuverlässigen Lieferanten angerufen, sodass ich ab halb zwölf ein relativ stabiles Alibi vorweisen konnte. Anschließend hatte ich rund drei Stunden gearbeitet, wobei ich immer wieder dienstliche Gespräche geführt hatte. Danach die missglückte Aufklärungsstunde, gefolgt von dem unerquicklichen Gespräch mit Lisa. Reicherts Anruf hatte mich gegen fünf erreicht.

»Du warst doch mit dem Tomatenpflücker im Wald.« Johannes zerstörte sofort meine Hoffnungen, den Spaziergang unter den Tisch fallen lassen zu können. Scheißkerl.

»Aha.« Reichert war erwartungsgemäß sofort Feuer und Flamme. »Lass hören, Schnüffler.«

»Buchhalter.« Aufgrund der prekären Situation verzichtete ich auf einen schärferen Kommentar.

»Buchhalter oder Blödmann. Wie Sie wollen. Sie waren also heute mit Adri Hues im Wald?«

»Wann ist er denn attackiert worden?« Ich versuchte, mir die aufkommende Nervosität nicht anmerken zu lassen.

»Selbst wenn ich es wüsste, würde ich es Ihnen nicht verraten.«

»Darf ich erfahren, für welchen Zeitraum ich ein Alibi benötige?«

»Das heißt, Sie geben zu, im Wald gewesen zu sein.«

Bevor ich antworten konnte, hatte sich ein blutjunger Polizist zu uns gesellt: »Herr Reichert, sollen wir jetzt den Tatort inspizieren?«

»Das überlassen Sie gefälligst mir, wir sind hier schließlich nicht auf der Polizeischule«, wurde er kurzerhand von Mutters neuer Eroberung abgebürstet. »Die jungen Burschen haben heute alle studiert und meinen, die Weisheit mit Löffeln gefressen zu haben«, knurrte Reichert. »Außerdem müssen wir nicht durchs Gehölz kriechen, wenn wir gleich ein Geständnis bekommen, und so, wie Meister Nannen rumdruckst, ist die Wahrscheinlichkeit nicht gerade gering.«

»Ich war von zehn bis Viertel nach elf im Wald«, informierte ich den Kommissar wahrheitsgemäß.

»Abführen, Müller«, herrschte Ludger den Knaben an.

»Aber die kaputte Uhr!«

Was Müller sagte, ließ meine Ohren klingeln.

»Schnauze. Abführen, habe ich gesagt.« Reicherts Blicke durchbohrten seinen Adjutanten.

Während ich mich in den Streifenwagen quetschte, nahm Ludger sich seinen Schützling noch mal zur Brust. Ich hörte nur, wie er ihm »und sorgen Sie dafür, dass mich gleich ein Wagen abholt« hinterherrief, dann waren wir zu zweit im Auto, und der Motor wurde angelassen.

Während der Fahrt zum Präsidium beknetete ich Müller eindringlich, mir die Bedeutung der kaputten Uhr zu erklären, doch er schwieg eisern. Vor dem Bezug der Präsidentensuite durfte ich aber zwei Anrufe tätigen.

Leider unterhielt ich mich nur mit Anrufbeantwortern. Karin Schumann bat ich eindringlich, die heutige Nacht in meiner Kemenate zu verbringen. Nach dem Karnickelmord hatte ich schon ein wenig Sorge, sie allein auf ihrem Hof zu lassen. Der zweite Anruf galt meinem Freund und Anwalt Klaus Lindner, der bereits Routine darin besaß, mich aus den Klauen der Exekutive zu befreien.

Bevor ich endgültig hinter schwedischen Gardinen verschwand, bat ich Müller, mir sofort Bescheid zu geben, wenn Reicherts Vorgesetzter Theo Hartmann auftauchen würde.

Also mal wieder Knast. Zelle 3 hatte ich bisher noch nicht kennengelernt. Die anderen beiden Löcher hatte ich während meiner hiesigen Detektivlaufbahn bereits inspizieren dürfen, aber sie glichen einander sowieso wie ein Ei dem anderen: Pritsche, Toilette, kleiner Tisch mit Stuhl. Kein Sicht- und Geruchsschutz vor der sanitären Einrichtung.

Einen kleinen Unterschied gab es aber doch zu früheren Besuchen, denn ich teilte die Zelle mit vier verkaterten und stinkenden jungen Erwachsenen. Sie hatten gestern eine Art Wettsaufen veranstaltet. Die Spritsorten, die meine Mitbewohner zusammen mit den neun auf die anderen Zellen verteilten Halbstarken vernichtet hatten, bedeuteten das Paradies für jeden Alkoholiker: Baileys, Wodka, Wacholder, Bacardi, Küstennebel, Appelkorn, Jägermeister, Aufgesetzter. Nicht zu vergessen die zehn Kästen Hansa-Pils, die zur Auflockerung dazwischengeschaltet worden waren.

Derart abgefüllt, waren sie auf die grandiose Idee gekommen, im Dülmener Spaßbad die Wasserrutsche anzutesten, und zwar nackt. Dies hatte einigen Besuchern derart missfallen, dass sie die Polizei gerufen hatten. Humorlose Bande. Jedenfalls saßen die Kampftrinker seitdem in der Ausnüchterungszelle und warteten, dass ihre Eltern sie abholten.

Die erzieherische Maßnahme hatte gegriffen. Ein gewisser Markus hatte mich mit den Worten begrüßt: »Ey, alter Mann, hast du was zu saufen am Start?« Ließ diese Frage noch auf mangelnde Einsicht schließen, schienen Freddie und Olga, wie ein Typ mit langen Haaren witzigerweise gerufen wurde, tatsächlich geläutert zu sein: »Nächstes Mal ziehen wir eine Badehose an, dann gibt's keinen Stress.« Auch Justin, der Vierte im Bunde, hatte die Wurzel allen Übels identifiziert und gelobte Besserung: »Beim nächsten Mal trinken wir den Appelkorn erst am Schluss.«

Und mittendrin Dieter Nannen, verlobter Buchhalter ohne jedwedes Laster. Noch nie in meinem Leben hatte ich mich so alt und spießig gefühlt. Zumindest verschaffte mir der Grund meines Einsitzens Respekt bei der Rasselbande. Mord war eine ungleich höhere Hausnummer als alkoholisiertes Nacktrutschen.

Nichtsdestotrotz war ich froh, als ich aus der Zelle geführt wurde, standesgemäß in Handschellen.

»Nächsten Samstag bist du mit dabei«, rief mir Olga hinterher, als ich den Kerker verließ.

Das abgeschmackte Büro, in dem ich kurz darauf mit Theo Hartmann und Müller hockte, duftete nach mit Zaziki gewürztem Dönerfleisch. Der Knoblauchgestank hatte jeden Vampir verjagt, zumindest sah ich keinen, und stellte auch meine Nase auf eine harte Bewährungsprobe. Theo packte zwei Peperoni in eine Tüte mit der Aufschrift »Dülmen-Bosporus-Grill« und versenkte sie im Papierkorb.

»Worum geht's?« Mit einer Papierserviette wischte er Spuren von Knoblauchsoße aus seinem Gesicht. Dann grinste er mich an: »Einige Zeit her, dass Sie unser Gast waren.«

»Duzen wir uns nicht?«, frage ich in Erinnerung eines Gelages im Fußballermilieu während meines letzten Falles.

»Damals war damals, heute ist heute. Wenn der Verdacht gegen Sie ausgeräumt ist, können wir gern zum Du zurückkehren.«

Er war bestens gelaunt, und gepaart mit der Tatsache, dass wir uns gut leiden konnten, war das keine schlechte Ausgangsbedingung für eine schnelle Freilassung.

In knappen Worten erläuterte ich den Grund meines Einsitzens und schwenkte dann auf Müllers rätselhaften Kommentar um.

»Dann schieß mal los, Ingo.« Er klopfte dem jungen Beamten auf die Schulter.

»Wir haben an Herrn Hues' linkem Handgelenk eine Uhr gefunden«, legte er schüchtern los.

»Wenn ich mich so umschaue, keine seltene Sache.« Hartmann tippte auf seine Fossil.

»Die Uhr hat beim Anschlag etwas abbekommen, das Glas war zersplittert, und sie funktionierte nicht mehr.«

Jetzt war klar, woher der Wind wehte.

»Lassen Sie mich raten«, ging ich dazwischen, »es war nach halb zwölf, richtig?«

»Vierzehn Uhr siebenundzwanzig, um genau zu sein.«

»Dann bin ich aus der Verlosung«, atmete ich erleichtert aus. »Zu der Zeit habe ich mit Geschäftspartnern telefoniert und mit Stefan Jahnknecht ein längeres Gespräch geführt. Stefan arbeitet als Knecht für Günter Rexforth und wird dies gerne bestätigen.« Als keiner was sagte, schob ich »Sie können das gern checken« nach.

»Da hat Ludger überreagiert.« Theo schraubte einen Blaubeer-Smoothie auf und sog ihn in einem Zug leer. »Ich habe keinen blassen Schimmer, was du ihm getan hast. Scheint regelrecht an einer Nannen-Phobie zu leiden.« Er war zum Du zurückgekehrt.

Ich schwieg, schließlich wollte ich nicht noch mehr Öl ins Feuer gießen. Schon gar nicht, wenn es sich um ein künftiges Familienmitglied handelte, haha.

»Wir werden dein Alibi natürlich überprüfen«, fuhr der Polizeichef fort, »aber ich glaube nicht, dass du etwas mit der Sache zu tun hast.«

»Sehe ich genauso. Danke, dass du dir Zeit für mich genommen hast.«

»Dann sieh mal zu, dass du Land gewinnst. Du bist ein freier Mann«, sprach Hartmann die erlösenden Worte.

Sogar eine Eskorte wurde mir gestellt, denn just in diesem Moment fegte Klaus Lindner ins Büro. »Was steht an, die Herren?«

»Alles im grünen Bereich, Klaus, nur ein klitzekleiner Irrtum. Jetzt haben sich alle wieder lieb.«

Mein Anwalt schaute für eine Millisekunde verdutzt, hatte sich aber schnell wieder im Griff. »Dann Abflug, mein Freund, in der Pizzeria wartet die Hauptspeise auf mich.«

»Ich komme mit, wenn du nichts dagegen hast. Habe nämlich seit geschätzten dreihundert Stunden nichts mehr zwischen die Kiemen gekriegt.«

»Nur zu, Kollege. Giovanni wird noch ein paar Reste für eine Calzone vom Fußboden kratzen können.« Klaus' Witze waren schon besser gewesen.

Wir wünschten den beiden Uniformierten ein schönes Leben und schwangen uns in Lindners neueste Errungenschaft, einen Audi S8.

»Gut, dass du keine Leute observieren musst.« Ich schnalzte anerkennend mit der Zunge, als wir mit zweihunderttausend Pferdestärken über die Prärie ritten. Die Lichter der münsterländischen Großstädte huschten nur so an uns vorbei – na ja, genau genommen waren es die Glühwürmchen über den güllegetränkten Feldern –, auch wenn ich das nur aus den Augenwinkeln registrierte, denn der riesige Aschenbecher hatte mein Interesse geweckt. Schön wär's, jetzt das Fenster herunterzulassen und lässig eine Kippe am nicht minder monströsen Zigarettenanzünder anzustecken. Aber ich war natürlich ein harter Hund, der derartige Gelüste locker flockig beiseiteschob. Erleichtert wurde mir dies durch die Tatsache, dass Klaus Nichtraucher war. Somit waren meine Zugriffsmöglichkeiten auf Zigaretten limitiert.

Gegen neun erreichten wir in Dülmen-City das »La Bomba«, einen italienischen Fresstempel mit exzellenter Küche und speziellem Flair. Speziell deswegen, weil nicht nur die Guten hier verkehrten, sondern auch diverse halbseidene Gestalten.

Genauso indifferent war Giovanni, der Eigentümer dieses Etablissements. Vor seiner Immigration nach Deutschland hatte er in der italienischen Modestadt Mailand als Polizist Streife geschoben. In den Achtzigern hatte er rübergemacht und nach zahllosen Aushilfsjobs das »La Bomba« übernommen. Da er laut eigener Aussage in seiner früheren Tätigkeit sowieso nicht immer die *good guys* von den *bad guys* hatte unterscheiden können, hatte er zum puren Selbstschutz seine diplomatischen Fähigkeiten bis zur Perfektion entwickelt. Jeder schien den mediterranen Sonnyboy zu mögen. Somit war sein Lokal schnell zum Treffpunkt von leuchtenden Sternen als auch dunkelsten Schattengewächsen avanciert.

Allerdings achtete Giovanni akribisch darauf, keine Schwerverbrecher zu bewirten, denn nichts verabscheute er mehr als Gewalt. Nicht umsonst besaß er den Spitznamen »Pazifist«. Die exquisite Küche in Verbindung mit den moderaten Preisen hatte sein Ristorante innerhalb kürzester Zeit zur unangefochtenen Nummer eins im Dülmener Gastronomiegewerbe gemacht.

Klaus dinierte mindestens einmal pro Woche hier, meist in Begleitung einer seiner häufig wechselnden Anwaltsgehilfinnen und Praktikantinnen, von denen ein Großteil problemlos Heidi Klums Supermodelshow hätte gewinnen können. Heute war einer der wenigen Tage, an denen er allein beim Pazifisten vorgesprochen hatte, mein Glück, denn ich konnte mit diesen blutjungen Mädels sowieso nichts anfangen, und außerdem …

»Du hast dich verlobt?«

Wir hatten es uns in einer Ecknische bequem gemacht, und trotz Lindners vorherigem Kommentar über die Art und Weise der Zutatenbeschaffung hatte ich mich für eine Calzone entschieden, extragroß und mit doppelt Käse.

»In der Tat.«

Wir schnappten die Rotweinkelche und ließen sie auf Glasfühlung gehen.

»Wer ist die Bedauernswerte?«

»Karin Schumann.«

»Was ist mit Frau Schumann?« Giovanni hatte sich unbemerkt an uns herangepirscht. Normalerweise war er die Diskretion in Person, aber da wir uns gut kannten, war diese Frage alles andere als unangemessen.

»Dieter hat sich mit Karin verlobt«, nahm Klaus mir die Antwort ab.

»Eine superbe Wahl.« Der schwergewichtige Gastwirt klopfte mir auf die Schulter. »Oft etwas eigensinnig, aber dafür nie langweilig. Die Frau hat italienisches Temperament. Und ist eine Geschäftsfrau. Was sie anpackt, wird zu Geld. Molto bene.«

»Du kennst sie?« Es war nicht das erste Mal, dass mich Giovannis umfangreiches Wissen verblüffte.

»Na hör mal, das Gros meiner Zutaten stammt von ihrem Biohof. In deiner Calzone befindet sich zum Beispiel ihre den Gaumen schmeichelnde Ziegensalami.«

»Leckere Salami, leckere Frau«, sagte Lindner.

»Gleich und gleich gesellt sich gern«, fiel mir ganz unbescheiden dazu ein.

Giovanni ließ uns allein, nur um kurz darauf mit einer Flasche Schampus aufzulaufen. Auf Kosten des Hauses ließen wir das Blubberwasser in unseren Körpern verschwinden, dann musste sich der Pazifist wieder um die anderen Gäste kümmern.

»Grüß mal schön, und dass eines klar ist: Hochzeit wird bei mir gefeiert. *Non c'è niente piu bello dell' amore.*« Und weg war er.

Während des Essens – Klaus hatte sich für toten Fisch mit Tagliatelle und Kapernsoße entschieden – schwadronierte er zunächst über seinen aktuellen Fall, bei dem er einen Bauunternehmer gegen den Vorwurf der Bestechung verteidigen musste, dann war ich an der Reihe.

Als ich, begleitet von Lachsalven meines Gegenübers, die Gründe für meine Mutation vom Privatschnüffler zum Buchhalter erläuterte, geschah Erstaunliches: Am anderen Ende des Lokals taperte Bongo Richtung Keramikabteilung, während simultan Mister Ice in Begleitung eines männlichen Teenies durch die Eingangstür spazierte.

Urplötzlich verspürte ich einen starken Druck auf der Blase und sah mich gezwungen, ebenfalls das Kachelparadies zu besuchen.

Bis auf Bongo, der die mittlere der drei Boxen besetzte, und meine Wenigkeit waren die Toilettenräume leer. Gut so. Als mein Schatten aus der Kabine trat, packte ich ihn am Revers.

»Wo an meinem Auto habt ihr den Sender angebracht?«

Bongo schaute mich nur ahnungslos an. Klar, ich war ja heute nicht mit meinem Auto gefahren, sondern mit den Taxiunternehmen Müller und Lindner. Also hatten mich die beiden auf die herkömmliche Art beschattet.

»Nichts für ungut.« Ich ließ ihn los. »Wenn ich dich das nächste Mal in meiner Nähe erwische, solltest du die Adresse eines guten Kieferchirurgen im Gepäck haben. Langsam nervst du nämlich.« Ich wusch mir die Hände und ließ Bongo verwirrt zurück.

Mister Ice nebst Begleiter hatte sich drei Tische weiter niedergelassen und studierte die Speisekarte.

»Das gibt's doch nicht«, flüsterte ich Klaus zu, der gerade begonnen hatte, Blickkontakt mit einer blonden Schönheit am Nachbartisch aufzunehmen, die offensichtlich versetzt worden war und lustlos im Salat herumstocherte. Die ideale Beute für meinen Anwaltsfreund.

»Häh?« Er war gedanklich schon bei der Ausarbeitung der Anbaggerstrategie.

»Nicht so laut!« Ich senkte meine Stimmphonzahl um weitere zwanzig Dezibel. »Pass auf: Ich habe dir doch von den Wettschulden des ermordeten Pferdepflegers Gregor Hauser erzählt. Und ebendiesen habe ich in angeregter Diskussion in einer Dülmener Spielothek gesehen, und zwar mit dem smarten Kerl, der dort zusammen mit dem Jüngelchen am Tisch sitzt und gerade einen Martini serviert bekommt.«

»Du meinst Horst Kaminski und seinen missratenen Nachwuchs Homer?« Klaus war wieder voll bei der Sache. Pech für die Blondine am Nachbartisch, Glück für Dieter Nannen.

»Homer?«

»Horst ist ein glühender Verehrer der Simpsons. Wenn du in einer seiner Spielhallen gewesen bist, ist dir das bestimmt aufgefallen.« Tatsächlich, vage erinnerte ich mich an einige Poster und Devotionalien der Zeichentrickfamilie. Nicht zu verschweigen die Gestalten an den Daddelmaschinen, die Ähnlichkeit mit Mister Burns gehabt hatten.

»Letzte Woche habe ich die DVD des ersten Kinofilms günstig bei Amazon geschossen«, spannte er mich genüsslich auf die Folter, obwohl er meine Aufregung durchaus registriert hatte. »Wirklich gut gemacht, außerdem spielt am Anfang mit Green Day eine meiner absoluten Lieblingsbands. Aber zurück zum Kaminski-Clan«, fuhr er fort. »Weißt du, wie seine zweite Frau heißt?«

»Vielleicht Marge?« Ich hatte heute Abend sowieso nichts mehr vor. Karin war laut ihrer letzten SMS in der Nannen-Villa, auf dem Hagenhof passte Grabowski auf, und ein Verdächtiger hockte gerade im gleichen Restaurant.

»Genau. Ist das nicht der Hammer?«, prustete er los.

»Da hat er sicher einige Internetforen durchforstet, um die passende Frau zu finden.« Nun musste auch ich lachen. »Horst Kaminski, geschieden, sucht Marge zum Heiraten. Aussehen und Alter egal.«

»Nicht geschieden. Seine Frau ist gestorben, als sich bei einem Fahrgeschäft auf der Cranger Kirmes ein paar Schrauben gelöst haben. Tragisch, oder?«

»Ist sowieso zu voll dort. Für einen fettigen Backfisch muss man da eine halbe Ewigkeit anstehen.«

»Igitt, ein Perverser. So, jetzt lass hören: Was willst du über den legendären Horst wissen?« Lindner hatte wieder in den Flüstermodus gewechselt.

»Alles, was in deinem Kopf gespeichert ist. Und das ist erfahrungsgemäß nicht wenig.«

»Danke für die Blumen. Letztes Jahr habe ich einen Prozess gegen ihn geführt, den ich – Überraschung – verloren habe. Mein Mandant ist nämlich kurz vor den Schlussplädoyers eingeknickt. Gesundheit ist ein hohes Gut, und die sah er wahrscheinlich gefährdet.«

»Worum ging es bei dem Rechtsstreit?« Es kam selten vor, dass Klaus einen Prozess verlor.

»Zinswucher. Wir hätten Kaminski sogar drangekriegt, wenn mein Mandant nicht plötzlich kalte Füße bekommen hätte. Alles in allem war es dann aber nicht tragisch, denn von dem geliehenen Geld hat er irgendein Computerprogramm entwickelt, mit dem er nun Millionen scheffelt.«

»Du hast Bill Gates vertreten?«

»Witzig. Irgendwas mit Prozesskostenrechnung für international agierende Großunternehmen.«

»Interessant, womit sich Leute freiwillig beschäftigen.« Ich fühlte mich an mein Betriebswirtschaftsstudium erinnert.

»Zumindest für mich, denn so hat er nicht nur mein Honorar anstandslos beglichen, sondern auch noch einen Bonus draufgelegt. Das ist bei den nicht gerade knapp bemessenen Anwaltshonoraren eine Seltenheit.«

»Zocken und Zinswucher. Hat Kaminski noch mehr auf dem Kasten?«

»Viel mehr ist da nicht zu holen. Eine Zeitlang hatte er mal ein paar Prostituierte unter seinen Fittichen, aber die Konkurrenz war zu stark. Horst ist zwar nicht zimperlich in seinen Methoden, aber mit den richtig harten Jungs kann er nicht mithalten.«

»Wie komme ich an ihn ran? Wo wohnt er?«

»Du bist schon dort gewesen. Er residiert direkt über seiner Dülmener Spielhölle. Marge gehört der Blumenladen nebenan. Aber in seine Bude kommst du nicht rein, die ist besser gesichert als Fort Knox. Die Spielhalle würde ich auch nicht empfehlen. Zu viele Kameras, zu viele dunkle Ecken.«

Mit einem wichtigen Gesichtsausdruck lehnte Klaus sich zurück und schaute wieder zu der Dame am Nachbartisch hinüber, die auch prompt seinen Blick erwiderte. Jetzt musste ich Gas geben, denn wenn mein Gegenüber auf der Pirsch war, gab es kein Halten mehr.

»Was muss ich machen, dass du es ausspuckst? Deine Schuhe putzen? Deine Bude streichen? Die Rechnung hier begleichen?« Lindner konnte einem mit seiner geheimnisvollen Art wirklich auf den Senkel gehen. »Jetzt weiß ich, was ich mache.« Ich schob meinen Stuhl nach hinten. »Ich erzähle dieser Göttin am Nachbartisch, dass du stockschwul bist, mir einen Heiratsantrag gemacht hast und sie als Trauzeugin haben möchtest.«

»Untersteh dich, Judas. Wenn du Kaminski ungestört ausquetschen willst, empfehle ich dir das ›Topic‹ in Coesfeld, eine relativ teure Muckibude mit einer grandiosen Saunalandschaft. Und wenn ich deinen Bauch so betrachte, kannst du dich da am besten sofort anmelden.«

»Im Gegensatz zu dir bin ich verlobt, schon vergessen? Da brauche ich kein Sixpack mehr.«

»Dienstags und donnerstags hält er sich dort auf, immer von elf bis eins, wenn es noch nicht so voll ist. Wie gesagt, in der Sauna ist die Wahrscheinlichkeit am größten, ihn allein anzutreffen. Und keine Angst: Körperlich dürfte er dir trotz deines Übergewichts nicht gewachsen sein.«

»Hast einen gut bei mir. Soll ich dich der netten Dame vorstellen, quasi als Dankeschön?«

»Das schaffe ich allein, keine Sorge. War schön, dich mal wieder getroffen zu haben.«

»Dito. Dann räume ich jetzt meinen Platz, damit ihr enger zusammenrücken könnt. Und viel Glück.« Ich drückte beide Daumen. Dann ging es in die Vertikale, und nach einem Abstecher zu Giovanni zwecks Begleichung der Rechnung und Verabschiedung hatte mich der freie Himmel wieder.

Ich ließ mich von »Taxi Dülmen« zum Hagenhof kutschieren. Unterwegs fiel mir ein, dass ich mich noch sportlich betätigen musste, Papa sei Dank. Daher wendeten wir und düsten zum »MusclExplosion«.

Chuck saß hinter der Theke und schnabulierte gelangweilt einen Energydrink. Als er mich durch die Glastür erblickte, wollte er sich geflissentlich in einen Hinterraum verdünnisieren. Doch ich war trotz der bisher nur lax ausgeführten Übungsstunden schneller.

»Moment, mein Freund. Wir haben etwas zu bereden.«

»Dieter, was macht die Kunst?« Mit verlegenem Gesichtsausdruck bot er mir High Five an, was ich ignorierte. Ihm war anzusehen, dass er momentan jeden anderen Aufenthaltsort vorgezogen hätte, einschließlich des Gazastreifens.

»Wir hatten einen Deal, Kollege. Wieso weiß mein Vater von den getürkten Teilnahmebescheinigungen?«

»Ganz ruhig, ich kann nichts dafür.« Der Muckibudenbesitzer trat einen Schritt nach hinten. »Keine Ahnung, wer deinem Alten unsere Vereinbarung gesteckt hat. Er hat mich angerufen und der Beihilfe zum Betrug bezichtigt. Es würde ihn ein Fingerschnipsen kosten, den Laden hier schließen zu lassen. Er hat mir einen Fitnessplan zugeschickt, und ich musste hoch und heilig versprechen, ihn mit dir zusammen abzuarbeiten. Sollten wir wieder Schmu treiben, würde er mit meiner Bank telefonieren. Da ich momentan unter einem kleinen Liquiditätsengpass leide, musste ich wohl oder übel nachgeben. Aber ich habe für dich gekämpft. Glaub mir. Leider sitzt dein Erzeuger am längeren Hebel.«

Vater und seine Machtspielchen. Wer wusste schon, welche Marionettenfäden er gezogen hatte, um mich der Lüge zu überführen.

»Wie kommen wir aus der Nummer raus?« Ich konnte mich nicht mit der schweißtreibenden Plackerei abfinden.

»Gar nicht, er hat uns am Haken. Ich weiß zwar nicht, woher dein Vater seine Informationen bezieht, aber mit dem ist nicht zu spaßen. Ich würde seine Drohung ernst nehmen.«

Dies tat ich zähneknirschend. Ich lieh mir Trainingsanzug und Sportschuhe und fuhr auf dem Fahrrad durch die niederrheinische Ebene, durchs Sauerland und den Brocken hoch. Danach war eine Runde Alpen angesagt. Nach einer Dreiviertelstunde war ich fix und fertig. Das Studio war bis auf einen dicken Jungen, der sich an der Butterfly-Maschine quälte, sportlerfreie Zone. Während ich meine Beinmuskulatur stählte, dachte ich darüber nach, wo Vaters Informationsquellen sitzen mochten. Hatte er vielleicht Überwachungskameras und Wanzen installiert? War die ältere Dame, die über dem Studio wohnte, zu seligen DDR-Zeiten Stasispitzel gewesen und telefonierte täglich mit der Zentrale auf Mallorca?

Nach weiteren vierzig quälenden Minuten und der Gewissheit, morgen einen fetten Muskelkater zu haben, duschte ich ausgiebig und ließ mir von Chuck als kleine Wiedergutmachung einen Powerdrink mit Ananasgeschmack spendieren.

»Der Himalaja ist erst in einem Monat dran.« Da zeigte er mir verlockende Perspektiven auf. Super.

Da der Muckibudenbesitzer immer noch ein schlechtes Gewissen hatte und sowieso Geschäftsschluss war, chauffierte er mich sogar noch nach Merfeld.

Pünktlich zur Geisterstunde traf ich auf dem Hagenhof ein.

»Was ist denn hier los?«, dachte ich, als ich beim Betreten meines Zimmers stolperte und der Länge nach hinschlug. Hatte Stefan die Futtersäcke in meinem Schlafgemach gelagert? Leider konnte ich dies nicht mehr überprüfen, denn ich erhielt einen fürchterlichen Schlag auf den Hinterkopf, der mich express ins Reich der Träume beförderte.

Muskelspielchen in der Sauna

»Nur eine leichte Gehirnerschütterung«, diagnostizierte Dr. Rudolph und schaute mich erleichtert an. Wir waren uns lange nicht mehr über den Weg gelaufen, und offensichtlich war er hocherfreut, mich wiederzusehen. Genau genommen trafen wir nur noch aufeinander, wenn ich wegen eines Arbeitsunfalls bei ihm vorstellig wurde. So auch heute.

Der Brückener Dorfarzt war damals nach meiner Umsiedlung ins Münsterland meine Eintrittskarte ins Schnüfflerbusiness gewesen. Seine Tochter Barbara war umgebracht worden, und die Auflösung dieses spektakulären Mordfalls, gepaart mit der massiven positiven Berichterstattung in der Lokalpresse, hatte mich zu dem gemacht, was ich heute war: ein angesehener, fast sogar berühmter Detektiv in und rund um Buldern.

»Ihr esst doch mit uns zusammen Mittag?« Er fixierte uns mit einem Blick, der keinen Widerspruch duldete.

Es war nämlich kein Futtersack gewesen, über den ich gestolpert war, sondern mein Kumpel Grabowski. Nun ja, eine gewisse Ähnlichkeit war nicht von der Hand zu weisen.

Ich hatte einen Bärenhunger und sagte sofort zu. Gurkennase hatte gegen eine kostenlose Verköstigung eh nichts einzuwenden. Endlich mal was Vernünftiges zwischen die Kiemen bekommen, mochte er sich denken, denn seine Mahlzeiten bestanden zu fünfzig Prozent aus minderwertigen Dönervariationen, erworben bei seinem Busenfreund Ümit am Essener Hauptbahnhof, und zur anderen Hälfte aus Tütensuppen, die er auf seiner vom Sperrmüll besorgten Kochplatte zubereitete. Er musste sich wie im Paradies fühlen angesichts von Rinderbraten mit Klößen und Rotkohl, die auf dem Küchentisch vor sich hin dampften. Hoffentlich holte er sich keine Lebensmittelvergiftung, aber ein Arzt war ja vor Ort.

»Lasst es euch schmecken!« Rudolphs Gattin Irene stellte die dunkle Bratensoße auf den Tisch und gesellte sich zu uns.

Grabowski hatte ebenfalls eins auf die Rübe bekommen, als er gestern Nacht verdächtige Geräusche gehört und in meinem Zimmer nach dem Rechten geschaut hatte. Leider hatte auch er nichts gesehen, was der Identifizierung des Schlägers dienen konnte.

Bevor wir mit dem Festtagsmahl starteten, wählte ich mich zu Stefan durch und beauftragte ihn, die Kammer der doppelten Kopfschmerzen von außen zu verschließen, damit keine Spuren vorsätzlich oder fahrlässig beseitigt wurden. Natürlich war Jahnknecht sofort Feuer und Flamme. Streng genommen war er auch der Einzige auf dem Hagenhof, dem ich uneingeschränkt vertraute.

Nachdem er mir in nicht ganz einwandfreiem Deutsch gute Besserung gewünscht hatte, ging es endlich ans Essenfassen. Selbstverständlich dauerte es keine fünf Minuten, bis Gurkennase auf Geschäftsmodus umstellte. Zumindest hatte er Gernot Rudolph und mir noch zugestanden, uns hinsichtlich unserer Lebensläufe auf den neuesten Stand zu bringen.

»In Ihrer Praxis stecken doch bestimmt enorme Werte. Wenn ich nur allein an die medizinischen Gerätschaften denke …«

»Alles bereits abgeschrieben. Wie Sie vielleicht bemerkt haben, zeichnet sich meine Praxis nicht eben durch Hightech aus. Im Gegensatz zu einigen Kollegen, die sich ihre Räume immer mit dem neuesten technischen Schnickschnack vollstellen, bin ich der Ansicht, dass die fachlichen Fähigkeiten des Arztes immer noch das A und O sind.«

»Aber selbst abgeschriebene Wirtschaftsgüter haben ihren Wert«, ließ sich Grabowski nicht entmutigen. »Stellen Sie sich vor, ein Feuer bricht aus. Ihre gesamte Existenz verbrennt zu wertloser Asche. Wäre das nicht schrecklich?«

»Ich bin jetzt fünfundfünfzig und habe in meinem Leben genug verdient. Falls meine Praxis tatsächlich abbrennen sollte, setze ich mich zur Ruhe.«

»Und Ihre private Vorsorge? Was ist, wenn Ihnen etwas zustößt? Ich weiß, man denkt darüber nicht gern nach, aber ist Ihre werte Gattin ausreichend abgesichert?«

»Mein Neffe ist ebenfalls in Ihrer Branche tätig.« Er hatte Peter längst durchschaut. Zumindest war mir neu, dass er einen Neffen hatte. »Wir sind umfassend versichert, und dies zu absolut konkurrenzlosen Konditionen.«

Dann wandte er sich an mich: »Man munkelt, du hättest dich verlobt?«

»Absolut richtig, mit der intelligentesten und hübschesten Frau des Münsterlands, ach, was sage ich, der ganzen Welt!«

»Ach nee, und warum weiß ich nichts davon? Bist mir ja ein toller Kollege.« Peter wollte seine Enttäuschung über entgangene Millionenprovisionen an mir auslassen.

»Bin selbst überrascht, wie schnell sich das herumgesprochen hat. Ist erst zwei Tage her, und wenn ich mich recht entsinne, haben wir uns seitdem auch nicht mehr gesehen«, flunkerte ich ein wenig und drehte dann den Spieß um: »Was macht eigentlich dein Sohnemann?«

»Bestimmt Karin, habe ich recht?« Das Nachwuchsthema wollte er offensichtlich nicht vor den Rudolphs diskutieren.

Man glaubte es kaum, aber Gurkennase hatte tatsächlich ein Kind gezeugt. Als er mir vor einem knappen Jahr bei meinem letzten großen Fall, einer Mordserie im Fußballermilieu, helfen sollte, lief er überraschend mit dem kleinen Kevin auf. Es war schon eine Umstellung, Peter als Familienvater zu erleben, aber er ging überraschenderweise völlig in seiner neuen Rolle auf. Seitdem schien einiges schiefgelaufen zu sein, wenn er nichts darüber erzählen wollte. Nun gut, musste ich halt später noch mal nachhaken.

Während ich Grabowski in Bezug auf meine Verlobung auf den neuesten Stand brachte, wurde Herrencreme serviert, mit ordentlich Rum und dunklen Schokosplittern. Nach drei Schälchen musste ich passen, auch wenn Irene auf eine weitere Portion drängte.

Nach einem vorzüglichen Espresso und einigen warmen Worten war Aufbruch angesagt.

Ich hatte nämlich ein Date mit Horst Kaminski alias Mister Ice.

Ich saß auf dem Beifahrersitz, als wir durch Felder und Wiesen dröhnten. Obwohl ich bezweifelte, dass Grabowski im Besitz eines gültigen Führerscheins war, hatte ich ihn ans Steuer gelassen, denn mein Kumpel fuhr auf Siebziger-Jahre-Schlitten ab.

»Die Karre schnurrt ja wie Schmitts Katze!« Gurkennase hatte offenbar ein kleines Problem mit seinen Lauschern. »Aber du solltest die Tankanzeige reparieren lassen. Die bewegt sich ja schneller als der Drehzahlmesser.«

»Die Anzeige ist völlig in Ordnung, Kollege. Mittlerweile kenne ich jede Tankstelle in der Gegend.« Zum wiederholten Male trauerte ich meinem Golf nach.

»Hat halt seinen Preis, wenn man einen auf dicke Hose macht.«

»Was ist nun mit deinem Sohn?« Ich wollte zum einen das Thema wechseln, zum anderen war ich wirklich neugierig auf Peters Familienverhältnisse.

»Scheiße ist mit Kevin. Sabrina hat sich Knall auf Fall von mir getrennt und sich meinen geliebten Sohn unter den Nagel gerissen. Ich darf ihn nur noch für ein Wochenende pro Monat zu mir nehmen. Kannst du dir das vorstellen? Und ich habe Brina so geliebt.«

»Das tut mir leid.« Verstohlen blickte ich nach links, und tatsächlich: Grabowski weinte.

»Brauchst du einen Anwalt? Ich kenne da ein absolutes Ass.«

»Nee, lass mal. Der Zoltan, das ist der Männe von der Rita, die uns früher immer Juckpulver in die Buxe gesteckt hat –«

»Doch nicht etwa Bratpfannen-Rita aus Steele, die schon in der ersten Klasse zweimal hängengeblieben ist?«

Bratpfannen-Rita, die diesen Spitznamen ihren riesigen Pranken verdankte, war in der Grundschule der Alptraum sämtlicher männlicher Klassenkameraden gewesen. Mit einem dominanten Alice-Schwarzer-Gen ausgestattet, durften wir damals wählen, ob wir entweder eine gelangt oder eine Ladung Juckpulver vorn in unsere Hosen gesteckt bekamen. Und es passte eine Menge von dem Zeug in ihre Pratzen.

»Genau die. Jetzt würdest du sie aber nur noch an ihren Riesenflossen erkennen. Die hat tatsächlich ihr Abi nachgemacht und sich dann diesen türkischen Anwalt geangelt. Und die ist jetzt eine richtige Granate. Top-Spoiler, ordentlich Holz vor der Hütte und eine Wespentaille. Auf jeden Fall habe ich sie zufällig getroffen, kurz nachdem Sabrina mich in die Wüste geschickt hat. Aus alter Verbundenheit oder schlechtem Gewissen, was weiß ich, hat sie dann ihren Macker auf den Fall angesetzt.«

»Erfolglos, nehme ich an.«

»Er hat sein Bestes gegeben, aber das Problem bin ich: kein geregeltes Einkommen, kein dauerhafter Wohnsitz, unsteter Lebenswandel, das volle Programm. Stell dir vor: Letztes Mal war ich mit Kevin im Bottroper ›Movie Park‹, und da ist es etwas später geworden, nur zwei Stunden, ehrlich. Da hat mir die Alte glatt die Bullen auf den Hals gehetzt.«

Anstatt einer Antwort klopfte ich ihm mitfühlend auf die Schultern.

»Doch nur deswegen mache ich diesen verdammten Versicherungsdreck. Ich will solide werden. Das mit dem Alkohol bekomme ich ebenfalls in den Griff, glaub mir. Die Zockerei habe ich auch schon sein lassen. Ich liebe den kleinen Hosenscheißer über alles und würde wer weiß was dafür geben, ihn öfter um mich zu haben.«

»Wenn du Hilfe brauchst, sag Bescheid«, bot ich an, und das war nicht nur eine Floskel. Selbst Peter hatte nicht verdient, dass man ihm das Kind entzog.

»Danke, du bist ein wahrer Freund.« Weitere Tränen kullerten die Wangen hinunter.

Zum Glück rollten wir gerade auf den spärlich gefüllten »Topic«-Parkplatz, sonst hätten wir beide geheult wie die Schlosshunde.

Mit knappen Worten informierte ich Gurkennase über den Grund des Besuches, dann kletterten wir aus dem Wagen und marschierten federnden Schrittes in den Fitnesspalast.

Der Saunabereich war sehr übersichtlich, nur insgesamt drei Kabinen machten einem Feuer unter dem Hintern. Wir hatten auf Stretchübungen und Muskelspielchen verzichtet – selbst wenn ich gewollt hätte, wäre es heute nicht möglich gewesen, denn jeder Muskel meines Körpers schmerzte von der gestrigen Trainingseinheit – und waren mit geliehenen Handtüchern in die Schwitzlandschaft spaziert.

Gleich in der ersten Kabine wurde ich fündig: Horst Kaminski, zurzeit eher heiß als Ice, ließ sich mit geschlossenen Augen den Schweiß aus den Poren treiben. Seine Körpermitte war von einem Bart-Simpson-Handtuch bedeckt. Sah niedlich aus. Neben ihm saunierten ein junger Kerl mit Halbglatze und eine attraktive Schwarzhaarige. Grabowski hatte sich vor der Kabine postiert, damit ich ungestört mit Kaminski reden konnte.

»So, Lilli, ich habe genug.« Der junge Kerl erhob sich. »Kommst du mit?«

»Gern, mein Schatz«, kam die gewünschte Antwort. Das ersparte mir, die beiden Vögel rausekeln zu müssen.

Als die beiden die Kabine verlassen hatten, schnappte ich mir einen Aufgusseimer und schüttete den kompletten Inhalt über den Saunaofen. Sofort stieg die Temperatur um gefühlte hundert Grad an, der Schweiß lief mir aus allen Poren.

Hotte hatte sich bisher nicht gerührt. Vielleicht war er eingeschlafen.

»Wir haben einen gemeinsamen Bekannten.« Ich ließ mich ihm gegenüber nieder.

Der Spielhallenbesitzer bequemte sich, die Glupscher zu öffnen. »Alles klar mit Ihnen? Wenn ich quatschen will, rufe ich meine Mutter an.« Und zack, wurden die Äuglein wieder geschlossen.

»Gregor Hauser.« Ich versuchte, an kalte sibirische Nächte zu denken. Ich musste schnell fertig werden, denn in dieser Schwitzhütte wurde meine Belastbarkeit über Gebühr strapaziert.

»Wer sind Sie, und was wollen Sie?« Allmählich kam Leben in den Simpsons-Verehrer.

»Wer ich bin, tut nichts zur Sache. Gregor schuldet Ihnen Geld, eine Menge Geld, korrekt?«

»Bürschchen, aufgepasst: Gleich gibt's ein paar vor die Schnauze!«

Nun war er endgültig in einer aufrechten Sitzposition. Ganz schön stattlich, das Kerlchen.

»Davon würde ich dringend abraten, Kaminski. Zum einen würden Sie sowieso den Kürzeren ziehen«, – gewagte These –, »zum anderen wartet draußen ein Kollege auf mich, der mich unversehrt wiedersehen möchte. Ich hätte ihn gern mit in die Kabine genommen, aber er passt nicht durch die Tür. Eigentlich wollte er sich gleich bei dieser Muckibude anmelden, weil ihm die Lady hinterm Tresen so gut gefallen hat, aber dann hat er festgestellt, dass die Gewichte an den Geräten zu gering sind.«

Als ich mir den spindeldürren Grabowski vorstellte, dessen Körper zu neunundneunzig Prozent aus Alkohol bestand, musste ich innerlich grinsen.

»Ich mache es kurz«, fuhr ich fort. »Gregor Hauser schuldet Ihnen Geld, und ich habe Fotos, die Sie beide zusammen in Ihrer Spielhalle zeigen.«

»Und warum sollte mich das interessieren?« Er schien zumindest von seinen gewalttätigen Plänen Abstand genommen zu haben.

»Das sollte Sie sehr wohl interessieren, denn Hauser ist tot. Ermordet.«

Sofern ich das durch meine schweißgefluteten Pupillen erkennen konnte, war Horst völlig überrascht.

»Scheiße«, lautete sein undifferenzierter Kommentar, dann wurde er aber doch konkreter: »Vierzig Riesen futsch.«

»Die Kohle ist mir egal, ich suche den Mörder.«

»Keine Ahnung, warum Sie mich damit zuschwallen. Ich bin doch nicht so bescheuert, einen Schuldner umzunieten. Außerdem zählt Mord nicht zu meinen Geschäftspraktiken. Ich hau ab. So einen Bullshit muss ich mir nicht anhören.« Er raffte sein Handtuch enger um den Körper.

»Bleiben Sie sitzen. Mein Kollege würde sonst unangenehme Dinge tun. Warum hatte Hauser Schulden bei Ihnen?«

»Poker, Pferdewetten, alles Mögliche. Er war ein gottverdammter Zocker, der einfach nicht wusste, wann Schluss war. Wenn nicht sein Kumpel gewesen wäre, hätte er längst eine Sparkasse überfallen müssen.«

Sofort war ich hellwach, auch wenn mir die feuchte Hitze erheblich zu schaffen machte. »Welcher Kumpel?«

»Bist doch nicht so gut informiert, häh? Den Namen kenne ich nicht, aber es ist, glaube ich, sein Boss, irgend so ein Bauer.«

Lecko Pfanni, da hatte sich die Schwitzpartie gelohnt. Ich widerstand dem Drang, Mister Ice zu umarmen, und sagte stattdessen: »Sonst noch etwas, was Sie unbedingt loswerden wollen?«

»Piss die Wand an, nein. Und jetzt verschwinde, sonst ist mir egal, wer draußen steht, wenn da überhaupt einer steht.«

Ich hatte zwar schon nettere Abschiedsszenen erlebt, aber angesichts der brisanten Infos fiel es mir leicht, seiner Aufforderung Folge zu leisten.

Mit triumphalem Gesichtsausdruck verließ ich das Heißluftbad. Selbstverständlich war Gurkennase nicht wie vereinbart vor der Tür geblieben, sondern stattdessen in eine angeregte Diskussion mit Horsts Sohn Homer vertieft.

Beim Wort »Bonitätsprüfung« zog ich Peter zur Seite. »Lass uns verschwinden.«

»Drei Minuten noch, bitte. Für Kevin.« Er wusste genau, wie ich zu knacken war.

»Ich ziehe mich schon mal um. Anschließend gönne ich mir einen Drink an der Bar. Pass aber auf, die sind gefährlich«, flüsterte ich ihm ins Ohr.

Nachdem ich den Schweiß gründlich abgeduscht und mich angezogen hatte, ließ ich mir einen geschmeidigen Mineraldrink mit Kirschgeschmack zapfen. Das war harter Tobak: Günter Rexforth war für einen Teil von Hausers Zockerschulden aufgekommen. Was sollte mir das sagen? Momentan leider nichts. Es wurde nur immer klarer, dass die Lösung auf dem Hagenhof zu finden war.

Grabowski benötigte mehr als hundertachtzig Sekunden,

aber weniger als hundertachtzig Minuten. Grinsend wie ein Honigkuchenpferd veranstaltete er erst mal High Five mit mir.

»Kevin ist bald wieder bei seinem Papa«, strahlte er mich an. »Muss jetzt schnell zurück und die Unterlagen holen.«

»Dann los!« Ich hatte die gleichen Pläne, zumindest was den Bestimmungsort anging, wie es so schön im Navideutsch lautete.

Rock den Dom

Während der Fahrt überlegte ich, ob ich Günter mit Horsts Äußerungen konfrontieren sollte, kam aber zu der Entscheidung, dies auf später zu verschieben. Erst musste ich mir selbst über die Zusammenhänge klar werden, bevor ich meinem Brötchengeber vor den Kopf stieß.

Gegen halb vier erreichten wir den Hagenhof. Nur drei Autos standen auf dem Parkplatz: Emilys, Jürgens und Grabowskis. Lisa war wahrscheinlich bei Adri im Krankenhaus, und Johannes' Karre stand eh meist in der Garage. Nur Gäste-Pkws waren weit und breit nicht zu sehen; Leichen waren schlecht fürs Geschäft, wenn man nicht gerade Totengräber oder Privatschnüffler war.

Als wir ausstiegen, rannte Stefan herbei: »Hi. Hier Zimmerschlüssel für dich.«

»Dieter.« Gurkennase tippte mir von hinten auf die Schulter.

»Das hast du sehr gut gemacht, ich bin stolz auf dich, Stefan.« Das ließ den Knecht um zehn Zentimeter wachsen.

»Dieter.« Ich wurde schon wieder angetippt.

»Was ist denn los?« Konnte Peter nicht warten, bis ich das Gespräch mit Stefan beendet hatte?

»Darf ich zwei Stunden freinehmen? Ich muss dringend zu Homer.« Aha, daher wehte der Wind.

»Stefan, hast du eine Ahnung, wo Günter ist?« Ich dachte natürlich zuallererst an Rexforths Sicherheit.

»Ist gefahren weg, aber ich nicht weiß, wo.«

»Dann hau ab, Grabowski, aber in spätestens zwei Stunden bist du wieder hier.«

Ich konnte nicht sagen, ob Gurkennase die letzten Worte überhaupt mitbekommen hatte, denn er wetzte mit Lichtgeschwindigkeit ins Haus und tauchte Sekundenbruchteile später mit Laptop und einer pinkfarbenen Aktentasche unterm Arm wieder auf. Dann sah ich nur noch die Abgasfahne seines Mantas.

Ich hielt noch ein bisschen Smalltalk mit Stefan und lobte seine bravouröse Leistung, sowohl das Zimmer fachgerecht abgeschlossen als auch den Schlüssel so verstaut zu haben, dass er nicht verloren gehen konnte. Als er stolz berichtete, dass er das Messingteil in seiner Unterhose versteckt hatte, beendete ich das Gespräch und wusch in der Tenne Hände und Schlüssel.

Da Stefan wieder im Schweinestall verschwand, konnte ich endlich ungestört mein Zimmer durchsuchen.

Im Vergleich zu Grabowskis Wohnungen war meine Kammer aufgeräumt, nur die Nachttischschubladen waren herausgezogen, das Bett umgekrempelt und der Kleiderschrank gründlich durchforstet worden. Gefunden hatte der Eindringling nichts. Was auch?

Ich robbte über den Boden, und bingo! An der Stelle, an der ich niedergeprügelt worden war, machte ich eine Entdeckung, die mir den Atem stocken ließ.

Doch Zeit zum Wundern blieb mir nicht. Ich musste dringend meine Tiere füttern und anschließend in die Kirche. Pastor Wilpert, der Bulderner Papst, feierte heute um halb acht sein vierzigjähriges Dienstjubiläum, und ich war Organist der Gemeinde.

Diesen ehrenvollen Job hatte mir mein Erbonkel Hugo Simon eingebrockt, der bis zu seinem Tod diesen Posten bekleidet hatte. Schon am zweiten Tag nach meiner Ankunft in Buldern – ich hatte immer noch nicht meine Tränen getrocknet ob des Umzugs von der Großstadt Essen in die münsterländische Einöde –, hatte mir Wilpert unmissverständlich zu erkennen gegeben, dass ich dieses Amt übernehmen musste. Nun gut, da ich es mir nicht schon am Anfang mit dem wichtigsten Mann im Ort verscherzen wollte, hatte ich zähneknirschend zugesagt.

Bei der letzten Sonntagsmesse hatte mir der Geistliche mit einem geheimnisvollen Zwinkern anvertraut, dass er während des heutigen Festgottesdienstes eine sensationelle Neuigkeit verkünden würde. Der Priester hatte einen Hang zur Dramatik, daher fragte ich nicht nach. Ich konnte mich noch gut an seinen

Auftritt erinnern, als der Preis für die Opferkerzen um fünf Cent erhöht werden musste: Zur Rechtfertigung verlas er die komplette Korrespondenz zwischen ihm und dem Kerzenlieferanten, dazu Vergleichsangebote von sage und schreibe sieben Konkurrenzunternehmen. Unvergessen auch seine Reaktion, als ich einmal versehentlich ein falsches Lied anspielte: In der Predigt geißelte er dieses unverzeihliche Malheur geschlagene zwanzig Minuten mit hochrotem Kopf. Damals wäre ich vor Scham am liebsten im Boden versunken.

Es war, wie es war: Gleich musste ich am Bulderner Dom sein, und zwar deutlich vor dem Gottesdienst-Kick-off, denn ich kannte weder Wilperts Liederwünsche noch die Messe-Agenda.

Langer Rede kurzer Sinn: Die Auswertung des Schlafzimmerfunds musste auf morgen verschoben werden, denn vor dem Kirchgang waren noch mein Schwein Pedder und die Kaninchen an der Reihe, da Mutter mit Sicherheit keinen Finger für die armen Geschöpfe gerührt hatte.

Der Horror vor dem Zusammentreffen mit Isolde und der amerikanischen Tante wurde nur gemildert durch ein mögliches Zusammentreffen mit Karin. Die Chancen standen zwar schlecht, aber das Glück war ja bekanntlich mit den Doofen.

Ich war nicht doof, leider. Karin hatte die heiligen Hallen längst verlassen, zudem wurde die deutsch-amerikanische Freundschaft durch Reichert ergänzt, was mein Glück komplettierte.

Es sah richtig heimelig aus, wie das Triumvirat um meinen Wohnzimmertisch hockte, aus meinen Tassen Kaffee schlürfte und von meinen Tellern mit meinen Gabeln Schwarzwälder Kirschtorte – ausnahmsweise nicht von mir – in sich hineinstopfte.

»Hallo zusammen. Lasst euch nicht stören. Ich füttere nur meine Tiere und bin dann wieder weg.« Meine Lust, mich mit meiner Verwandtschaft zu unterhalten, tendierte gegen null.

Die größte Null sprach mich an: »Wie war's im Knast? Zufrieden gewesen mit Kost und Logis?« Der liebe Ludger glaubte sich noch immer im Recht.

»War nett. Nachdem sich herausgestellt hatte, dass ich zu Unrecht verhaftet wurde, habe ich mich angeregt mit Ihrem Boss unterhalten. An Ihrer Stelle würde ich ihm nicht so schnell wieder unter die Augen treten.«

Während der Teint meines Stiefvaters in spe erblasste, meldete sich Miss America zu Wort.

»Didi, my dear, ich dachte, du bist ein good guy. Wie kommt es, dass du musst gehen in jail?«

»Das passiert, wenn gesetzestreue Menschen trotz wasserfester Alibis weggesperrt werden. Dürfte für dich als Bürgerin der Vereinigten Staaten nichts Neues sein.«

»Wenn das dein Dad erfährt!«, schaltete sich die Dritte im Bunde ein. »Zum Glück stehe ich auf deiner Seite, mein Sohn, sonst wäre das Erbe futsch.«

Das reichte. Musste ich mich in meinen eigenen vier Wänden verhöhnen lassen?

»Und weil du es so gut mit mir meinst, hast du mir diese beiden Schmalspurkomiker auf den Hals gehetzt?«

Jetzt war auch Mutter blass geworden. Aber nur für eine Sekunde.

»Ich weiß nicht, wovon du redest. Wenn du mich verleumden willst, nur zu. Klaus ist sich natürlich der Tatsache bewusst, dass Sohnemann keinen Trick auslassen wird, um ohne Aufwand ans Erbe heranzukommen. Stattdessen solltest du dich lieber bemühen, deinen Eltern einen schönen Lebensabend zu bereiten.« Sie tupfte mit einem Seidentuch ihre Augen, als würden Tränen fließen.

Reichert nickte andächtig, sein Schnurrbart war mittlerweile mit weißen Sahnespritzern verziert. Erinnerte ans Matterhorn.

»Bin gespannt, was Klaus sagt, wenn ich ihn das nächste Mal anrufe.« Ich wandte mich an Reichert. »Diese beiden Ganoven, Christian und Bongo, waren ebenfalls im Wald, als der Anschlag auf Adri Hues verübt worden ist. Überprüfen Sie das mal. Ich kann mir zwar nicht vorstellen, dass meine Mutter was damit zu tun hat, aber …« Den Rest des Satzes ließ ich unvollendet.

»Ist das wahr, Isolde?«

»Quatsch. Dieter wirft doch nur mit Dreck um sich, um von seinen Verfehlungen abzulenken.«

»Herr Reichert, ich gebe Ihnen mal was zum Nachdenken: Was meinen Sie, warum meine Mutter Sie *zufällig* kennengelernt hat? Hat sie Ihnen erzählt, dass sie auch meinen Teil des Erbes erhält, wenn ich in den nächsten Monaten kein anständiges Leben führe? Also, wieso sollte sich eine Frau, die sich sonst nur mit hochrangigen Geschäftsleuten und Großindustriellen abgibt, ausgerechnet in einen Dülmener Dorfpolizisten verlieben?«

»Es ist richtig, mein lieber Dieter, dass ich in meinem Leben viele Fehler gemacht habe.« Mamas Miene war vor Kälte erstarrt. »Aber ich habe mich geändert. Und *du* besitzt kein Recht, mir die Sünden meiner Vergangenheit vorzuhalten. Die Liebe fällt hin, wo sie hinfällt. Unter den High-Society-Männern findest du nie die Gefühlswärme, die Männer der gehobenen Mittelschicht bieten können. Ludger ist der Mann, den ich mir immer erträumt habe.« Diese Lobhudelei in Verbindung mit dem über Jahrzehnte antrainierten Augenaufschlag ließen Reichert sofort beseelter strahlen als ein Honigkuchenpferd.

»Und du, Tantchen, solltest kein Wasser in Wohnungen verspritzen, in denen du zu Gast bist.«

Tante Hilde grinste nur hämisch, aber das störte mich nicht. Jetzt hatte jeder sein Fett weg und ich die Gefahr eines Magengeschwürs abgewendet. Auch wenn ich nicht erwartete, dass meine Worte Wirkung zeigen würden.

Auf zu meinen wahren Freunden. Die Futternäpfe waren überraschenderweise gut gefüllt, und im Kaninchengehege lag genug Löwenzahn für die nächsten zweiundfünfzig Wochen. Karin war schon eine Wucht, denn ich konnte mir kaum vorstellen, dass einer der glorreichen Tortenvernichter mein Vieh gefüttert hatte.

Ich füllte die Tröge bis zum Rand mit Trockenfutter und versprach Pedder und den Langohren, mich wieder häufiger blicken zu lassen. Immerhin waren die Karnickel vollzählig, wie ein schnelles Durchzählen ergab. Alle acht waren wohlauf und munter. Der Killer machte anscheinend einen großen Bogen um den Nannenhof, aus Angst vor meiner Mutter und der Ami-Tante. Das ließ ihn fast sympathisch werden, aber nur fast.

Zurück in meiner Kemenate erfuhr ich, dass Reichert sich verdrückt hatte. Wurde vielleicht sogar noch schlau auf seine alten Tage. Während Isolde den Tisch abräumte, stopfte Hilde sich das letzte Tortenstück in den Schlund. Trotz des entzündeten Kaminfeuers herrschte eisige Kälte.

Ich hüpfte unter die Dusche, kleidete mich an und packte ein paar Klamotten in eine Reisetasche. Ich hatte zwar keinen blassen Schimmer, wo ich heute nächtigen würde, aber garantiert nicht zu Hause.

Grußlos ließ ich die beiden Vetteln zurück und bestieg meine Benzinschleuder. Auf zum Gebet.

Der Kirchhof war menschenleer, kein Wunder, war es doch noch eine Stunde bis zum Großereignis. Anders als sonst üblich weilte Wilpert aber bereits in der Sakristei.

»Meine herzlichsten Glückwünsche zu Ihrem Jubiläum.« Ich schüttelte dem Nachfolger Petri die Hand. »Muss ein großer Tag für Sie sein.«

»Vielen Dank, Herr Nannen. Schön, dass Sie an diesem Ehrentag das Orgelspielen übernommen haben. Glauben Sie mir, es bedeutet mir sehr viel.«

Wie man erkennen konnte, pflegten wir ein gutes Verhältnis. Dies war nicht immer so: In den Anfangsjahren mochten wir uns wie Regenwurm und Angelhaken. Keine Begegnung ohne Reibereien. Die Zwangsverpflichtung bewirkte bei mir eine Art Abwehrhaltung, und Wilpert konnte mit einem jungen Organisten, der keine zwanzig Ave-Marias am Tage betete, nichts anfangen.

Dies besserte sich deutlich, als ich bei der Hochzeit seiner Schwester in Billerbeck spontan als Ersatz einsprang. Der etatmäßige Fingerakrobat hatte sich bei der Spaghetti-Zubereitung die Griffel verbrüht.

»Was ist denn nun die große Überraschung?«

»Warten Sie ab.« Wilpert lächelte geheimnisvoll und drückte

mir einen Liederzettel in die Hand. Ich traute meinen Augen nicht: Normalerweise wurde in jedem Gottesdienst »Großer Gott, wir loben dich« und »Allein Gott in der Höh'« geträllert. Noppes. Stattdessen standen Titel wie »Come, holy spirit«, »Lost in prayer« oder »My life is in your hands« auf der musikalischen Speisekarte. Ich blickte ihn fragend an.

»Meine Wahl mag ein wenig merkwürdig erscheinen, doch sie hat ihren guten Grund. Wir erwarten einen hochrangigen Gast.« Er mimte immer noch den Geheimniskrämer. Nun gut, es war seine Show heute. »Sie erinnern sich bestimmt, dass ich in der Vergangenheit häufig Ihre Orgelvorspiele kritisiert habe?«

Ich nickte demütig, hatte ich doch stets Stücke von Deep Purple und Led Zeppelin in die Liturgie gemogelt, weniger zur geistlichen Erbauung als zur persönlichen Befriedigung.

»Heute haben Sie freie Hand. Ich vertraue voll und ganz Ihrem guten Geschmack.« Er ergriff mit beiden Händen meine Pfote.

Die Wandlung zum Positiven schrieb ich Wilperts neuer Haushälterin zu. Knall auf Fall hatte er der siebzigjährigen Frau Jüppner nach dreißig Dienstjahren gekündigt und sie durch die frisch gebackene Witwe Melanie Bluse, zarte fünfundvierzig, ersetzt. Ein Schelm, der Böses dabei denkt.

»Ich soll die Kirche rocken?«, fragte ich etwas verwirrt.

»Wissen Sie, nach vierzig Jahren bin ich diesen langweiligen Kram einfach satt. Reverend Jones ist der gleichen Ansicht.«

»Wer?«

Wie auf Kommando öffnete sich die Tür, und ein Mann in meinem Alter betrat die Sakristei. Er hatte einen Vollbart, war um die eins siebzig groß, trug eine Nickelbrille und hatte einen kleinen Schmerbauch, der ihn gemütlich wirken ließ. Irgendwas vergessen? Ach ja, er war farbig.

»Sie sind Dieter?«, begrüßte er mich freundlich. »Ich bin George. Bruder Wilpert hat mir berichtet, dass Sie neue musikalische Elemente in den Gottesdienst eingeführt haben. Great! Heute habe ich extra meine Gospelsingers mitgebracht, um

Gott richtig zu preisen. Ich wünsche uns einen phantastischen Gottesdienst.«

Sein Eifer in allen Ehren, aber ich konnte mir kaum vorstellen, dass amerikanische Gospelgesänge die Kerzen im steifen Westfalen anzünden würden. Aber ich war nur ein unbedeutender Organist.

Auf der Empore musste ich mir den Weg durch bestimmt zwanzig Leute kämpfen, in der Mehrzahl Frauen mittleren Alters, die mich freudig begrüßten.

»Hey, du bist bestimmt der Organist. Lass Jesus raus, Bruder«, rief mir eine korpulente Dame zu, die mich an Whoopie Goldberg erinnerte.

Ich versprach, mein Bestes zu geben, bezweifelte aber, dass ausgerechnet heute Gottes Sohn durch mich sprechen würde.

Die Kirche füllte sich, denn den Festakt wollte niemand versäumen. Auch einige geistliche Würdenträger, Kollegen und Vorgesetzte, bevölkerten die vorderen Reihen.

Ich startete mit »Wring that neck« als Vorspiel. Die meisten Bulderner hatten sich an meine Titelwahl gewöhnt, sodass nur einige ältere Damen böse hochschauten, wie ich im Spiegel sehen konnte. Beim ersten richtigen Lied ebbte eine Welle der Unruhe durch die Gemeinde. Ein amerikanischer Song. Hatte der Pfarrer vergessen, dass er in Deutschland lebte?, meinte ich von den Lippen zahlreicher Gläubigen abzulesen. Als in der zweiten Strophe der Chor einsetzte, ging das Getuschel unter. Allerdings war ich nun nicht mehr alleiniger Empfänger wütender Blicke.

Gegen Ende des Festgottesdienstes schritt Wilpert mit ein paar Karteikarten bewaffnet zur Kanzel. Waren seine Predigten bisher Ausgeburten an Langeweile gewesen, so war diese gespickt mit Humor, Aktualität und Ironie. Er spannte einen weiten Bogen, beginnend mit der heutigen Unsitte, jedes noch zu unbedeutende Ereignis riesig zu feiern – Zitat: »Wenn Erna Patzelowski sich ein neues Paar Socken kauft, wird nachmittags die komplette Familie zum Kaffeeklatsch eingeladen« –, über Anekdoten aus seiner bewegten Jugend – »waren das noch Zeiten, als wir den unbeliebten Mitschülern Juckpulver in die Hose gestopft haben« – bis hin zur heutigen Situation der katholischen Kirche – »da treten die Leute scharenweise aus, um von der gesparten Kirchensteuer das fünfundvierzigste Nintendo-Spiel zu kaufen; vielleicht sollte der Vatikan in dieses Geschäft einsteigen mit ›Mario Bros versus God‹«.

Ich hatte selten eine derart erfrischende Rede gehört; da konnte sich mancher Politiker eine dicke Scheibe von abschneiden.

Mit fortschreitender Dauer der Predigt tauten die Leute immer mehr auf und tuschelten angeregt mit einem Lächeln im Gesicht.

Dann kam jedoch der Paukenschlag:

»Liebe Schwestern, liebe Brüder in Christi. Ich habe der Gemeinschaft der Gläubigen jetzt vierzig Jahre hingebungsvoll gedient. Es ist Zeit, in den Ruhestand zu gehen und die Jahre, die mir noch bleiben, zu genießen.«

Damit hatte keiner gerechnet. Wilpert und Ruhestand, unvorstellbar. Der Pfarrer hob die Hand, um das Geraune zu stoppen.

»Ich verstehe, dass ihr mich behalten wollt. Doch um meine Gesundheit ist es nicht zum Besten bestellt. Die Ärzte haben mir unmissverständlich klargemacht, dass ich kürzertreten muss. Das habe ich mir zu Herzen genommen. Leider ist es um den Priesternachwuchs schlecht bestellt …«

»Die Kirche darf nicht geschlossen werden«, rief Bauer Seebold.

»Nein, sagen Sie nicht, dass wir an eine andere Gemeinde angeschlossen werden«, regte sich ein Trupp älterer Damen auf.

Wilpert hob wieder die Hand. »Liebe Schwestern und Brüder, lasst mich doch ausreden. In unserer dünn besiedelten Region gibt es keinen Bruder, der unsere Gemeinde übernehmen kann. Dafür konnten wir Reverend Jones aus Philadelphia gewinnen, euch in Zukunft geistlich zu betreuen. Zuletzt stand er einer freien Gemeinde in Schwerin vor. Sein Chor hat heute diesen

Gottesdienst begleitet. Bitte nehmt ihn genauso herzlich auf wie mich damals.«

Jetzt war der Mob nicht mehr zu halten.

»Wieso werden wir nicht vorher gefragt?«, brüllte ein Mann, der eine große Ähnlichkeit mit Heino hatte.

»Genau. Was sollen wir hier mit einem Schwarzen aus der Zone?«, verschärfte ein drahtiger Kerl im Lodenmantel den Ton. So viel zu »Liebe deinen Nächsten wie dich selbst«, schoss mir durch den Kopf.

In dem folgenden Getuschel vernahm ich plötzlich Karins liebliche Stimme: »Gebt dem Mann eine Chance, ihr kennt ihn doch nicht.«

Dies war das Stichwort für Reverend Jones: »Liebe Schwestern und Brüder. Ich freue mich sehr, dass ich die verantwortungsvolle Aufgabe übertragen bekommen habe, in eurer Gemeinde als Seelsorger tätig zu werden. Ich bin absolut überzeugt, dass wir zueinanderfinden werden.«

Jones war ein charismatischer Typ. Als er die Stimme erhoben hatte, waren die feindseligen Zwischenrufe schlagartig verstummt. Er erinnerte mich an Martin Luther King, und das in Buldern.

»Wir geben Ihnen eine Chance«, bellte Bauer Steinmann aus der letzten Reihe. Damit hatte der Neue gewonnen. Der nächste Gospel wurde vollmundig von der Gemeinde geschmettert, da störte die falsche Aussprache wenig.

Zu guter Letzt bedankte sich Wilpert bei seinen Weggefährten, auch ein gewisser Dieter R. Nannen wurde lobend erwähnt. Auf sein Nicken hin griff ich in die Tasten und ließ eine Version von »Stairway to Heaven« vom Stapel, dass Mambo Kurt vor Scham im Boden versunken wäre, wenn er denn anwesend gewesen wäre. Obwohl, auszuschließen war es nicht bei der illustren Schar an Gottesdienstbesuchern, wie ich anschließend auf dem Kirchhof feststellen durfte. Nicht nur, dass wieder deutlich mehr Jugendliche am Start waren als in früheren Jahren, nein, neben der rechten Flügeltür hatte sich sogar ein Dutzend in Leder gewandete Biker versammelt.

Während ich auf dem Weg zum Capri die Autokennzeichen studierte, sah ich Karin in Richtung Parkplatz verschwinden. Nichts wie hinterher.

»Hallo, Frau Nannen.« Kurz vor ihrem Toyota hatte ich sie eingeholt.

Nachdem wir engen Körperkontakt hergestellt und uns dann wieder gelöst hatten, gab es eine Premiere. »Hast toll gespielt, Respekt!« Das erste Mal in meiner kompletten Organistenkarriere, dass sich meine Angetraute positiv über meine musikalischen Fähigkeiten äußerte. »Ist schon eine Überraschung, dass Wilpert in Rente geht. Und dann noch ein Farbiger als Nachfolger? Gewagt, gewagt.«

»Wieso? Sind die Münsterländer nicht seit jeher schwarz?« Diesen Kalauer konnte ich mir nicht verkneifen. »Na ja, ein bisschen frischer Wind in der Gemeinde kann weiß Gott nicht schaden. Sorry, dass ich dich einfach so zu meiner Mutter abgeschoben habe, aber es geht nicht anders. Ich glaube, dass ich den Fall bald geknackt habe. Leider muss ich noch mal zum Hagenhof und dort auch übernachten. Macht es dir was aus, erneut in der Nannen-Villa unterzuschlüpfen?«

Ich war schon auf einen entrüsteten Anschiss gefasst, aber weit gefehlt.

»Kein Problem. Deine Mutter und die Ami-Tante sind herzensgute Menschen, ich weiß gar nicht, was du gegen sie hast. Sie haben mir jeden Wunsch von den Lippen abgelesen.«

Steckte bestimmt ein perfider Plan dahinter, aber das wollte ich Karin nicht unter die Nase reiben. War allemal besser, als wenn sie allein auf ihrem Hof blieb, auch wenn ich mittlerweile nicht mehr von einer Gefährdung ausging.

»Freut mich zu hören. Und danke, dass du die Tiere gefüttert hast.« Ich drückte ihr einen Schmatzer auf die Wange.

»Bedank dich nicht nur bei mir, sondern auch bei Isolde und Hildegard. Sie haben nämlich kräftig mitgeholfen.«

»Du hast die beiden in den Stall gekriegt? Ich glaub es nicht.« Meine piekfeine Mom im Schweinekoben, unvorstellbar.

»Hildegard hat jedes Kaninchen auf den Arm genommen.

Würde mich nicht wundern, wenn sie ein paar von denen heute mit ins Bett schleppt«, lachte meine Verlobte. »Mal was anderes: Warum warst du eigentlich im Knast?«

Eine »Tagesschau«-Folge später hatte ich Karin auf den aktuellen Stand gebracht. Dann vibrierte mein Handy, eine neue SMS. Während Frau Nannen ihr Auto aufschloss, klickte ich mich schnell durch. Hossa, jetzt kam Schwung in die Sache.

Gefährliche Kirmes

Coesfelder Dorfkirmes, zehn Uhr abends. Halbstarke Jugendliche am Autoscooter, gröhlende Gestalten an der Bierbude, verhinderte Großwildjäger am Schießstand, und Dieter Nannen am Kettenkarussell.

»Stehen Sie um zweiundzwanzig Uhr am Kettenkarussell in Coesfeld. Ich muss mit Ihnen reden«, so die Kurzmitteilung. Ohne Namen. Die Nummer war mir unbekannt. Langsam wurde es heiß und fettig, deshalb war ich noch mal kurz nach Hause gedüst, um meine Waffe zu holen.

Konzentriert inspizierte ich die Umgebung. Ein rothaariger Bengel quengelte seinen Vater an, endlich den SpongeBob-Luftballon zu kaufen, wobei sich mir die Frage stellte, was ein Sechsjähriger um diese Zeit auf der Kirmes zu suchen hatte. Nun gut, andererseits war keiner gezwungen, die Grundschule in der Regelzeit von vier Jahren zu absolvieren. Sein Vater, ein durchtrainierter Endzwanziger in einem teuren Maßanzug – kleiner Scherz am Rande –, drückte seinem Sprössling ein Stück Salamipizza und eine Bierdose in die Flossen, um einen zerknitterten Fünfer aus der speckigen Buxe zu ziehen. Dann grunzte er irgendetwas, was sich entfernt nach »dann hol dir den Scheiß, aber nicht, dass ich den gleich schleppen muss« anhörte. Wieder ein glückliches Kind mehr auf der Welt.

Als meine Augen auf der Suche nach dem potenziellen SMS-Versender bei einer Gruppe betrunkener Damen einen Stopp einlegten – die Shirts mit der Aufschrift »Billerbecker Kegelmuschis« ließen auf eine sportliche Truppe schließen –, kündigte sich die nächste Kurzmitteilung an: »Begeben Sie sich hinter die Losbude neben der Geisterbahn.«

Ich verzichtete auf die einmalige Chance, einen überdimensionierten Plüschteddybären zu gewinnen, und quetschte mich zwischen Geisterbahn und Lotteriewagen hindurch. Am Karussell inmitten der Menschenmenge hatte ich mich deutlich wohler gefühlt, aber wie lautete das deutsche Sprichwort so schön: *No risk, no fun!*

Die Knarre in meiner Jeansjacke fest umklammert, erlebte ich eine Überraschung. »Hallo, Tobias, auch vergnügungssüchtig?«

»Vielen Dank, Dieter, dass du gekommen bist.«

Bisher kannte ich die Anonymen Alkoholiker oder die Anonymen Bulimiekranken, aber ein Anonymer Höflicher war mir noch nicht untergekommen.

»Trifft sich gut, dass wir uns begegnen, dann kann ich dir die Goldkette zurückgeben, die du verloren hast.«

»Wo hast du die her?« Tobias Hardt, der Gärtner, starrte wie hypnotisiert auf das pendelnde Kleinod.

»Die hast du liegen gelassen, als du Grabowski und mir eine verpasst hast.« Ich blickte grimmiger als das bestialischste Monster in dem Schuppen nebenan.

Die Kette hatte ich bei der Schlafzimmerdurchsuchung gefunden, und aufgrund meiner guten Beobachtungsgabe hatte ich sofort gewusst, wem sie gehörte. Allerdings war ich da noch davon ausgegangen, den Mörder überführt zu haben, doch als mir der Knabe jetzt vis-à-vis gegenüberstand, war ich mir nicht mehr sicher.

»Tut mir leid, aber ich bin total in Panik gewesen«, sagte er bedauernd. »Ist dir jemand gefolgt?«

»Nur der Geruch von Backfisch und gebrannten Mandeln. Jetzt lass mal hören: Was hattest du in meinem Zimmer zu suchen, und warum stehen wir hier?«

»Okay, wo fange ich am besten an?« Er kratzte sich am Kopf.

»Am Anfang.«

»Es ist kein Zufall, dass ich auf dem Hagenhof angeheuert habe.« Er pflanzte sich auf eine der Paletten, die hier zuhauf herumstanden.

»Aha.« Ich setzte mich neben ihn. »Das bedeutet, Günter und du kanntet euch.« Ich ließ meine detektivische Brillanz aufflackern.

»Nein.« Es war nichts mit der Brillanz. »Nicht Günter, sondern Erika.«

»Rexforths erste Frau?«

»Exakt. Ich habe Erika vor einer halben Ewigkeit in einem Café in Münster kennengelernt. ›Café Brentano‹, direkt am Aasee. Damals war ich bei einer Bank angestellt, und im ›Brentano‹ habe ich immer meine Mittagspause verbracht. Leider hat der Laden irgendwann einer Pizzeria weichen müssen, sehr schade, denn dort gab es Thunfischbaguettes, die nicht von dieser Welt waren.«

Tobias zog ein Päckchen Pall Mall aus der Jacke und steckte sich eine an. Dann erinnerte er sich an seine gute Kinderstube und hielt mir die Schachtel unter die Nase.

»Bin seit Kurzem Nichtraucher«, lehnte ich ab, obwohl mir Bongo und Chris nicht gefolgt sein konnten. Wenn ich schon so lange durchgehalten hatte, wollte ich jetzt nicht schwach werden.

»Jedenfalls hat Erika dort gekellnert«, fuhr er fort, »und im Laufe der Zeit haben wir uns näher kennengelernt, sind abends zusammen auf die Piste gegangen und so weiter und so fort.«

»Ihr wart also ein Paar?«

»Leider nicht. Die liebe Erika hatte in ihrer vorherigen Beziehung üble Erfahrungen mit einem prügelnden Alkoholiker gemacht und konnte sich noch nicht wieder binden. Nichts hätte ich mir sehnlicher gewünscht, glaube mir, aber es war nichts zu machen. Sobald es enger wurde, ging sie auf Distanz.«

Eine herzzerreißende Geschichte, aber was hatte das mit Kaninchen- und Menschenmeuchlern zu tun?

»Dann erhielt ich das Angebot, eine neu gegründete Zweigstelle in Singapur zu leiten. Was habe ich mir das Hirn zermartert. Auf der einen Seite die Offerte, das zu tun, wovon ich immer geträumt hatte, auf der anderen Seite die Hoffnung, doch noch mit Erika zusammenzukommen. Schließlich bin ich nach Fernost gegangen. Die schwerste Entscheidung meines Lebens.« Er stieß einen tiefen Seufzer aus.

»Wann war das?«

»Muss kurz vor dem Mauerfall gewesen sein, den habe ich nämlich drüben in den Nachrichten verfolgt. Auf jeden Fall ist der Kontakt zu Erika nie abgebrochen, aber wie das so ist im Leben, wurden die Briefe und Telefonate immer seltener.«

»Dann tauchte Günter auf der Bildfläche auf.« Ich versuchte, etwas Geschwindigkeit aufzunehmen, hatte nämlich keine Lust, meinen Lebensabend hinter einer Geisterbahn zu verbringen.

»Ganz genau. Zunächst war ich schockiert und beleidigt, dass sie nun doch eine Partnerschaft eingegangen war, aber mit der Zeit ist mir klar geworden, dass nun auch einige Jährchen ins Land gezogen waren.« Er stieß einen weiteren tiefen Seufzer aus und steckte sich noch eine an.

»Wäre ich damals nur geduldiger gewesen«, Hardt sackte in sich zusammen, ein kümmerliches Häufchen Elend, »dann wäre Erika noch am Leben und ich mit meiner Traumfrau verheiratet.«

»Das mit dem Verheiratetsein mag stimmen, aber das hätte sie sicher nicht vor dem tödlichen Unfall bewahrt.«

»Ich bin noch nicht fertig.« Er straffte sich wieder. »Waren die ersten Briefe nach der Hochzeit noch sehr euphorisch – du weißt ja sicher, dass sie mit Günter zusammen den Hagenhof aufgebaut hat –, wurden sie kurz vor ihrem tragischen Tod immer düsterer. Schließlich hatte sie regelrecht Angst vor ihrem Mann. Sie befürchtete, dass er sich eine andere angelacht hatte und sie ihm nur noch im Weg war. Ich musste handeln, und zwar schnell. Ohne viel Federlesens habe ich gekündigt, in Rekordzeit meinen Nachfolger eingearbeitet und bin nach Deutschland geflogen.«

»Aber du kamst zu spät.«

»Drei Tage, ganze drei Tage. Ich durfte nur noch eine Schüppe Sand auf den Sarg kippen.« Seine Augen füllten sich mit Tränen.

»Und Günter hat eine andere geheiratet.« Der Knabe tat mir leid.

»Dieser Kretin! Keine zwölf Monate hat es gedauert.« Für einen kurzen Moment blitzte Hass in seinen Augen auf.

»Das heißt, der Unfall war kein Unfall, sondern Rexforth hat nachgeholfen.« Allmählich rundete sich das Bild ab. »Und da hast du gedacht, Auge um Auge, Zahn um Zahn.« Ich umklammerte die Pistole wieder etwas fester.

»Das habe ich gedacht, richtig, aber ich bin es nicht gewesen. Ich wollte Beweise sammeln, um ihn für den Rest seines unwürdigen Lebens in den Knast zu schicken, zusammen mit diesem verkommenen Pferdeknecht. Deswegen habe ich auf dem Hagenhof angeheuert.«

Kam ehrlich rüber, was er da von sich gab.

»Ich bin es nicht gewesen«, wiederholte er noch einmal. »Würde ich mich sonst mit dir treffen?«

»Wem hast du denn von deinem Verdacht erzählt?«

»Jedem, der nicht bei drei auf den Bäumen war. Und dann hat jemand meinen Wohnwagen durchschnüffelt.«

»Wie bitte?«

»Irgendjemand ist bei mir eingedrungen, als ich unterwegs war«, bekräftigte Tobias.

»Gab es denn was zu finden?«

»Ich hatte Erikas Mails und Briefe in einer Kladde verwahrt. Und genau die lag offen auf meinem Nachttisch, als ich zurückkam.«

»Das heißt, es muss jemand gewesen sein, der wusste, dass du auf dem Campingplatz wohnst. Riecht danach, dass es einer vom Hagenhof war.« Die Schuldentheorie rund um Mister Ice hatte ich sowieso schon ad acta gelegt.

Emily.

Lisa.

Johannes.

Jürgen.

In alphabetischer Reihenfolge.

Adri Hues schied aus naheliegenden Gründen aus. Stefan Jahnknecht oder einen der Gäste als Täter hielt ich ebenfalls für unwahrscheinlich. Günter hätte natürlich alles inszeniert haben können, doch seine panische Angst wirkte echt.

Johannes.

Emily.

Jürgen.

Lisa.

In unsympathischer Reihenfolge.

Da das Leben kein Wunschkonzert war, musste ich wohl oder übel weiterermitteln. Aber einer aus vier, das konnte sich doch sehen lassen.

George.

Hannibal.

Leopold.

Rudi.

Die Liste der getöteten Kaninchen, wobei ich nicht sicher sein konnte, ob sie erschöpfend war.

Wie passten die ins Bild?

»Ist auch meine Vermutung, dass es einer vom Hof war«, unterbrach Hardt meine Gedankengänge. »Ich habe aber keinen blassen Schimmer, wer. Die drei Kinder haben ihre Mutter abgöttisch geliebt, da bin ich mir sicher. Aber was ich nicht verstehe: Der Anschlag auf Günter und Hausers Ermordung passen ins Bild, wenn man von Rache ausgeht. Der alte Knacker wollte Erika loswerden, und der Pferdeschänder hat ihm dabei geholfen. Aber was ist mit Adri? Der war doch noch nicht mit Lisa zusammen, als Erika getötet worden ist.«

Gute Frage, nächste Frage.

»Und dann die Karnickel.«

Gute nächste Frage. Hatte ich ja auch schon festgestellt.

»Ich werde die Antworten finden. Danke auf jeden Fall für die Infos.«

»Sorry noch mal wegen des Schlages auf den Hinterkopf. Aber du bist mir nicht ganz koscher vorgekommen, deswegen habe ich dein Zimmer durchsucht.«

»Schläge auf den Hinterkopf erhöhen das Denkvermögen, habe ich mal irgendwo gelesen, also Schwamm drüber«, zeigte ich mich generös. Dann wurden Hände geschüttelt, und die Kirmes war aus. Auf zu meiner Schrottkarre.

»Chloroform ist ein Mistzeug«, dachte ich noch, bevor ich im Fahrersitz einschlief.

Rauchen gefährdet die Gesundheit, Nichtrauchen auch

Keine Ahnung, wie lange es gedauert hatte, bis ich wieder wach wurde. Mein Schädel dröhnte, als hätten Metallica in meinen Gehirnwindungen ihr neues Album runtergezockt. Mit tausend Marshall-Verstärkern.

Ich wollte meine verspannten Glieder strecken, was jedoch nicht möglich war. Der Grund offenbarte sich, als ich die verklebten Augen mühsam öffnete: Man hatte mich auf einen klapprigen Stuhl gesetzt und so fest verschnürt, dass sich mein Bewegungsradius auf Millimeterpromille beschränkte.

Da ich zumindest meinen Kopf kreisen lassen konnte, musterte ich mein Gefängnis. Zwar waren die Fenstervorhänge zugezogen, aber es fiel genügend Licht herein, um zu erkennen, dass es sich um einen antiken Campingbus handelte.

An einem Ende befand sich ein Etagenbett mit verschlissenen rot-weiß gepunkteten Bettbezügen. Ich selbst hockte hinter einem Tisch mit giftgrüner Plastikdecke, auf dem zur Verschönerung eine verwelkte Geranie thronte. Im Spülbecken stapelte sich schmutziges Geschirr. Die Spaghetti-bolognese-Reste waren mit einer Schimmelschicht überzogen. Es roch modrig, als würde es seit langer Zeit in den Wagen regnen. An der Wand hing ein Poster von Gary Glitter, an dem sich ebenfalls der Schimmel labte. Durch das undichte Fenster vernahm ich leise Stimmen.

»Hilfe!«, brüllte ich, was die Kopfschmerzen erheblich verstärkte. »Hilfe!«

Doch es tat sich nichts. Also warten, etwas anderes blieb mir nicht übrig. Für geistige Anstrengungen fühlte ich mich zu benebelt, daher achtete ich auf meinen Atem, eine Übung aus einem Selbsthilfebuch für Manager. War auch nicht anders als Schafe zählen.

Es kam mir wie Stunden vor, als sich die Tür mit lautem Knarren öffnete. Bongo polterte herein, gefolgt von Christian.

»Das ist doch alles Blödsinn«, moserte Bongo, ohne mich eines Blickes zu würdigen. Er schmiss eine Alditüte in die Ecke und fläzte sich ebenfalls an den Küchentisch. Sein Outfit, ein verdreckter grüner Arbeitsanzug und verschmutzte Gummistiefel, ließen auf körperliche Maloche im Freien schließen.

»Hör auf zu jammern. Wir gehen strikt nach Handbuch vor. Da ist der Erfolg garantiert.« Christians Augen glühten. Er wirkte wie aus dem Ei gepellt: pinkfarbenes Hemd zu dunkelblauem Zweireiher.

»Aber dein tolles Handbuch erwähnt nicht meine Frau, die den Garten umgegraben haben will. Warum habe ich den verfluchten Schlüssel nicht selbst aufbewahrt?«, fluchte Bongo. »Dadurch haben wir die Alte erst auf die Idee gebracht.«

»Ich verweise auf Seite achtzehn des Leitfadens: Außergewöhnliche Situationen erfordern außergewöhnliche Maßnahmen. Im Übrigen: Dein sogenannter Garten ist ganze zehn Quadratmeter groß. Der ist schnell umgebuddelt. Wenn wir mit Nannen fertig sind, gönnst du dir einfach ein Stündchen frischer Landluft. Mehr als die Hälfte hast du doch schon geschafft.«

Christian zog eine Thermoskanne aus einer Jutetasche, schraubte den Verschluss ab und schüttete eine rote Flüssigkeit hinein. Roch nach Tee.

»Wäre schön, wenn du dich an der Plackerei beteiligen würdest. Schließlich war es deine Idee, meinen alten Campingwagen zu reaktivieren.« Bongo war von guter Laune so weit entfernt wie Rot-Weiss Essen vom Gewinn der Deutschen Meisterschaft.

Bedauernd hob Chris die Arme. »Mein lieber Bongo, schau mich an: Liebend gern würde ich dir unter die Arme greifen, aber leider lässt mein Outfit keine körperliche Arbeit zu. Für meine heutige Bekleidung habe ich zwei Riesen hingeblättert. Würde ich den Spaten schwingen, könnte ich den Anzug dem Mülleimer übergeben. Außerdem ist in unseren Stellenbeschreibungen dokumentiert, dass mein Part Strategie und Logistik ist, und du für die physischen Aktivitäten zuständig bist. Aber ich lasse dich nicht im Regen stehen und unterstütze dich als Projektleiter.« Die Schwatzbacke klopfte ihrem

Kompagnon jovial auf die Schulter. »Ich werde die Krawatte lockern und das Projekt Gartenumgestaltung mit meinem Rat unterstützen. Im Prinzip ist es strategisch gesehen gleich, ob man einen Kriminalfall löst oder ein Beet umgräbt. Kick-off, Meilensteine und Projektabschluss. Es handelt sich um ein auf einen überschaubaren Zeitraum begrenztes Unterfangen. Das kriegen wir hin.«

»Du willst dich drücken, Herr Christian Bayer, und das finde ich beschissen.« Bongo hatte das Gelaber durchaus korrekt interpretiert und mir gleichzeitig den vollständigen Namen des Schwätzers ausposaunt. Nun gut, im Moment konnte ich zwar nichts damit anfangen, aber vielleicht später.

Bayers Birne lief knallrot an, doch ehe er seinen Senf dazu abgeben konnte, fuhr ich dazwischen: »Was habt ihr mit mir vor? Steckt ihr mir gleich eine Fluppe zwischen die Zähne und macht schöne Fotos?«

Bayer grinste. »Nannen ist nicht so dumm, wie er aussieht. Vom Detektivbusiness versteht er zwar nicht die Bohne, aber Grips hat er. Vielleicht kann er später bei uns im Callcenter anfangen.« Er lachte dreckig. »Wenn er brav mitspielt.«

»Ihr könnt mich mal. Und jetzt lasst mich frei, dann vergesse ich die ganze Angelegenheit, ihr Flachpfeifen.« Allmählich schwoll mir der Kamm.

»Willst du eine qualmen, um runterzukommen?« Christian zog eine Lucky-Schachtel aus der Tasche und blickte mich auffordernd an.

»Gern.« Ich öffnete den Mund und sorgte damit für Verwunderung bei den Entführern. Bongo steckte mir ein Stäbchen zwischen die Lippen. Als Bayer eine Digitalkamera zückte, zerbiss ich den Glimmstängel und spuckte den Tabak auf den Tisch.

»Verdammt«, fluchte Bongo. »Ich dachte, er spurt. Dir ist doch klar, dass wir dich nicht laufen lassen, bevor du eine gequarzt hast.«

»Vergiss es«, zischte ich, während meine Zornesader weiter anschwoll.

Christian rieb sich nachdenklich das Kinn. »Das wird schwierig. Hast du eine Idee, Bongo?«

»Ich denke, du bist für die Strategie zuständig? Was sagt denn das Handbuch?« Es roch nach Revolte. Konnte mir nur recht sein, wenn sich die beiden in die Haare kriegten.

»Wie oft soll ich dir das noch erklären?« Christian war etwas überrascht ob der offenen Kritik seines Weggefährten. »Im Handbuch sind die Prozesse abgebildet. Durch unsere Arbeit füllen wir sie mit Leben. Jetzt ist Kreativität angesagt. Wir brauchen nur dieses verdammte Foto, dann ist der Auftrag erledigt. Streng mal deinen Kopf an. Warum soll immer nur ich für die Denkarbeit zuständig sein?«

Allmählich schien sich ein Rollentausch zu vollziehen, denn Bayer schlug mit der Faust auf den Tisch, dass es nur so krachte. Das war es dann aber auch mit dem physischen Aspekt, denn Christian verzog schmerzhaft das Gesicht und rieb sich die lädierte Hand mit einem lavendelfarbenen Seidentaschentuch.

»Was hältst du von meinem Freund Walther?« Bongo zauberte einen Revolver aus seinem Overall.

»Wenn ihr mich erschießt, kriegt ihr keinen Cent von meiner Mutter.« Ich lächelte müde. So richtig ernst nahm ich die beiden auch mit Waffe nicht. »Ist er diesmal geladen?«

»Aber sicher. Wäre das nicht extrem unangenehm, wenn Bongo dir ins Bein schießt?« Bayer steckte sich ein Hustenbonbon in den Mund.

»Das wird er nicht tun«, erklärte ich gelangweilt.

»Warum?«, fragten beide unisono.

»Meint ihr, mein Vater würde auf dem Foto nicht erkennen, dass ich mit Gewalt zum Rauchen gezwungen worden bin? Nach einem Beinschuss werde ich kaum in die Kamera strahlen, als hätte ich den Lottojackpot abgeräumt. Selbst wenn ich es wollte.«

»Er hat recht«, sagte Bongo. »Das gibt keine Kohle. Verdammt, die ganze Entführung für nichts und wieder nichts.«

»Papperlapapp!« Christian riss seinem Compadre die Knarre aus der Hand und schoss in die Luft. Eine unter der Decke deponierte gusseiserne Pfanne löste sich und verfehlte Bongo nur um Haaresbreite.

»Bist du von allen guten Geistern verlassen?«, brüllte dieser.

»Wenn du nicht rauchst und dabei wie ein Honigkuchenpferd strahlst, durchlöchere ich beim nächsten Schuss eine deiner Extremitäten«, fauchte Christian. »Ich habe nämlich keine Lust, mein Leben lang untreuen Proleten und asozialen Blaumachern hinterherzuschnüffeln.«

Der Kerl schien völlig auszuflippen.

»Komm mal runter, Cheffe.« Bongo wirkte ziemlich konsterniert. Dann blickte er mich an. »Du siehst, mein Kumpel ist zu allem entschlossen. Ich binde dir jetzt die Hände los, du steckst dir eine leckere Lucky ins Maul und paffst, bis wir ein paar schöne Fotos geschossen haben. Ansonsten kann ich für nichts garantieren.«

Bongo hatte absolut recht. Aus Bayers Augen funkelte der blanke Wahnsinn. Verliebt strich er mit dem Zeigefinger über den Mündungslauf, als würde er eine Frau streicheln. Gut möglich, dass er tatsächlich Ernst machte. Wie kam ich aus der Nummer raus?

Während ich trotz der aufgeheizten Atmosphäre versuchte, einen klaren Gedanken zu fassen, hob Christian erneut die Waffe und drückte ab. Mir platzte fast das Trommelfell, und Metallsplitter schwirrten durch die Gegend. Immerhin zielt er noch nicht auf mich. Stattdessen hatte Gary Glitter ein schönes rundes Loch im Bauch. Der blutete noch nicht mal.

»Bist du total bekloppt?« Bongo sprang zu dem Poster und versuchte, die schwere Wunde zu verarzten, jedoch ohne Erfolg. »Glitter ist der Lieblingssänger meiner Alten. Wenn die das sieht, gibt es einen Monat lang nur Pellkartoffeln mit Heringstunke.«

»Ich konnte den Kinderschänder nie leiden«, lächelte Bayer beseelt. »Der hat bekommen, was er verdient. Komm, binde Nannen endlich die Hände los. Ich bin mit genug Testosteron aufgeladen, um ihn gefügig zu machen. Das Problem muss kurzfristig gelöst werden.«

Bongo zeigte ihm die Scheibenwischergeste, folgte aber stumm.

»Stürz dich nicht ins Unglück.« Ich spielte Bongos Verbündeten, denn dies schien meine einzige Chance zu sein. »Wenn mir was passiert, gehst du mit in den Bau, und zwar für mindestens fünfzehn Jahre. Und Pellkartoffeln mit Heringstunke gilt dort als Delikatesse.«

»Quatschkopp.« Christian schlug mir mit dem Revolver auf den Hinterkopf, dass ich die Engel »Alla Turca« singen hörte. »Du rauchst jetzt mit einem glücklichen Gesicht, sonst siehst du aus wie Gary, nur etwas blutiger!« Er hüpfte auf und ab.

Bongo schien das potenzielle Lebenslänglich für weniger furchteinflößend zu halten als einen Amoklauf seines Chefs, denn er trat hinter mich und machte sich an den Fesseln zu schaffen. Da er zu dämlich oder nervös war, seine eigenen Knoten zu entwirren, stolperte er nach draußen, kam wenig später mit einer rostigen Heckenschere zurück und schnitt die Seile durch. Ich war frei, haha!

Blitzschnell spielte ich die Alternativen durch: Fliehen? Unmöglich, denn meine Beine waren immer noch festgebunden. Bongo die Heckenschere entreißen? Wenig vielversprechend.

Also rieb ich zuerst die Hände, um die Durchblutung anzuregen. Währenddessen holte Bongo eine dreckige Kaffeetasse aus dem Waschbecken und füllte sie mit Cola.

»Damit es glaubwürdiger ist«, erklärte er. »Kippe und Kaffee, sieht doch viel autistischer aus.«

»Authentisch heißt das«, gab Christian den Oberlehrer. »Weil ich über Bildung verfüge, bin ich der Chef. Fehlende Bildung ist im Übrigen auch Ihr Manko, Nannen. Wie uns Ihre Mutter erzählt hat, haben Sie sich erfolglos als Detektiv versucht. Ein solches Gewerbe benötigt strategisches Kalkül, kulturelle Kenntnisse der mannigfaltigen Ethnien und einen soliden betriebswirtschaftlichen Background.«

Da ich Zeit schinden wollte, ließ ich ihn quatschen und ermutigte ihn sogar mit einem interessierten »Aha«.

»Jawohl«, dozierte Bayer weiter. »Die moderne Detektei muss

wie ein Konzern aufgestellt sein. Vom Einkauf über Buchhaltung bis hin zur Rechnungslegung muss alles absolut professionell ablaufen. Ich leiste mir sogar den Luxus eines betriebseigenen Callcenters. Die Mitarbeiter erfassen den Fall telefonisch bis ins Detail, sodass der Detektiv nur noch die Denkarbeit verrichten muss, immer unterstützt durch genau definierte Prozessabläufe. Anders kann sich eine Detektei heutzutage nicht auf dem Markt behaupten.«

Der größenwahnsinnige Affe hörte nicht mehr auf zu quatschen, aber schließlich hatte er die Waffe und damit das Sagen.

»Sie haben ja offenbar selbst erkannt, dass das Schnüfflerbusiness eine Nummer zu groß für Sie ist, sonst würden Sie jetzt nicht als schnöder Buchhalter arbeiten. So, jetzt habe ich aber genug Ratschläge gegeben. Bongo, auf geht's!« Er deutete auf die Zigarettenschachtel auf dem Tisch.

Der Angesprochene befreite zwei Glimmstängel aus dem Päckchen und entzündete sie. Einen für sich und einen für mich. Das war es mit dem Erbe, schoss mir durch den Kopf. Hätte mir jemand vor ein paar Wochen erzählt, dass ich mit Waffengewalt zum Rauchen gezwungen werden würde, hätte ich lauthals gelacht.

Langsam näherte sich die brennende Kippe meinem Mund. Eine fette Million Euro ade. Nur noch wenige Zentimeter. Christian hatte die Waffe hinter seinen Gürtel gesteckt und sich mit der Kamera in der Küche positioniert. Fatalistisch öffnete ich die Lippen.

»Bodo? Wo steckst du?«, ließ plötzlich eine schrille Frauenstimme das dreckige Geschirr in der Spüle wackeln. Die beiden Entführer zuckten zusammen wie von der Tarantel gestochen, und Bongo ließ vor lauter Schreck sogar die Zichte fallen.

»Leck mich am Hobel, meine Frau. Was jetzt?« Bongo trampelte panisch auf der Zigarette herum. Die Lady draußen schien wirklich eine Respektsperson zu sein, denn auch Bayer wurde hektisch und steckte den Fotoapparat in eine Plastiktüte. »Wir tun so, als wäre nichts«, gab er noch schnell eine Anweisung aus. »Alles ist völlig normal.«

»Und was machen wir mit Nannen?«

Christian zuckte ärgerlich die Schultern. »Lass dir was einfallen. Schließlich hast du uns in den ganzen Schlamassel reingeritten.«

»Bodo, mein Mausezähnchen, wo steckst du?«, tönte es wieder, diesmal näher.

»Im Campingwagen«, brüllte ich, so laut ich konnte. Die Blicke der Entführer hätten mir einen heftigen Ausschlag beschert, hätte ich unter einer Hassallergie gelitten.

Die Tür wurde aufgerissen, und eine Frau um die fünfzig blickte verwundert in die illustre Runde. Die braunen Locken umrahmten ein rundes, mit Lachgrübchen durchfurchtes Gesicht. Wirkte sympathisch. Auf dem Kopf trug sie eine gelbe Kappe. Ihr Körper wurde von einem grünen Bundeswehrparka und einer blauen Arbeitshose verhüllt.

»Ich wollte dir beim Graben helfen«, sagte sie zu Bongo, »aber ihr feiert hier anscheinend eine Party mit wilden Spielchen, oder warum ist der Mann hier an den Stuhl gefesselt?«

Bayer und Bongo wirkten, als würden sie sich weit weg wünschen.

»Gisela, ich kann dir alles erklären.«

»Was ist das denn?« Gisela hatte das lädierte Glitter-Poster entdeckt. »Ich besitze dieses Poster seit 1974. Da ist nie was drangekommen. Wie konnte das passieren?«

Panisch stürzte sie zur Wand und streichelte Garys Bauch.

»Ich muss los. Bongo, du regelst das schon, bis morgen.« Christian wollte sich davonstehlen.

»Hiergeblieben! Bevor ich keine Erklärung erhalten habe, verlässt niemand den Wohnwagen.« Sehr energisch, die Gisela.

Da die beiden Vollpfosten nur betreten auf den Boden starrten, musste ich ran. »Es ist ganz einfach: Mein Vater ist unheilbar an Krebs erkrankt und hat mir das Versprechen abgenommen, mit dem Rauchen aufzuhören.« Theatralisch ließ ich meine Stimme ein wenig zittern und wischte mir mit dem Handrücken über die Augen. »Aus lauter Dankbarkeit hat er mir spontan einen höheren Anteil am Erbe versprochen, was jedoch eine andere Person vergrätzt hat. Diese Person hat Bodo und Christian beauftragt, mich beim Rauchen zu fotografieren, damit mein Vater seine Entscheidung revidiert. Und genau deswegen sitze ich jetzt hier gefesselt auf dem Stuhl. Das Poster hat übrigens Herr Bayer zerstört.«

»Stimmt es, was der Mann sagt?« Strengen Blickes trat sie auf ihren Mann zu.

»Er lügt wie gedruckt«, schaltete Christian sich ein. »Herr Nannen ist ein polizeilich gesuchter Schwerverbrecher, den wir befragen müssen. Er ist hochgefährlich. Uns ist es gelungen, ihn zu überwältigen, nachdem er hier rumgeballert hat. Mein tief empfundenes Beileid, Frau Dicks, aber ich verspreche Ihnen, dass ich ein neues Bild beschaffen werde.«

»Blödsinn.« Ich hatte meine Coolness wiedererlangt. »Rufen Sie bitte die Polizei an. Die wird bestätigen, dass ich nicht gesucht werde. Im Übrigen machen Sie sich gerade zur Komplizin einer Entführung. Fünf Jahre Gefängnis sind da das Minimum.«

»Die herausragende Eigenschaft eines Schwerverbrechers ist sein flexibler Umgang mit der Realität«, versuchte Bayer zu retten, was nicht mehr zu retten war. »Glauben Sie diesem üblen Subjekt keine Silbe. Wenn der guten Morgen sagt, würde ich nachschauen, ob es nicht Nacht ist.«

»Mausezähnchen, welche Verbrechen hat dieser Mann begangen?« Christian hatte zumindest Verwirrung gestiftet.

»Schwere, meine liebe Frau Dicks.« Bayer ließ seinen Adjutanten zu keiner Antwort kommen. »Wir wollen Sie nicht mit langweiligen juristischen Paragrafen aus dem Dickicht des Strafgesetzbuches langweilen, aber ich schwöre: Dieser Nannen ist schuldiger als Gomorrha.«

»Verdammt noch mal! Es hat doch alles keinen Sinn mehr, Christian. Ich kann meine Frau nicht anlügen. Nannen hat recht. Wir haben ihn entführt, um ihn mit Zigarette abzulichten. Früher oder später hätte er sowieso wieder gequalmt. Einmal Raucher, immer Raucher. Und mit unserem Bonus können wir endlich den Wohnwagen renovieren, wie du es dir schon immer gewünscht hast.«

»Blödmann«, zeterte Christian los. »Du bist zu blöde, einfachste Fälle abzuarbeiten. Dabei habe ich dir diverse Fluss-, Torten- und Organigramme zur Verfügung gestellt. Du bist eine komplette Enttäuschung.«

Ehe wir wussten, was geschah, hatte Gisela zwei kräftige Ohrfeigen verteilt; ich war nicht unter den Empfängern.

»Bodo Dicks, bist du von allen guten Geistern verlassen? Ich bin zwar keine Juristin, aber ich weiß, dass Entführung kein Kavaliersdelikt ist, und ich habe wenig Lust, dich im Gefängnis zu besuchen. Ihr lasst den armen Mann sofort frei.«

Entschuldigungen murmelnd, machte Bongo sich daran, meine Fußfesseln zu lösen.

»Wenn du ihn ohne Foto laufen lässt, bist du entlassen!«, brüllte Christian, doch Bongo hatte seine Entscheidung getroffen.

»Meine Frau ist mir wichtiger als der Job. Hätte vielleicht doch lieber bei Gas-Wasser-Installationen bleiben sollen.«

Scheint sich alles in Wohlgefallen aufzulösen, dachte ich, doch da hatte ich die Rechnung ohne Bayer gemacht. Dieser hatte nämlich wieder die Waffe gezogen.

»Bind ihn sofort wieder fest.« Diesmal zielte er jedoch nicht auf mich, sondern auf seinen Kompagnon. »Wenn du keinen Arsch in der Hose hast, ist das dein Problem. Ich werde jedenfalls nicht auf das stattliche Honorar verzichten.«

»Lass den Scheiß.« Bongo kauerte wie paralysiert zu meinen Füßen. Falls ich versuchte, den Wahnsinnigen zu entwaffnen, würde es Tote geben.

»Meinst du, ich spaße, Loser?« Christian ballerte Glitters Gesicht weg.

Ein großer Fehler, wie sich herausstellen sollte, denn während Bayer mit Genugtuung das Werk seiner Zerstörung betrachtete, hatte Gisela sich hinter seinem Rücken die gusseiserne Pfanne geschnappt.

»Wenn nicht sofort Nannens –« Er durfte den Satz noch beginnen, dann knallte das harte Ungetüm auf seinen Hinterkopf und er bewusstlos auf den Boden.

»Merci«, bedankte ich mich in der Sprache der Liebe, »das war Rettung in letzter Sekunde. Sie haben was gut bei mir.«

Gisela ließ sich auf einen Stuhl fallen, atmete tief durch und steckte sich eine Lucky an. »Da gäbe es etwas, was Sie für mich tun könnten.« Als sie ihre zitternden Hände bemerkte, fügte sie schnell ein »Entschuldigung, aber ich bin es nicht gewohnt, Leute k. o. zu schlagen« hinzu.

»Kein Problem.« Ich erhob mich und schüttelte meine Beine aus. »Schießen Sie los.«

»Halten Sie bitte meinen Mann aus der Angelegenheit raus. Er ist kein übler Kerl. Leider lässt er sich leicht zu Blödsinn verleiten.«

»Gebongt.« Ich musste nicht lange überlegen, zumal mir Gisela sympathisch war. »Wir werden Bayer der Polizei übergeben, denn dieser Psychopath gehört weggesperrt. Wir denken uns eine nette Geschichte aus, mit der allen gedient ist.«

Gesagt, getan, und nur wenige Minuten später hatten wir die Polizei alarmiert und Christian fachgerecht verschnürt. Letzteres hatte Gisela übernommen, die dabei nicht gerade zimperlich vorgegangen war. »Rache für Gary«, murmelte sie gebetsmühlenartig. Bayer war das eh egal, denn er schlummerte noch immer tief und fest. Endlich traf auch die Polente ein, in Form von Reichert und Müller.

»Das gibt es doch nicht.« Ludgers Neuronen explodierten vor Wiedersehensfreude, als er seinen Lieblingsdetektiv erkannte.

»Papa!« Ich hatte meine gute Laune längst wiedergefunden. »Stell dir vor, ich bin entführt worden, um mich um mein Erbe zu bringen. Und Mama ist die Drahtzieherin.«

»Erzählen Sie keinen Stuss. Wer ist der gefesselte Mann?«

Erst durfte Sohnemann, dann die Dicks berichten. Unsere Versionen wichen nicht ein Jota voneinander ab, schließlich hatten wir bis zum Eintreffen der beiden Ordnungshüter genug Zeit gehabt, sie einzuüben.

»Was sagen Sie zu den Vorwürfen?«, herrschte Reichert den mittlerweile wieder unter die Lebenden zurückgekehrten Christian an.

»Ohne meinen Anwalt nur so viel: Die Anschuldigungen sind völlig aus der Luft gegriffen.«

Reichert überlegte kurz, dann traf er seine Entscheidung. »Ich nehme Herrn Bayer in Untersuchungshaft. Sie drei kommen morgen früh ins Präsidium und geben Ihre Aussagen zu Protokoll.« Und dann, an mich gerichtet: »Die Beteiligung Ihrer Mutter an diesem Komplott entspringt Ihrer Phantasie, Nannen. Isolde hat mich gewarnt, dass Sie mir Räuberpistolen auftischen würden, um sie zu diskreditieren. Ich finde Ihr Verhalten einfach nur traurig. Blutsverwandte sollten immer zusammenhalten, insbesondere, da Ihr Vater im Sterben liegt. Sie sollten sich schämen.«

Wie hieß es so schön? Liebe macht blind. Irgendwann würde der Dorfsheriff schon merken, was Mutter für ein Früchtchen war.

»Kann ich Sie kurz sprechen?« Mir war noch etwas eingefallen.

»Wir reden doch, auch wenn Sie nichts Produktives beisteuern.«

»Unter vier Augen.«

Während Ehepaar Dicks die Küche aufräumte und Müller dem zeternden Christian Handschellen anlegte, marschierten Ludger und ich nach draußen. Wurde auch Zeit, aus diesem muffigen Wagen herauszukommen.

»Wo befinden wir uns eigentlich?« Das Gelände kam mir gänzlich unbekannt vor. Dazu musste aber gesagt werden, dass ich Zeltplätze mied wie der Teufel das Weihwasser.

»Sie ticken nicht sauber. Um das zu erfahren, wollten Sie mich unter vier Augen sprechen?«, fuhr er mich an, riss sich dann aber zusammen. »Bei diesem wunderschönen Fleckchen Erde handelt es sich um den Campingplatz Tannengrün in Coesfeld-Lette. Haben Sie weitere brisante Fragen, oder darf ich jetzt weiter?«

»Kannten Sie Erika Rexforth?«, schoss ich unbeirrt meine eigentliche Frage ab. Wenn man vor nicht allzu langer Zeit direkt in den Lauf einer geladenen Knarre geblickt hat, ist man immun gegen spöttische Bemerkungen.

»Günters erste Frau? Wieso?«

»Ich bin ab und zu über ihren Namen gestolpert. Ich scheine auf dem Hagenhof so etwas wie der Kummeronkel zu sein. Obwohl ich nur die Bücher führe, will mir jeder sein Herz ausschütten.« Ich wollte keinen Zweifel daran aufkommen lassen, dass ich nicht mehr herumschnüffelte. »Also, kannten Sie sie?«

»Wie man sich halt kennt. Ich habe sie sonntags in der Kirche getroffen, man hat sich gegrüßt, nicht mehr und nicht weniger. War schon tragisch. Von Pferden totgetrampelt.«

»Wurde ihr Tod damals genauer untersucht? Immerhin hat die Frau Pferde geliebt, ist jeden Tag ausgeritten, kannte also ihre Lieblinge aus dem Effeff.«

»Es sprach nichts gegen einen Unfall, und auch die Familie hat keinen Verdacht geäußert, dass irgendwas nicht mit rechten Dingen zugegangen sein könnte. Solche Unglücke passieren einfach.«

»Hat die Polizei nicht ermittelt?«

»Wir haben den Unfallhergang korrekt aufgenommen, ein paar Fragen gestellt, und das war es. Es gab keinerlei Anlass, an der Unfallgeschichte zu zweifeln, zumal die Rexforths seit Jahrhunderten einen tadellosen Ruf in Dülmen genießen. Außerdem finde ich, dass es unfein ist, derartige Fragen über die Person zu stellen, in dessen Lohn und Brot man steht.«

»Und es hat Sie nie gewundert, dass er nur ein Jahr später Emily geheiratet hat?«

»Nannen. Kein Mensch kann bestimmen, wo und wie schnell er sich verliebt. Wer hält sich denn heute noch an eine Etikette, die unsere Ahnen aufgestellt haben? Sie als Ruhrpöttler mögen uns für rückständig halten, aber so konservativ sind selbst wir nicht. Warum stellen Sie mir eigentlich so viele Fragen? Fummeln Sie etwa wieder als Detektiv herum?«

»Natürlich nicht, ich bin Buchhalter. Hat mich nur interessiert, weil mich Hans und Franz deswegen ansprechen. Ich wollte ein professionelles Urteil über den Fall hören.«

»Fall? Was soll das? Es gibt keinen Fall Erika Rexforth.«

Reichert bereute wahrscheinlich, sich auf dieses Gespräch eingelassen zu haben.

»Danke trotzdem für die Informationen. Sehen wir uns nachher zu Hause, Papa?«

Ludger verdrehte nur die Augen und verschwand ohne ein Abschiedswort in seiner Blechbüchse. Ich verzichtete auf eine Verfolgung und orderte ein Taxi.

Der Bauernversteher

Sowohl Adri als auch Tobias hatten mich mit der Nase auf die Erika-Geschichte gestoßen. Es musste mit dem Teufel zugehen, wenn das Attentat auf Günter und Gregors Ermordung nichts damit zu tun hatten. Doch was nun?

Ich ließ mich vom Taxifahrer am Rummelplatz rausschmeißen und enterte das spritfressende Ungeheuer. Mein nächstes Ziel war mal wieder eine Tanke, denn die Nadel der Benzinanzeige kam einfach nicht mehr hoch.

»Sie fahren ja ein famoses Schätzchen«, sagte der Tankstellenbesitzer respektvoll, während ein paar große Scheine in seine monströse Kasse wanderten. »Oldtimer haben einfach mehr Klasse als alles, was heute so vom Fließband rollt. Und von all den alten Autos liebe ich den Capri am meisten, und wissen Sie auch, warum?«

Obwohl es nichts auf der Welt gab, das mich weniger interessierte, sagte ich: »Nein, warum denn?«

»Meine Eltern haben mich in einem Ford Capri gezeugt, das verbindet. Und der Hammer ist: Er hatte genau die gleiche Farbe wie Ihrer.«

»Ist auch wirklich ein großartiges Auto.« Ich witterte Morgenluft in Bezug auf meine künftige Motorisierung. »Mal unter uns: Ich habe dieses edle Teil von meiner Tante aus Amerika geschenkt bekommen. Leider ist der Capri für meinen Beruf nicht so ganz geeignet …«

Bedeutungsschwangere Pause.

»Ich bin nämlich Privatdetektiv, und bei Beschattungen ist ein so auffälliges Auto natürlich eher hinderlich.«

»Sie kamen mir gleich so bekannt vor. Sie sind Dieter Nannen, der den Mord an diesem Fußballer aufgeklärt hat, richtig? Starke Leistung.«

»Um auf den Capri zurückzukommen: Obwohl er für Observierungen absolut untauglich ist, habe ich es bisher nicht übers Herz gebracht, ihn zu verkaufen. Ich wollte einfach nicht, dass er in falsche Hände gerät«, bereitete ich den nächsten großen Coup vor. Wäre doch gelacht, wenn ich die Benzinschleuder nicht loswerden würde. In Anbetracht der leuchtenden Augen meines Gegenübers durfte das nicht allzu lange dauern.

»Ich hätte schon Interesse, das können Sie mir glauben, aber wahrscheinlich kann ich den sowieso nicht bezahlen. Was würde er denn kosten?«

»Wenn Sie eine solche Verbindung zu dem Auto verspüren, lasse ich mit mir reden. Was können Sie denn dafür geben?«, spielte ich den Ball gekonnt zurück.

»Fünftausend.« Er raufte seine roten Locken.

Ich schluckte. »Mhm.«

»Und ein halbes Jahr lang freies Tanken an meiner Tankstelle, natürlich nur im normalen Umfang.«

»Mhm.«

»Okay, ein ganzes Jahr. Mehr geht nicht«, legte er noch einen drauf, obwohl das nicht nötig gewesen wäre. Die fünf Riesen reichten allemal für einen vernünftigen Gebrauchtwagen, der weniger als dreißig Liter verbrauchte.

»Einverstanden.«

»Ich muss nur noch mit meiner Freundin drüber sprechen, denn unser Karibikurlaub dürfte dann dieses Jahr ins Wasser fallen. Aber so eine Gelegenheit bekomme ich nie wieder.«

Innerlich frohlockend, gab ich ihm meine Handynummer. Als Zeichen des guten Willens nahm er die heutige Spritrechnung auf seine Kappe. Es ging aufwärts.

Innerhalb einer Viertelstunde hatte ich den Hagenhof erreicht. Nun stand eine unangenehme Aufgabe an: Um der Lösung des Falls näher zu kommen, war es unvermeidlich, Günni mit meinen Vermutungen bezüglich Erikas Tods zu konfrontieren. Doch wer beschuldigte seinen Brötchengeber gern als Mörder? Eine denkbar schlechte Karrierestrategie. Was würde aus meinem Job werden? Vom Honorar ganz zu schweigen. Wenn ich Pech hatte, stand ich bald ohne Arbeit und Erbe da. Ich musste diplomatischer vorgehen als Westerwelle, was aber kein Kunststück sein sollte.

Bärchen fand ich zusammen mit Grabowski im Wohnzimmer. Die Abendsonne schien durchs offene Fenster, und die Vögel zwitscherten ein Loblied auf Gottes Schöpfung. Wollten wir mal hoffen, dass die Idylle nicht trog.

Während der Bauer einen Stapel Papiere unterzeichnete, grinste Peter, als hätte er einen Sechser im Lotto erwischt.

»Jetzt nur noch diese Seite unterschreiben, dass du von deinem kompetenten Vermögensberater über alle Gefahren unterrichtet worden bist.«

Günter blickte auf und schob seine Brille nach vorn. »Ich denke, bei diesen Hedgefonds gibt es keine Risiken? Und die liberianischen Anleihen sind doch sicherer als Fort Knox, hast du gesagt.«

Grabowski winkte ab. »Gibt es auch nicht. Reine Schikane vom Staat, um uns das Geschäft zu versauen. Die wollen überall mitkassieren und verlangen von uns eine Zulage. Totaler Schwachsinn«, faselte er.

Günter konnte er überzeugen. Auch diese Seite wurde unterschrieben, trotz der löchrigen Argumentationskette.

»Kann ich dich unter vier Augen sprechen, Günter?«, bat ich Rexforth.

»Was gibt es denn? Ich muss Emily gleich zur Gymnastik bringen.«

»Dauert nicht lange, ist aber wichtig.«

Peter merkte, dass er überflüssig war. »Dann geh ich mal in mein Zimmer und maile die Verträge rüber«, und in meine Richtung: »Hast du Lust, danach ein Bierchen zu kippen?« Grabowskis Vorsätze schienen nicht lange vorzuhalten, zumindest was alkoholische Getränke anging. »Einen halben Kilometer die Hauptstraße entlang habe ich eine ansprechende Kneipe gesehen, ›Zum Schwatten Jans‹ oder so ähnlich. Ich lad dich ein; so ein Geschäftsabschluss muss schließlich gebührend gefeiert werden.«

»Ich weiß nicht, wie lange ich noch zu tun habe, werde aber auf jeden Fall nachkommen.« Ich verspürte tatsächlich so etwas wie Bierdurst. Wenn es bei diesem ›Schwatten Jans‹ einen Billardtisch oder eine Dartscheibe gab, konnte es sogar ein richtig lustiger Abend werden.

Mit sich und der Welt im Reinen, packte Gurkennase seine Utensilien zusammen und schwebte aus dem Raum.

»Der Peter hat es drauf. Mit seinem Konzept spare ich über vierzig Prozent Steuern per annum. Man muss sehen, wo man bleibt, sonst zieht dir der Staat das letzte Hemd aus.«

Im Grundsatz mochte er recht haben, ob allerdings eine Investition bei Peters Verbrecherladen die Lösung für Günters Steuerprobleme war, bezweifelte ich.

»Peddo ist ein Guter.« Günter füllte Schnaps in Pinnchen. »Wenn ich nicht schon drei Kinder hätte, würde ich den glatt adoptieren. Der denkt mit, der gestaltet. Kommst du morgen zu Gregors Beerdigung? Mittlerweile gehörst du ja auch irgendwie zur Familie.«

»Geht klar«, sagte ich nur. Ob ich zum Rexforth-Clan gehören wollte, diskutierte ich lieber nicht.

Wir schluckten unsere Getränke, und ein wohliges Brennen machte sich breit. Die Sonne begab sich gemächlich hinter dem weiten Horizont zur Ruhe. Zeit für ein ernstes Gespräch.

»Du hast mich beauftragt, den Attentäter aufzuspüren. Je länger ich ermittle, desto stärker habe ich den Eindruck, dass der Grund für die Gewalttaten in der Vergangenheit liegt.«

»Hast du eine heiße Spur?«

»Die Leuten erzählen einiges, deine Familie redet. Ich denke, es geht um den Tod deiner ersten Frau«, ließ ich die Katze aus dem Sack.

»Da gibt es nichts zu reden. Ein tragischer Unfall. Punkt!« Rexforths Miene hatte sich schlagartig versteinert.

»Darüber gehen die Meinungen auseinander. Ist schon seltsam, dass ausgerechnet eine Pferdenärrin zu Tode getrampelt wird. Das sorgt für Gerede.«

»Roy Horn versteht auch was von Tigern. Trotzdem wurde er

angefallen. Was stört mich das Gequatsche im Dorf? Du glaubst doch nicht im Ernst, dass ich etwas damit zu tun habe? Ich habe meine Frau geliebt.« Er setzte die Schnapsflasche an den Mund und nahm einen tiefen Schluck.

»Ich will nicht wie ein Pius-Bruder klingen, aber nicht mal ein Jahr später hast du Emily geheiratet.«

Günter sprang auf und lief aufgeregt durch den Raum. »Mein lieber Dieter, auch im Münsterland leben wir nicht mehr auf den Bäumen. Der Hof musste schließlich versorgt werden. Ich brauchte eine Frau an meiner Seite. Es war ein Glücksfall, dass ich Emmi getroffen habe. Das akzeptiert hier jeder.«

Ich glaubte ihm kein Wort. In seinen aufs Schiffsbodenparkett gerichteten Augen stand die nackte Angst.

»Mich kannst du vielleicht überzeugen. Aber ob der Killer an deine Unschuld glaubt, steht auf einem anderen Blatt.«

»Es gibt keine Beweise, und im Zweifelsfall gilt die Unschuldsvermutung. Und ich bin nicht mal angeklagt. Gib doch nichts auf das Dorfgewäsch. Wer glaubt denn, dass ich etwas mit Erikas Tod zu tun habe?« Er baute sich vor dem Fenster auf und starrte nach draußen.

Ich hatte nicht erwartet, dass er zusammenbrechen und seine Schuld gestehen würde, aber ein Unschuldiger verhielt sich anders.

»Alle deine Kinder«, behauptete ich, obwohl ich keinen blassen Schimmer hatte.

Bär drehte sich um. »Willst du damit sagen, ich kann niemandem trauen? Vielleicht sollte ich wegfahren, bis du das Arschloch gefunden hast. Selbst wenn ich bei Erikas Tod meine Finger im Spiel gehabt hätte, wäre das allein meine Sache. Ich musste schließlich mit der Frau leben, niemand anders.«

Eine krude Logik. Oder ein Geständnis?

Ein Knall ertönte.

Rexforths Gesicht verzerrte sich vor Schmerz, er riss die Augen auf und wankte.

»Günter!« Ich stürzte zu ihm. Sein weißes Hemd färbte sich rot.

»Ich habe es nicht anders verdient«, nuschelte er, bevor er auf den Boden schlug.

Rasch kontrollierte ich seinen Puls. Keine Regung. Da hatte das Jüngste Gericht sein Urteil gefällt. Vorsichtig blickte ich aus dem Fenster. Da es mittlerweile dunkel war, konnte ich nichts erkennen. Nur verschiedene Nuancen von Schwarz.

Mit gebotener Vorsicht schlüpfte ich durch den Hinterausgang, schlich ums Gebäude herum und spähte um die Ecke. Und tatsächlich: In der Hofmitte am Brunnen konnte ich eine Person ausmachen. Leider schlummerte meine Waffe zu Hause in der Schublade.

»Gib auf, das Spiel ist aus«, rief ich mit kräftiger Stimme. »Ich bin bewaffnet, und die Polizei ist schon unterwegs.«

Keine Antwort. Ein hartnäckiger Gegner, dachte ich. Die Person stand noch immer wie versteinert am Fleck. Sie hielt etwas in der Hand. Eine Waffe? Es musste das Adrenalin gewesen sein: Todesmutig sprintete ich zu dem Schützen. Ein gebrochener Mensch, dem die Tränen die Wangen herunterliefen: Lisa!

»Warum, Lisa, warum?«, schrie ich. Erst in diesem Moment sah ich, dass die Bauerntochter keine Waffe, sondern einen dunklen Heftordner in der Hand hielt. Da hatten mir Stresshormone und Dunkelheit einen üblen Streich gespielt.

»Was ist passiert, Dieter?«, fragte sie mit vor Angst geweiteten Augen.

Ich holte ein Taschentuch aus der Hose und wischte die Tränen ab. Dann nahm ich die regungslose Lisa in den Arm.

»Du musst jetzt stark sein. Dein Vater wurde gerade erschossen.«

Sie riss den Mund auf, aber kein Laut kam über ihre Lippen. Dann zerfetzte der nächste Schuss die Stille. Lisa stolperte, und wir fielen auf das harte Pflaster. Meine Kleidung troff vor Blut. Ich befreite mich und prüfte ihren Puls. Tot.

Ich blickte in die Finsternis. Nichts zu hören. Doch halt.

Eine Gestalt mit einer Waffe in der Hand wankte aus Richtung des Schweinestalles auf mich zu. An Flucht war nicht zu denken. Ich bot eine ideale Zielscheibe. Etwa fünf Meter vor mir blieb sie stehen. Voller Entsetzen musste ich mit ansehen, wie sich der Finger erneut um den Abzug krümmte.

Die Detonation zerfetzte mein Trommelfell, dann wurde mir schwarz vor Augen.

Der Hof wimmelte nur so von Bullen. Die Krankenwagen waren schon wieder weg, nicht jedoch der süßliche Geruch des Todes.

»Zwei Leichen, Nannen, zwei verdammte Leichen«, herrschte Reichert mich an. »Und Sie wollen mir weismachen, dass Sie hier nur als Buchhalter tätig sind und keine Ahnung haben, was passiert ist?«

»Das habe ich nicht behauptet, Herr Polizist.« Ich hatte die grausigen Geschehnisse immer noch nicht verarbeitet. »Ich habe mich mit Günter über Erika unterhalten, als er von draußen erschossen worden ist. Für ihn kam jede Hilfe zu spät. Ich bin sofort raus und habe Lisa am Brunnen entdeckt. Ich dachte, sie hätte eine Waffe in der Hand. War aber ein Irrtum.«

»Okay, und weiter?«, unterbrach er mich, um mich zum Weiterreden aufzufordern.

»Gerade als ich Lisa erzählte, dass ihr Vater gestorben ist, fiel der nächste Schuss. Sie sackte zusammen und war sofort tot.«

»Direkt ins Herz.« Ludger konnte einfach nicht seine Klappe halten.

»Korrekt. War gelinde gesagt eine beschissene Situation, als Emily mit gezückter Pistole auf mich zugekommen ist.«

Jawohl, Emily!

»Ich hatte schon mit dem Leben abgeschlossen, als sie die Knarre auf mich richtete. Aber dann ließ sie plötzlich die Waffe fallen und genehmigte sich eine Ohnmacht.« Mir lief immer noch ein kalter Schauer den Rücken hinunter, wenn ich daran dachte.

»Wollte Frau Rexforth Sie erschießen?«

»Was weiß ich? Fragen Sie sie doch selbst.«

»Das bedeutet, Emily hat sowohl ihren Mann als auch Lisa als auch den Pferdeknecht Gregor Hauser umgebracht und das Gleiche auch mit Adri Hues versucht?«

»Sieht ganz danach aus.« Ich wusste es besser, aber im Moment hielt ich dies für die eleganteste Lösung. »Ich will keine schmutzige Wäsche waschen, aber ich vermute, dass Emily sich den Hof unter den Nagel reißen will, um ihn dann zu verkaufen. Sie träumt nämlich immer noch von der großen Schauspielkarriere. Aber wie bereits erwähnt: Ich arbeite hier als Buchhalter und nicht als Privatdetektiv, sonst hätte ich das Ganze vielleicht sogar verhindern können.«

»Hauen Sie bloß nicht so auf die Kacke!« Der Dorfpolizist schien mir meine Story abzukaufen. »Wer war denn außer Ihnen und meinem Freund Peter noch auf dem Hof, als das Blutbad angerichtet wurde?«

Gurkennase hatte von der Schießerei nichts mitbekommen, da er während der Vertragsmailerei seinen von einem russischen Laster gefallenen iPod angeworfen und seine Lauscher mit Silbermond durchgespült hatte. Da er im Gegensatz zu mir einen guten Draht zu Reichert besaß, brauchte er nur eine zehnsekündliche Aussage machen und durfte dann wie geplant zum »Schwatten Jans« jetten. Wie ich ihn beneidete.

»Die Gäste sind alle längst abgereist, und Stefan Jahnknecht ist schon zu Hause. Die weiteren männlichen Familienmitglieder, also Jürgen und Johannes, habe ich nicht gesehen. Es hat den Anschein, als seien Grabowski und ich die einzigen Zeugen.«

Während Emily in einem Krankenwagen mit Polizeibegleitung in Richtung Krankenhaus startete, sauste Johannes' Volvo auf den Hof. Als er aus dem Wagen kletterte, blickte er etwas irritiert aus der Wäsche. Hier war mehr Staatsmachtpräsenz als beim Kaffeeklatsch der Hells Angels mit den Bandidos.

»Was ist los?« Er marschierte direkt auf die einzigen beiden Gesichter zu, die er kannte.

»Ich muss Ihnen eine sehr betrübliche Mitteilung machen«, stotterte Reichert unbeholfen und berichtete in kurzen Worten von den Vorfällen. Dann musste wieder ein Krankenwagen gerufen werden, denn Johannes hatte sich erdreistet, seiner Stiefmutter ins Reich der Träume zu folgen. Nun gut, zwei

Familienmitglieder auf einen Schlag zu verlieren, war kein Pappenstiel.

Als die Ambulanz mit Blaulicht eintraf, war der Stammhalter aber wieder bei Bewusstsein, Wacholder sei Dank. So durften die Sanitäter nach einem kurzen Check wieder die Biege machen.

»Das kann nicht sein, doch nicht Emily. Die ist zwar etwas seltsam, aber für eine Mörderin hätte ich sie nie gehalten«, stammelte Johannes, wobei ihm die Tränen in Sturzbächen die Wangen hinunterliefen. Recht hatte er, und so durfte er sogar eines meiner Papiertaschentücher benutzen.

»Wäre ich nicht weg gewesen, würden Lisa und Papa vielleicht noch leben …« Seufzend ließ er sich auf den Brunnenrand fallen.

»Wo sind Sie denn gewesen?« Reichert stellte die Frage, die auch mich interessierte.

Johannes schnappte sich einen Spatenstiel, der an den Brunnen gelehnt war, und zeichnete Hieroglyphen auf den Boden. »Ich habe Zäune ausgebessert an der Nordweide. Irgendwelche Hirnis haben dort Löcher reingeschnitten. Wenn ich die erwische!«

»Allein in der Nacht?«

»Was soll das? Natürlich allein, oder sehen Sie hier Horden von Mitarbeitern rumspringen, aus denen ich auswählen kann? Und tagsüber hatte ich keine Zeit. Mit einer Laterne klappt das schon.«

»Alte Polizistenkrankheit«, entschuldigte sich Reichert, denn der Fall war für ihn geklärt.

»Weißt du, wo Jürgen ist?« Ich ließ mich neben Johannes nieder. »Ich habe einen guten Draht zu ihm und würde ihm die schrecklichen Geschehnisse gern persönlich mitteilen.«

»Der hockt bestimmt wieder in seinem Studio und bastelt an irgendwelchen Songs, der große Star.«

»Wir machen das, Nannen«, schaltete sich mein künftiger Schwiegervater ein. Es folgten noch einige Routinefragen und die Abnahme des Versprechens, morgen auf der Wache zu erscheinen, dann durfte ich endlich Grabowskis Verfolgung aufnehmen.

Der Parkplatz vor dem »Schwatten Jans« war fast autofreie Zone. Ich hatte den halben Kilometer per pedes zurückgelegt und währenddessen versucht, Karin telefonisch zu erreichen, jedoch erfolglos. Also erhielt sie nur eine Kurzmitteilung, dass ich heute auf dem Hagenhof übernachten würde.

Trotz der schwachen Parkplatzfrequentierung war die Gaststätte knüppelvoll. Nachdem ich mich durch eine Traube folkloristisch gekleideter Thekenturner geboxt hatte, fand ich Gurkennase im Hinterzimmer. Er saß an einem klobigen Eichentisch, vor ihm ein Laptop, hinter und neben ihm debil grinsende Männer mit roten Wangen. Dass ich das noch erleben durfte: Peter saß in einer Kneipe, war fast nüchtern und führte ernsthafte Gespräche über Zinsstaffeln und Deckungsbeiträge.

»Komm rüber, Dieter!«

»Ist das ein UMTS-Stick an deiner Kiste?«

»Klar, was denn sonst?« Er schaute triumphierend in die rotgesichtige Runde.

»Darf ich mal kurz meine Mails checken?«

»Siehst du nicht, dass ich hier mitten in einer wichtigen Beratung stecke?«, regte Gurkennase sich künstlich auf.

»Es ist wichtig.«

»Okay, zwei Minuten, weil du es bist.«

Peter speicherte seine Dateien ab, dann verzog ich mich mit dem Kasten in eine Ecke und rief meinen Account auf. Die Geburtstagseinladung von Gerd Klatt, dem Besitzer meiner früheren Essener Stammkneipe »ChaCha«, überflog ich nur kurz, dann fand ich, worauf ich schon lange gewartet hatte. Ungeheuerlich, aber logisch, was ich dort zu lesen bekam.

Ich loggte mich wieder aus, gab Peter den Laptop zurück und verschickte eine SMS.

»Danke, du findest mich am Tresen.« Ich ließ Grabowski wieder seine Arbeit machen und erkämpfte mir einen Platz an der Zapfanlage. Zur Verarbeitung der Mail benötigte ich drei Pils. Als die vierte Gerstenkaltschale hingestellt wurde, entdeckte ich fünf Hocker weiter ein bekanntes Gesicht. Schnell das kühle Blonde im Körper verstaut, dann hieß es aufstehen.

»So sieht man sich wieder.« Ich klopfte Tobias Hardt auf die Schulter.

»Hi, Dieter, was treibt dich hierher?« Er war genauso überrascht über meine Anwesenheit wie ich über seine.

»Lass uns draußen reden.«

Als Tobias meine Mimik registrierte, kam er ohne Zögern mit ins Freie. Vor einem Dickicht, das zum letzten Mal während des Hundertjährigen Kriegs gepflegt worden sein musste, ließen wir uns auf einer Holzbank nieder, mit dem Rücken zur Kneipe.

Um den geneigten Leser nicht zu langweilen, kürze ich meine Aussagen und Hardts Reaktionen ab:

Günter tot – Freude.

Lisa tot – Entsetzen, Schock, Trauer, Wut, Verzweiflung, Lethargie.

»Ich hol uns was zu trinken.« Wir konnten beide einen Schluck vertragen. Hardt kam mir um zwanzig Jahre gealtert vor, als er sich in Bewegung setzte.

Du bist aber schnell mit den Drinks, dachte ich, als ich es hinter mir knacken hörte. Dann gab es einen Schlag auf die Rübe.

Johannes der Täufer

»Ich Idiot!«, verfluchte ich mich innerlich, als ich aus der Ohnmacht erwachte und mich in einem Kellerraum wiederfand. Die nackte Glühbirne an der Decke beleuchtete einen an einen Stuhl gefesselten, hirnamputierten Privatschnüffler sowie ein hölzernes Wandregal, vollgestopft mit Mülltüten, Umzugskartons und anderem Krimskrams. Just als ich in der Ecke eine Werkzeugkiste ausmachte und Hoffnung in mir aufkeimte, vernahm ich Schritte auf der Treppe. Die Kellertür öffnete sich und voilà:

Der Mörder stand vor mir!

Jedoch nicht lange, denn er schob sich eine Holzkiste zurecht und ließ sich darauf nieder.

»Wer weiß noch davon, dass ich es war?«, legte er los.

Ich zuckte müde mit den Schultern.

»Wie bist du auf mich gekommen?«, bohrte der Killer weiter. Er machte nicht den frischesten Eindruck. Die Frisur war völlig zerzaust, die Alkoholfahne verschlug mir den Atem, und die Augen waren blutunterlaufen.

»Wenn man sich mit dem Teufel einlässt, nimmt die Seele Schaden«, driftete ich ins Philosophische ab. »Lisas Tod ist allein deine Schuld.«

»Halt's Maul, siehst du nicht, wie ich leide?«

»Mein Mitleid hält sich in Grenzen.« Ich suchte fieberhaft nach einer Lösung für meine Misere. Utopisch zu glauben, dass der Knabe mich laufen lassen würde, insbesondere, da er eine Pistole aus der Jacke zog. Also weiterreden und Zeit gewinnen.

»Mir war ziemlich schnell klar, dass der Killer vom Hagenhof sein musste, insbesondere als ich vom angeblichen Unfall deiner Mutter erfahren habe.«

Johannes schaute mich kalt an. »Mein Vater hat den Tod verdient. Das Schwein hat Mama kaltblütig umgelegt, um diese Fotze zu heiraten. Und dieser missratene Pferdeknecht hat ihm dabei geholfen.« Jetzt auch noch Tränen.

»Hör auf zu flennen, du bist doch keinen Deut besser. Guck dir doch mal an, wohin dein Rachefeldzug geführt hat.«

Habe ich gerade »Johannes« gesagt? Ich war doch etwas durcheinander, denn natürlich saß mir nicht Johannes, sondern Jürgen gegenüber.

Der liebe Jürgen, und da sagte man immer, wo gesungen wird, da lass dich nieder, böse Menschen kennen keine Lieder. Drauf geschissen. Vielleicht kam die Namensverwechslung aber auch nur zustande, weil Hannes bis vor Kurzem mein Hauptverdächtiger Nummer eins war, und ehrlich gesagt wäre er mir als Mörder auch lieber gewesen als DJ Jürgen. Aber das Leben war kein Wunschkonzert.

»Hör auf!«, schrie er mich an, erhob sich und knallte mir seine Faust vors Kinn. Mein Schädel wippte geschmeidig nach hinten, aber ich ignorierte die Schmerzen und blickte ihm direkt ins Gesicht. Er konnte dem Augenkontakt nicht standhalten und ließ sich wieder auf die Kiste fallen.

»Es waren natürlich einige Komponenten im Spiel, die die Aufklärung erschwert haben«, plauderte ich munter weiter. »Zum Beispiel die Kaninchenmorde oder Hausers finanzielle Probleme und seine Verbindung zu diesem Buchmacher oder die zunächst undurchsichtige Rolle, die Tobias Hardt gespielt hat. Außerdem warst du mir sympathisch, sodass ich dich nie ernsthaft als Täter in Betracht gezogen habe. Aber dann hatte ich ein erhellendes Gespräch mit Tobias, der mir von Erikas angeblichem Unfall berichtet hat. Spätestens da war klar, dass es einer vom Hof sein musste.«

Kurze Pause zum Luftholen. Wie viele Wörter benutzten Männer pro Tag? Zweitausend, hatte ich, glaube ich, mal irgendwo gelesen. Hatte ich mit Sicherheit bereits überschritten.

»Bevor du heute Abend das Massaker angerichtet hast –«

»Nur mein Vater sollte dran glauben. Und du. Ohne deine Schnüffelei wäre alles gut. Wenn du nicht plötzlich meine Schwester umarmt hättest, wärest du an ihrer Stelle tot«, heulte er.

»Also, bevor du das Massaker angerichtet hast, wusste ich –«

»Nannen!«, schrie er mich an und knallte mir den nächsten vor den Latz. »Kein Wort mehr darüber, verstanden?«

Heftige Schmerzen durchzuckten meinen Kopf und lähmten mich.

»Ruhig, Jürgen, ruhig. Okay, nächster Versuch: Irgendwann im Laufe der Ermittlungen ist mir klar geworden, dass dein Vater der Knackpunkt war, nicht die Kaninchen, nicht Hausers finanzielle Probleme, und auch nicht Adri Hues, auf den ebenfalls ein Anschlag verübt worden ist. Wer kam als Täter in Frage? Johannes, Lisa, Tobias, Emily und du. Keiner von euch hatte ein Alibi. Dass du zum Beispiel Mucke auf einer Fete gemacht hast, hat meiner Überprüfung nicht standgehalten. Dein Kollege hat nämlich ausgesagt, dass du für mindestens eine Stunde verschwunden warst.«

»Wusste ich doch, dass auf den kein Verlass ist.«

»Was ich natürlich hatte, war der Wisch neben dem toten Karnickel, auf den ›Du bist der Nächste, Rexforth‹ geschmiert war. Also habe ich mir gedacht, aktivier ich mal meinen alten Kumpel in Essen, einen Ruderbootverleiher am Baldeneysee, der nebenbei ein paar Euros als Hobbygrafologe verdient. Dazu musste ich natürlich Schriftproben einsammeln.«

»Habe ich nicht bemerkt.«

»Das macht halt einen guten Schnüffler aus.« Ich rechnete nicht ernsthaft mit Beifall. »Lisas und Emilys Schriftproben habe ich mir bei einem Scrabble-Abend beschafft. Von Adri habe ich in seiner Wohnung einen Notizzettel mitgehen lassen. Johannes hatte mir freundlicherweise die Adressen seiner Kumpel aufgeschrieben. Hausers und Hardts Unterschriften gab es in Hülle und Fülle auf den Lieferscheinen, und Lisa war so nett, mir auf der Steinmann-Fete eine Autogrammkarte von dir zuzustecken. Die Proben habe ich dann nach und nach eingescannt und meinem Kollegen zugemailt. Unschwer zu erraten, welche mit der Schrift auf dem Zettel übereinstimmte.«

»Du wusstest also die ganze Zeit, dass ich es war?«, fragte Jürgen überrascht.

»Schön wär's gewesen, aber leider hat mein Kollege einige

negative Eigenschaften, unter anderem Langsamkeit. Schließlich verleiht er Ruderboote, keine Jetski. Lisa und Emily hatte er schon abgeglichen, sodass ich von deren Unschuld wusste. Deine Autogrammkarte habe ich leider als Letztes rübergemailt.«

»So einfach?«

»So einfach.«

»Mein Vater war ein Mörder. Seit Mamas Tod versuche ich, das zu beweisen. Ich habe herausgefunden, dass Tobias früher was mit meiner Mutter gehabt hat, und habe sein Zimmer durchsucht. Der Briefwechsel mit meiner Mom hat dann die letzten Zweifel beseitigt. Und dann hieß es: Auge um Auge, Zahn um Zahn.«

Weiterreden, Junge, das verlängert mein Leben, dachte ich im Stillen.

»Als der erste Anschlag auf diesen Kretin fehlgeschlagen ist, habe ich mir den missratenen Pferdeknecht vorgeknöpft. Nach intensiver Befragung hat er alles gestanden. Da habe ich ihn wie einen räudigen Hund abgeknallt.«

Jürgen war richtiggehend zusammengesackt, aber leider hielt er noch immer die Pistole fest in der Hand. Und ich war gefesselt.

»Und warum Adri? Der hatte doch mit der ganzen Sache nichts zu tun.« Dieses eine Puzzleteilchen fehlte mir noch.

»Hat mich erpresst, der feine Herr. Er hatte irgendwas gesehen in der Nacht, als ich Hauser umgelegt habe, und wollte seine Portokasse aufbessern. Jetzt bekommt er immerhin Krankenhaustagegeld.« Er lachte kehlig. »Genug geplaudert, Nannen. Wer weiß noch, dass ich es war?«

»Werde ich dir bestimmt nicht erzählen.« Ich verfluchte zum tausendsten Mal, dass ich Jürgen vom »Schwatten Jans« eine SMS geschickt und um ein Treffen gebeten hatte. Wie doof musste man sein, Dieter R. Nannen?

»Ist sowieso egal.«

Urplötzlich hob er die hässliche Waffe und legte an.

Arrivederci, war schön hier auf Erden, dachte ich, während sich Jürgens Finger um den Abzug krümmte.

Macht Geld glücklich?

Just als ich vor den Herrgott zu treten dachte, flog die Kellertür auf und ein silberner Metallkasten landete punktgenau auf Jürgens Hinterkopf. Ein Schuss löste sich dennoch, aber statt meines Herzens wurde nur ein dicker Brummer an der Kellerwand durchbohrt. Eine weitere Leiche in diesem ohnehin nicht blutarmen Fall.

»Der Laptop war nigelnagelneu, schöne Scheiße. Gut, dass ich die Daten extern gespeichert habe.« Grabowski löste meine Fesseln. Dann fiel er mir um den Hals.

»Bekommst einen neuen von mir, mein lieber Freund.« Ich drückte ihm einen fetten Schmatzer auf die Wange. Als meine Nerven sich wieder gelockert hatten, riefen wir die Polizei an.

Voller Stolz betrachtete ich meinen Kompagnon: Gurkennase hatte eine zirkusreife Vorstellung abgeliefert.

»Du kannst mich zu jeder noch so unchristlichen Zeit anrufen: Ich fahre nach Essen und bringe dich von der Kneipe nach Hause. Ich renoviere deine Wohnung oder tue, was du willst.« Meine Freude kannte keine Grenzen.

»Ruhig, Brauner. Du hättest für mich das Gleiche getan. Auch wenn ich selten mit vorgehaltener Knarre bedroht werde.«

»Woher wusstest du, wo ich bin?«

»Ich habe mitbekommen, wie du mit Tobias nach draußen gegangen bist«, schilderte Peter. »Als ich das letzte Geschäft unter Dach und Fach gebracht habe, sah ich Tobias wieder reinkommen und zwei Bier ordern. Hab ich mich natürlich eingezeckt, ihn ein weiteres bestellen lassen und bin schon mal nach draußen mit den zwei Pilleks. Und was sehe ich da: den lieben Jürgen, wie er einen hässlichen Menschen in den Kofferraum stopft und sich davonmachen will.« Genüsslich lehnte Grabowski sich auf dem Stuhl zurück, den ich ihm aus Dankbarkeit überlassen hatte.

»Und dann?«

»Auf dem Parkplatz stand ein Moped, wie geschaffen für eine zünftige Verfolgungsjagd. Hab mir gedacht, dass ich erst mal hinterherfahre, denn Jürgen musste ja bewaffnet sein, sonst hätte er dich kaum einkassieren können.«

»Danke für die Blumen.«

»Also schnell die Karre geknackt und hinterher. Zum Glück war das Moped fett frisiert, sodass ich problemlos dranbleiben konnte. Der Rest ist schnell erzählt: Ich bin euch in den Keller gefolgt, habe mir eine Bindehautentzündung geholt, weil ich die ganze Zeit durchs Schlüsselloch gespannt habe, und –«

»Wieso hast du mich nicht früher befreit?«

»Erstens fand ich euer Gequatsche interessant, zweitens wollte ich nur im Notfall mit dem Laptop gegen eine Pistole antreten. Er hätte dich zunächst auch nur gefangen halten können. Da wäre es einfacher gewesen, dich zu befreien.«

»Du hast ewig einen gut bei mir!« Ich drückte Peter einen dicken Schmatzer auf die Stirn.

»Alter Falter, heute hast du es aber mit der Knutscherei.«

»Weißt du eigentlich, dass ich schon seit Langem überlege, mich finanziell beraten zu lassen, wenn ich die Kohle von meinem Vater bekomme? Und rate mal, wer mein präferierter Vermögensberater sein wird.«

Gurkennases Augen leuchteten dermaßen, dass man problemlos die Glühbirne hätte herausschrauben können: »Wird mir eine Freude sein. Was für ein Anlagetyp bist du denn? Eher konserventief, dann würde ich dir Staatsanleihen oder Immobilienfonds empfehlen. Oder du gehst auf Ökoaktien. Ist zwar riskanter, aber damit kannst du richtig Asche machen.«

»Ich schätze mal, die Wahrheit wird in der Mitte liegen.« Mit solch einer prompten Beratung hatte ich eigentlich nicht gerechnet.

»Ich guck mal, ob die Kiste noch funktioniert.« Peter wollte den Computer vom Boden aufheben, aber ich hielt ihn zurück:

»Ich würde den jetzt nicht wegbewegen, die Polizei könnte was dagegen haben.«

Kaum ausgesprochen, polterten zig Stiefelpaare die Treppe herunter.

»Hier sind wir!«, schrien wir beide unisono.

Die nächste Stunde war leidlich spannend. Jürgen Rexforth, der immer noch im Land der Träume unterwegs war, wurde abtransportiert, Grabowski und ich mussten alles zu Protokoll geben und versprechen, im Laufe des Vormittags auf der Wache zu erscheinen, um weitere Fragen zu beantworten, denn Reichert war nicht mitgekommen, was alles andere als ärgerlich war.

Die Polizisten wussten mittlerweile auch, dass Emily unschuldig war, wie ein junger Beamter berichtete. Sie war spazieren gegangen, hatte die Schüsse gehört und die Waffe gefunden.

Eine Gestalt war weggerannt, aber sie hatte Jürgen nicht erkannt. Als sie mich und Lisa entdeckte, wollte sie mir die Waffe geben, war aber so nervös, dass ihr die Knarre aus der Hand gefallen war. Sie musste beim Verhör so verstört gewesen sein, dass ihr jeder glaubte. Bis zum Ergebnis der ballistischen Untersuchung hätte sie trotzdem in Haft bleiben müssen. Jetzt würde sie freikommen.

Gegen drei Uhr nachts war alles geklärt, und wir bretterten auf dem Moped zum »Schwatten Jans«, stellten es dort ab und marschierten zum Hagenhof.

Ich überlegte kurz, ob ich nach Hause fahren sollte, entschied mich aber dagegen, da ich keine Lust auf meine Sippe hatte. Außerdem waren auf dem Hagenhof genügend Schlafzimmer frei.

Im Haupthaus genehmigten wir uns zwei Bierchen, die man freundlicherweise im Kühlschrank deponiert hatte, danach schickte ich Karin eine SMS, und dann hieß es: Wecker stellen und Äuglein schließen.

Nach zu wenig Schlaf erwachte ich deutlich vor der eingestellten Weckzeit, es war erst acht. Egal. Nach einem kurzen Blick in Grabowskis Schlafgemach – kurz deshalb, weil sein Schnarchen meine Lauscher zerfetzte – plünderte ich Kühlschrank und Brottrommel. Just als ich mit vollem Bauch das Geschirr ins Spülbecken gestellt hatte und duschen wollte, schneite Johannes Rexforth in die Küche.

»Hallo, Dieter.« Er sah suboptimal aus. Seine Augen waren von dunklen Schatten umrandet, und das zerzauste Haar glänzte fettig.

»Wie geht's dir?«, fragte ich pflichtbewusst.

»Lass stecken. Zusätzlich zu dem Schock habe ich das Problem, dass ich überhaupt nicht weiß, wie es hier weitergehen soll. Bär hat die ganze Administration gedeichselt. Dürfte ich dich um etwas bitten?«

»Schieß los.« Angesichts der Lage ließ ich das Kriegsbeil ruhen.

»Könntest du weiterhin als Buchhalter hier arbeiten? Ich habe keinen blassen Schimmer, wie ich das Ganze sonst bewältigen soll.«

Ich sagte erst einmal nichts, sondern goss mir ein Glas frische Landmilch ein.

»Ich verdopple auch dein Gehalt.«

»Weißt du eigentlich schon, wer deinen Vater getötet hat?«, ließ ich ihn weiter schmoren.

»Emily, oder? Ich kann es zwar immer noch nicht glauben, aber …«

»Emily war es nicht, sie war nur zur falschen Zeit am falschen Ort. Es war dein werter Bruder.«

»Jürgen? Nein, du verarschst mich, oder?«

Mein Gesichtsausdruck zeigte eindeutig, dass ich dies nicht tat.

»Das heißt, Jürgen hat Vater und Hauser getötet, und Lisas Tod war nur eine unglückliche Verkettung von Zufällen?«

Rumms, knallte er auf den Dielenboden. Ich tätschelte ihm ein bisschen die Wangen, bis er wieder zu sich kam.

»Dein Bruder wollte mich in den Hades befördern, hat aber stattdessen Lisa getroffen. Das arme Kind. Aber jetzt zu dir: Ich werde dir noch eine Zeitlang auf dem Hof helfen.« Ich dachte dabei primär an mein Erbe, welches einen soliden Job erforderte.

»Aber wer bezahlt eigentlich meine Ermittlungen, jetzt, da dein Vater nicht mehr lebt?«

»Wofür? Etwa dafür, dass meine komplette Familie ausradiert ist?«

»Leck mich!« Meine Nerven waren stärker strapaziert, als ich gedacht hatte. »Wenn du deine Meinung ändern solltest, ruf mich an. Ich stehe im Telefonbuch.«

Ich war mir sicher, dass ich mindestens einen Anruf auf dem Beantworter haben würde, wenn ich nach Hause kam, insbesondere, weil mir Johannes auf meinem Weg nach draußen mehrmals hinterherrief. Ich überhörte das. War zwar eine kindische Reaktion, aber selbst ein Nannen konnte nicht immer perfekt sein.

Reichert hatte miese Laune. Zum einen, weil ich wieder einmal seinen Fall geknackt hatte, zum anderen, weil er seinen Freund Peter vermisste. Sie hätten noch wichtige Details beim Finanzierungskonzept zu besprechen. Und überhaupt: Gurkennase schien der wahre Held dieses Abenteuers zu sein. Beliebt beim hiesigen Polizeiapparat, erfolgreich im Job und dann noch grandioser Lebensretter. Glücklicherweise war Neid, wie schon mehrfach erwähnt, ein Fremdwort für mich.

Ich leierte meine Geschichte runter, froh, dass ich Reichert endlich die Wahrheit sagen konnte. Ludgers Part bestand darin, zwei belegte Brötchen zu vertilgen, das Aufnahmegerät fehlerfrei zu bedienen und ab und an eine dumme Frage zu stellen.

»Warum haben Sie uns nicht informiert, als Sie wussten, dass Jürgen seinen Vater erschossen hat?«, war eine dieser Fragen.

»Ich habe die entscheidende Mail erst im ›Schwatten Jans‹ auf Peters Laptop lesen können, was er Ihnen sicherlich bestätigen wird. Ich bin sofort nach draußen, um Sie anzurufen, war nämlich ziemlich laut in der Kneipe, aber bevor ich die Nummern in die Tasten tippen konnte, war ich k. o.« War doch nichts mit der Wahrheit und nichts als der Wahrheit.

»Warum haben Sie uns nichts von dem Zettel mit der Drohung erzählt?« Die nächste dumme Frage.

»Ich wollte mich nicht lächerlich machen. Ein behinderter Rentner, dessen Kaninchen ebenfalls getötet worden war, hatte die Polizei gerufen, aber außer Spott und Hohn hatten die Kollegen nichts für ihn übriggehabt. Wie läuft's mit meiner Mutter?« Ich wollte das Gespräch in eine andere Richtung lenken.

»Solange diese Tante Hilde noch in Buldern weilt, verzichte ich auf Besuche. Die hat doch nicht alle Latten am Zaun. Sie hat doch tatsächlich behauptet, dass ich in ihrem amerikanischen Scheißkaff nicht eine Woche als Sheriff überleben würde. Ich wäre weder austrainiert, noch hätte ich eine Waffe dabei.« Angesäuert verzog er die Schnute. »Guck dir doch mal diese fetten Amis an, da bin ich doch gertenschlank gegen. Und dann diese Knarrenversessenheit. Warum sollte ich eine Pistole mit ins Bett nehmen? Das hat Hildes Mann jede Nacht gemacht. Lässt tief blicken«, brummte er.

Derart korrekte Ansichten hatte ich Ludger gar nicht zugetraut.

»Ich fahre jetzt hin, wenn Sie keine weiteren Fragen haben. Soll ich Mum was ausrichten?«

»Ganz liebe Grüße, und sie soll mich anrufen, wenn die Luft rein ist. Und bestellen Sie Peter ebenfalls einen schönen Gruß, er soll sich auf jeden Fall melden, bevor er nach Essen zurückfährt.«

»Wird erledigt.« Ich hielt ihm die Flosse hin, die er sogar ergriff. »Bis die Tage.«

Macht Geld wirklich glücklich?, fragte ich mich, als ich auf meinen Hof fuhr.

Isolde spazierte Arm in Arm mit einem jungen Mann am Haus entlang. Mama trug zu einem eleganten Kleid in Rubinrot einen dunklen Hut mit einer Pfauenfeder. Ihr Begleiter sah wie ein Banker aus: Anzug mit Krawatte, schwarze Lackschuhe, in der Rechten einen braunen Lederkoffer. Die dunkelblonden Haare waren zu einem Pferdeschwanz zusammengebunden. Sie blieben vor dem Schweinestall stehen und gestikulierten wild.

»Kann ich helfen?«

»Didi, schön dich zu sehen, meine Knutschkugel!« Mama

kniff mir in die Wange. Es drohte Unheil. »Darf ich dir Jerome Sauerbier vorstellen? Das ist Didi, mein heiß geliebter Sohn.«

»Sie dürfen sich glücklich schätzen, eine so tolle Frau wie Isolde Mutter nennen zu dürfen«, sülzte Jerome.

»Und welche Funktion haben Sie? Neuer Liebhaber oder Nippes-Spediteur, der meine Räumlichkeiten mit chinesischem Ramsch vollmüllt?«

Herr Sauerbier lachte gekünstelt. »Weder noch. Ich bin Business-Schamane aus Regensburg. Wahrscheinlich kennen Sie mein Profil von Xing oder Facebook. In Deutschland bin ich die Nummer eins auf meinem Gebiet. Ich habe bei den Amazonas-Indianern in Ecuador und in der Mongolei studiert.«

Oh Gott. Ich überlegte ernsthaft, die Erbschaft in den Wind zu schießen und ein entspanntes Leben dem schnöden Mammon vorzuziehen.

»Ich passe. Erstens nutze ich das Internet nur sporadisch, zweitens hatte ich noch keine Verwendung für Ihre Berufssparte.«

»Ein großes Versäumnis«, mischte sich Mama ins Geschehen ein. »Übrigens, Tante Hilde ist Hals über Kopf abgereist.«

Das war eine gute Nachricht.

»Sie hat die ganze Nacht kein Auge zugetan. Alpträume haben die Arme gequält.« Sie wirkte wirklich betroffen. An ihr war eine Seifenoperndarstellerin verloren gegangen.

»Ja, und?«

»Stell dich nicht dümmer, als du bist.« Ihre Stimme wurde laut. »Dein Hof ist mit traumatisierten Seelen verseucht.«

»Isolde, bitte. Das dürfte deinen Sohn schockieren. Dieter, atmen Sie tief ein und lassen alle negativen Energien los.« Sauerbiers Hand legte sich auf meine Schulter.

Ich befreite mich von seiner Pranke.

»Dieter. Ich habe mir Ihre Tiere angesehen und sie ausgependelt. Die sind vollkommen durch den Wind. Eines ist klar: Das wird ein aufwendiger Job. Zunächst müssen sämtliche Räumlichkeiten mit Salbei ausgeräuchert werden. Dann müssen wir die Seelen zurückholen. Insbesondere das Schwein ist von einem schlechten Geist aus einem früheren Leben besessen. Wenn das nicht wirkt, reißen wir die Ställe ab, reinigen die darunterliegende Erde und errichten neue Gebäude, die positive Energie ausstrahlen. Zufällig besitzt mein Bruder ein Bauunternehmen, das uns kurzfristig aus der Bredouille helfen kann. Was ist mit Ihnen? Ihre Aura wirkt ein wenig fahl. Darf ich Sie kurz auspendeln?« Ruckzuck zog er eine Kette aus der Jacketttasche, an der ein kegelförmiges Metallstück baumelte. Isolde nickte begeistert.

»Dieter muss traumatisiert sein. Kein Wunder bei diesen Baracken. Ich glaube, wir müssen alles abreißen.«

»Es hat sich ausgependelt, Isolde. Hier werden keine baulichen Veränderungen vorgenommen oder meine Tiere terrorisiert.«

»Dein Vater hat mir freie Hand gegeben«, erklärte Isolde kalt. »Was habe ich nur für ein Kind auf die Welt gebracht? Die arme Hildegard ist vollkommen mit den Nerven runter. Und deine Tiere sind dir auch egal.«

Jerome fügte enthusiastisch hinzu: »Sie werden von den positiven Auswirkungen begeistert sein.«

Meine Halsader schwoll. Ruhig, Dieter, beschwor ich mich. Aufregung schadet deiner Gesundheit. Als ich zu einer hasserfüllten Tirade über Mütter, Business-Schamanen und traumatisierte Seelen ansetzen wollte, rollte ein Taxi auf den Hof.

»Moin, moin.« Ein gut gelaunter Klaus Nannen stiefelte auf uns zu. »Sagt man das nicht bei euch in Norddeutschland?«

»Ich lebe im Westen. Wie geht es dir?«

»Egal. Von Mallorca aus liegt alles im Norden. Lasst uns ins Haus gehen. Wer ist dieser junge Mann?«

»Ein Scharlatan, der auf Mutters Geheiß Haus und Hof kaputtsanieren will.«

Klaus wirkte einen Augenblick verunsichert, fing sich aber rasch.

»Sie meint es sicher gut. Aber momentan brauchen wir Sie nicht.«

»Was ist mit meinen Anfahrtskosten?«, fragte Jerome verärgert. Auch Mamas schlechte Laune war unübersehbar.

»Haben Sie einen schriftlichen Auftrag?«, fragte Klaus ungehalten.

»Nein, das –«

»Dann tschüss. Ich möchte mit meiner Familie allein sein.«

Der Schamane zückte sein Handy und zuppelte verärgert von dannen.

Karin fuhr aufs Gelände.

»Ist das die Schwiegertochter in spe? Phantastisch. Dann sind jetzt alle wichtigen Menschen beieinander.«

Herzlich umarmte er Karin, die sich als Karin Nannen vorstellte. Brav. Ich wurde mit dem längsten Kuss der Welt begrüßt.

»Na, ihr beiden Turteltäubchen habt euch wohl vermisst.« Dad grinste. Nur Mutters Gesicht wirkte mit jeder Minute missmutiger.

Als wir in meinem Wohnzimmer angelangt waren, legte Vater das Jackett ab.

»Schwiegertochter. Sekt für alle, wenn du so lieb bist.«

Wir konnten uns nicht vorstellen, was Papa für eine Überraschung aus dem Ärmel schütteln wollte.

Als wir die Gläser mit dem Blubberwasser in den Händen hielten, hüpfte er plötzlich wie ein junges Reh auf mich zu und umarmte mich, wobei er eine ordentliche Dosis Schampus auf den Boden schüttete. Mutter nippte währenddessen missmutig an ihrem Glas.

»Los, Armdrücken!« Vater zog mich zum Wohnzimmertisch, setzte sich und brachte seine Rechte in Kampfposition. Ich war zu perplex, um mich zu wehren, und so wurde der seltsame Kampf um den Münsterland-Cup eröffnet. Karin feuerte ihren Gatten an, Isolde grinste verkniffen. Drei Gewinnsätze waren vereinbart, und nach fünf hart umkämpften Duellen hieß der Sieger … Ach, Schwamm drüber.

Als Nannen senior auch noch dreißig Liegestütze mit einer Hand und fünfzig Sit-ups aufs Parkett legte, schwante mir, woher der Wind wehte.

»Der Schwachkopf von Arzt hat die Untersuchungsergebnisse vertauscht, könnt ihr euch das vorstellen?«

»Langsam, Vater. Das kommt jetzt doch ein wenig überraschend.«

»In den teuersten Kliniken rennen die größten Deppen herum. Ich habe nur eine harmlose Zyste am Hals. Ist das nicht unglaublich?«

»Erbe futsch«, schoss es mir eine Millisekunde durch den Kopf, aber ich freute mich unglaublich und schloss meinen Senior in die Arme. Hätte nie gedacht, welch starke Gefühle ich für den alten Knaben hegte.

Nur Mamas Laune war auf dem Tiefpunkt. »Das freut mich für dich, aber jemand muss dafür aufkommen, dass ich meine Energie für dieses primitive Leben in der Pampa verschwendet habe. Schließlich wird im Alter die Zeit knapp. Und die hätte ich nie freiwillig mit deinem nichtsnutzigen Sohn verschwendet.«

Wir alle starrten sie verblüfft an. Das konnte nicht ihr Ernst sein.

»Ist mir eine zweite Nase gewachsen, oder was starrt ihr mich so an?«, fauchte Isolde. »Unter asozialen Bedingungen musste ich am Ende der Welt hausen. Und das für nichts? Das kannst du mir nicht zumuten, Klaus.«

»Du könntest dich ruhig mit uns freuen. Immerhin hast du Ludger kennengelernt«, artikulierte ich meinen Unmut.

»Wer ist Ludger? Einige Stunden netter Zeitvertreib. Du glaubst doch nicht ernsthaft, dass ich mir eine Zukunft mit einem Polizisten vorstellen kann. Da kennst du deine Mutter schlecht«, giftete sie.

Vater verzog das Gesicht. Doch dann grinste er breit.

»Ich überweis dir was für deine Mühe. Diesen Tag will ich mir durch nichts verderben lassen.«

»Eine Feier ohne Pedder. Ihr tickt doch nicht ganz sauber!« Gurkennase platzte plötzlich in die illustre Runde mit Ludger im Schlepptau. Moms Begeisterung kannte keine Grenzen. Immerhin führte sie vor der Tür noch ein ernstes Gespräch mit dem Polizisten. Daraufhin orderte sie ein Taxi zum Bahnhof, während Ludger sich geknickt, wie ein Mann nur sein kann, unserer Gesellschaft anschloss.

Dann standen Sex, Drugs and Rock 'n' Roll auf der Tagesordnung. Paps rief einen Partyservice an, der im Handumdrehen westfälische Hausmannskost, deutsches Bier und einen DJ mit internationaler Musik lieferte. Dieser spielte ausschließlich Songs nach meinem Geschmack, dies hatte ich nach Vaters Meinung verdient. Irgendwann löste sich die Gesellschaft auf. Vater nächtigte im Gästezimmer, Grabowski und Ludger teilten sich die Couch, und Karin schlief selbstverständlich in meinem Bett. Was für ein schöner Abend. Gute Nacht, liebe Leute.

Der Karnickelkiller

Mann, was hielten wir uns die Köpfe, als wir uns am nächsten Morgen über den Weg liefen. »Hamma!«, wie Culcha Candela sangen. Ich besorgte Brötchen, ansonsten waren noch genug verwertbare Reste vom gestrigen Gelage im Haus.

»Lieber Dieter. So hat alles noch ein gutes Ende genommen.« Vater legte eine Frikadelle auf sein Vollkornbrötchen. »Hast du unsere Vorgaben erfüllt? Ich habe zwar nichts Nachteiliges gehört, aber das muss ja nichts heißen.«

Mit einigem Stolz berichtete ich von meinem Nikotinentzug und den sportlichen Erfolgen unter Chucks Aufsicht.

»Nur beim Job habe ich mich nicht streng an die Richtlinien gehalten.« Ich erzählte von den Ereignissen der letzten Tage.

»Auch wenn es eigentlich Sache der Polizei ist: Ihr Sohn hat gute Arbeit geleistet«, knurrte Reichert und wischte sich mit der Serviette Salamifett vom Schnäuzer. »Tut mir leid, dass ich mich von Ihrer Mutter habe einwickeln lassen. Mir ist jetzt klar, dass sie ein falsches Spiel gespielt hat. Ich heiße übrigens Ludger.«

»Dieter.« Ich ergriff seine Hand. Mal schauen, wie lange der Frieden vorhalten würde.

»Das erfüllt dein altes Vaterherz mit Stolz.« Kullerte da wirklich ein Tränchen aus Papas rechtem Auge? »Vielleicht habe ich falsche Vorstellungen von deinem Beruf gehabt. Die Welt wandelt sich. Banker sind Gauner, Ärzte Kurpfuscher. Vielleicht ist Detektiv tatsächlich der Beruf der Zukunft.«

»Nur mit der Bezahlung gibt es manchmal Probleme. Da mein Auftraggeber tot ist, erhalte ich leider keinen Lohn.«

Nannen senior erhob sich und prostete mir mit seiner Kaffeetasse zu. »Auf meinen Sohn. Die Bezahlung übernehme ich gern. Schließlich konntest du wegen meiner Bedingungen auch nicht offiziell ermitteln. Und noch eines: Mit Freuden werde ich eure Hochzeit sponsern. Das lasse ich mir nicht nehmen. Wo soll das Fest denn stattfinden? Palma oder Essen?«

Karin und ich schauten uns an.

»Weder noch«, antwortete meine bessere Hälfte. »Natürlich in St. Pankratius. Hier ist unsere Heimat.«

»Ihr habt recht, das ist euer Bier. Auf den vierten oder fünften Blick ist dieses Buldern auch ganz pittoresk.«

Grabowski fiel mir noch schneller um den Hals als Karin.

»Ich freu mich für euch, klasse. Hiermit melde ich meine Ansprüche als Trauzeuge an.«

»Gebongt.« Karin und ich waren einer Meinung.

»Ich verspreche auch«, Gurkennase legte feierlich eine Hand aufs Herz, »meinen neuen Job beizubehalten. Wenn ich ein wenig Kohle eingefahren habe, werde ich versuchen, wieder mit Sabrina zusammenzukommen. Kevin soll eine schöne Kindheit haben. Ich liebe den Köttel abgöttisch.«

Ein solch rührseliger Tag war eine Seltenheit in meinem Haus.

Den abservierten Ludger versuchten wir damit zu trösten, dass wir bei »Münsterlandpartner« eine passende Frau für ihn finden würden. Wollte er aber nicht.

»Ich war in Isolde verliebt. An der Trennung werde ich noch einige Zeit zu knabbern haben«, seufzte er.

Konnte man nichts machen.

Schließlich verstreute sich meine Frühstücksrunde in alle Himmelsrichtungen: Dad startete Richtung Malle, Ludger zur Dienststelle, Gurkennase in den Essener Norden und Karin zum Biogemüsehof.

Ich selbst hatte auch noch etwas zu erledigen. Vor meinem Aufbruch telefonierte ich noch schnell mit Johannes. Wie erwartet wollte Emily mit dem Hof nichts mehr zu tun haben. Sie hatte eine alte Filmbekanntschaft in Köln kontaktiert, die angeblich Feuer und Flamme gewesen war, dass Emily dem deutschen Fernsehen wieder zur Verfügung stehen wollte. Wer das glaubte, war selbst Schuld. Jedenfalls versprach ich Johannes, ihn die nächsten vier Wochen bei der Neuordnung der Hofgeschäfte zu begleiten.

Nun stand meine letzte Visite an. Das Dülmener Hospital kannte ich noch gut von meinem dritten größeren Mordfall, in dessen Verlauf ich mich mit verrückten Dichtern und einem noch verrückteren Psychopathen herumgeschlagen hatte. Im Laufe der Ermittlungen hatte ich die Krankenschwester Cornelia Lienen kennen- und lieben gelernt, die jedoch in meiner Badewanne umgebracht worden war.

Als ich durch die Eingangstür des Krankenhauses schritt, zauberte mir diese Erinnerung einen dicken Kloß in den Hals. Mit schweren Schritten und Gedanken machte ich mich auf die Suche nach Adris Zimmer, das ich auch zügig fand, lag er doch im gleichen Raum wie ich damals. Zufälle gab es. Allerdings war er allein, wohingegen ich mich damals mit zwei nörgelnden Rentnern hatte herumschlagen müssen.

Adri war bei Bewusstsein, aber nur noch ein Schatten seiner selbst. Der Anschlag hatte ihn physisch, Lisas Tod psychisch beschädigt.

»Hallo, Adri.« Ein »Wie geht's?« verkniff ich mir.

»Hallo«, flüsterte er zurück.

»Ich habe mit Johannes gesprochen. Wenn du wieder auf dem Damm bist, würde er sich glücklich schätzen, wenn du bei ihm als Teilhaber einsteigst. Er kann jede Hilfe auf dem Hagenhof gebrauchen.«

Hues ergriff meine Hand und versuchte, sie zu drücken, wobei es beim Versuch blieb. »Danke.«

»Aber eines musst du mir versprechen«, fuhr ich fort, auch auf die Gefahr hin, mich wieder unbeliebt zu machen. »Mit den Karnickelmorden ist ab sofort Schluss.«

»Einverstanden.« Ich hatte mit mehr Gegenwehr gerechnet.

Mein Grafologenkumpel hatte nämlich meinen Verdacht bestätigt, dass Adri Hues der Kaninchenkiller war. Jürgen hatte nur die Chance genutzt und neben George, den Hues nur aus ablenkungstechnischen Gründen getötet hatte, den Zettel mit der Drohung gelegt. Die Warnung neben Karins Kaninchen war hingegen von Adri hinterlassen worden. Manchmal konnte Detektivarbeit so einfach sein: Der Niederländer hatte tatsächlich geglaubt, durch das Ausschalten der Konkurrenz seine Karnickel aufs Siegertreppchen hieven zu können.

»Dann erhol dich schnell, Johannes braucht dich.« Ich drückte seine Flosse und erhob mich. Sein »danke schön« bekam ich noch mit, dann hatte ich Zimmer 227 verlassen.

Just als ich wieder im Wagen saß und die Aspirinpackung aus dem Handschuhfach kramte, summte das Handy: SMS-Alarm von Grabowski.

»Wir haben uns versöhnt! Sabrina, Kevin und ich sind wieder eine Familie.«

Gott, wie war das Leben schön.

Meinen ursprünglichen Plan, zur Tankstelle zu fahren und meinen antiken Schlitten gegen fünf große Scheine einzutauschen, warf ich nach dieser erfreulichen Nachricht spontan über den Haufen. Nichts wie hin zum Biogemüsehof, schließlich musste eine Hochzeit vorbereitet werden.

ENDE